「弱きもの」から抵抗者への変容

アリス・ウォーカーの長編小説を読み解く

光森幸子

渓水社

目　次

まえがき ……………………………………………………………… 3
　1．本書の目的　3
　2．研究の方法と内容　8

第1章　〈新しい奴隷制度〉の下での「一つの命」に向けた闘い
　　　　―『グレンジ・コープランドの第三の人生』から『メリディアン』
　　　　への発展―
　第1節　メムからグレンジに伝えられる暴力を超える視点 ……… 25
　第2節　グレンジからルスに託された自己責任の認識 …………… 40
　第3節　メリディアンに示された伝統の真意と抵抗の継承 ……… 55
　第4節　メリディアンからトゥルーマンに託された
　　　　　共同体再生の役割 ……………………………………………… 74
　おわりに ……………………………………………………………… 88

第2章　女性のセクシュアリティを否定する家庭内暴力への挑戦
　　　　―『カラーパープル』と『父の微笑みに照らされて』を相互補
　　　　完的性質から読み解く―
　第1節　父権制と女性のアイデンティティ喪失 …………………… 91
　第2節　父権制に抵抗する女性の〈痛みの共感〉 ………………… 99
　第3節　父権制に挑戦する男性の〈痛みの共感〉 ………………… 108
　第4節　父権制を克服するウォーカーの宗教観 …………………… 117
　おわりに ……………………………………………………………… 123

i

第3章　FGM廃絶へ向かって
　　　　　―『喜びの秘密をもつこと』における「普遍的自己アイデンティティ」獲得の重要性―

- 第1節　FGMを強いるアフリカが深めてゆく父権制 ……………… 125
- 第2節　キリスト教とアフリカの父権制に共通する性差別主義 …… 139
- 第3節　西洋フェミニズムに内在する人種主義 …………………… 150
- 第4節　西洋をアフリカとつなぐ「普遍的自己アイデンティティ」… 161
- 第5節　「普遍的自己アイデンティティ」と
　　　　アメリカの民主主義のつながり ……………………………… 171
- 第6節　タシに託されたウォーカーの希望 ………………………… 183
- おわりに ……………………………………………………………… 192

第4章　敵対する〈他者〉のいない世界
　　　　　―『わが愛しきものの神殿』と『今こそ心を開くとき』で希求される帝国主義・植民地主義を超えた未来―

- 第1節　親とのつながりの認識 ……………………………………… 194
- 第2節　新しい自己アイデンティティの認識 ……………………… 203
- 第3節　共通する歴史的体験を通したつながり …………………… 211
- 第4節　〈他者〉のいない世界の構築 ………………………………… 221
- おわりに ……………………………………………………………… 228

あとがき ………………………………………………………………… 231

注 ………………………………………………………………………… 237
引用・参考文献 ………………………………………………………… 243
索引 ……………………………………………………………………… 257

凡　例

（本書で使用されるアリス・ウォーカーの作品の略記は以下のとおりとする。）

The Third Life of Grange Copeland: GC
Meridian: Meridian
The Color Purple: CP
By the Light of My Father's Smile: FS
Possessing the Secret of Joy: SJ
Warrior Marks: WM
The Temple of My Familiar: MF
Now Is the Time to Open Your Heart: YH
In Search of Our Mothers' Gardens : In Search
Anything We Love Can Be Saved: Anything

「弱きもの」から抵抗者への変容
―アリス・ウォーカーの長編小説を読み解く―

まえがき

1．本書の目的

　アリス・ウォーカー（Alice Walker）は、1970年に第一作目の長編小説、『グレンジ・コープランドの第三の人生』（*The Third Life of Grange Copeland*）を出版した当初より、批評家の評価が高い作家ではあったが、1982年に『カラーパープル』（*The Color Purple*）を出版し、また、スティーヴン・スピルバーグ（Steven Spielberg）がそれを同名のタイトルによって映画化して以来、一般の読者を含め、世界的に知られるようになったアメリカの黒人女性作家である。そして、この小説が1983年にピューリツァー賞と全米図書賞を同時に受賞したことは、それ以前のウォーカーの長編小説や短編小説、詩、エッセイなどの見直しにつながり、改めて作家としての彼女に注目させるきっかけにもなった。

　現在でも、ウォーカーの代表作であるこの『カラーパープル』は、2005年にミュージカル化されて以来、ブロードウェーにおいても人気を博し、ロングランにもなっている。このことは、彼女がアメリカにおいて、現在も一定の読者層を維持し続けていることをうかがわせる。そして、彼女が新しい作品を発表するとすぐに邦訳が刊行される状況に鑑みても、アメリカはもとより日本においても彼女の作品は注目され、国籍を超えて多くの読者から支持され続けているように見える。こうした主な理由の一つは、ウォーカーが描く黒人女性登場人物達が人種主義や性差別主義による様々な暴力によって抑圧されても、不屈の精神を持ち、最後には自分自身を見事に確立する点が、男性中心主義社会に生きる多くの女性達の強い共感を呼ぶからだと考えられる。だが、これらの女性登場人物達は虐げられた女性達の様々な声を代弁しているというだけでなく、彼女達の周りに、人種や性の違いを超え、誰もが互いに尊重し合い、支え合うような平等な人間

関係を育んでいく。そうした人間の多様なあり方を肯定する姿勢は、ウォーカー自身の生き様にも重ねられ、それがさらに、国や文化の違いを超えて読者の感動の輪を広げているようにも思える。

　事実、暴力の犠牲者に対するウォーカーの一貫した共感の眼差しは、これまでもアメリカ国内外の少なからぬ数の女性達に声を上げる勇気を与えてきた。そうした声は、エヴリン・C・ホワイト（Evelyn C. White）によるウォーカーの伝記の中にもいくつか紹介されている。例えば、ウォーカーが1992年に『喜びの秘密をもつこと』（Possessing the Secret of Joy）を通して訴えた、世界中の全ての女性に対する人権擁護の主張は、当時22歳であったアメリカのジャーナリスト、ステファニー・ウェルシュ（Stephanie Welsh）に大きな影響を与え、1996年にピューリツァー賞を獲得することになった、ケニアの女性達の、割礼という名の下に行われるFGM（Female Genital Mutilation、日本では一般に「女性性器切除」と訳される）[1]に関するフォト・エッセイの製作へと彼女を突き動かした。ウェルシュは、現地の人々が成人儀礼として行っているFGMのような少女達の身体や心を傷付ける有害な慣習が、彼ら自身も危険であり違法であることを承知しているにもかかわらず続けられているのは、その背後に文化的な絶対的強制力があるからではないかと、そのフォト・エッセイを通して人々に問いかけた。そしてその際、彼女自身が女性の自律や自己決定権の重要性に目覚めた理由を、「アリス・ウォーカーが私の中に種を蒔いたのです」（459）と述べ、ウォーカーの小説が彼女に果たした大きな役割を認めている。また、FGMを逃れるために悲惨な逃亡生活を強いられたトーゴ共和国出身の女性作家、フジヤ・カシンジャ（Fauziya Kassindja）は、「アリスは、必ずしも私達を強く弁護するというのではなく、私達の痛みについて率直に意見を述べるのです。彼女が前へ進んだとき、議論は別の段階に到達しました」（460）と、世界の人々の目をFGMの犠牲になる女性達の痛みに注目させたウォーカーの努力について、高い評価を与えている。

　日本においても、1995年にウォーカーのこの小説の邦訳が刊行されたことと、北京で同年に開かれた第四回世界女性会議の場でアフリカの女性達

がFGM廃絶のための国際支援を世界に訴えたことを契機に、その翻訳者である柳沢由美子を中心に、1996年に、現在の「FGM廃絶を支援する女たちの会」(Women's Action Against FGM, Japan、略称WAAF)の前身となる会が設立された。この会の活動の根底にあるものは、こうした問題を日本から遠い国々で起きる、自分達とは人種も文化も異なる他者の問題としてではなく、自己の問題として捉え、ひいては日本社会のあり方も見直そうとする視点である。

　しかしながら、ウォーカーの知名度が高まり、彼女の言動に目が注がれれば注がれるほど、逆に彼女の作品に対する文学的評価が著しく低下し、作家としての彼女もその作品も文学研究者の間では軽視されるようになってきている現状は否めない。そこには、アクティヴィストを自認するウォーカーが政治的・社会的運動に取り組むときに、自身の立場を公共の場で明白に示し、限られた時間内にその目的を最大限追求しなければならないがゆえの負の側面がうかがえる。事実、2017年2月現在、文学雑誌に掲載されたウォーカー作品の学術論文数は、Academic Search Completeによれば、1982年出版の『カラーパープル』の論文数が115編あるのに対し、2004年出版の『今こそ心を開くとき』(*Now Is the Time to Open Your Heart*)に関しては15編であり、著しく減少している。またMLA Bibliographyにおいても、前者の290編に対して後者が5編というデータが示すように、作品への注目度が低くなっているが、それだけではない。本論でも具体的に検証していくように、後者の作品の真意は表層のみで捉えられていたり、深みの無い単純なテクストとして安易に扱われていたり、または教訓主義的であると見なされたりさえもしているのである。[2]例えばそうした批評家の代表としては、『今こそ心を開くとき』の女性主人公を、「世界の運命を嘆きながらも、それを改善するために何かをしようとする形跡がほとんど見られない、典型的な金持ちでわがままなニューエイジャーである」と批判したエレン・フレックスマン(Ellen Flexman)や、同小説の中に「人生の旅」の重要性が強調されていながらも、「登場人物が大して変化しない」物語であると見なし、彼らが旅路の末に見出した黒

人の使命感に着目しようとしない、レベッカ・タフス＝ダブロー（Rebecca Tuhus-Dubrow）が挙げられる。

　しかし2010年代になると、ようやくこうした批評家の態度や、ウォーカーの業績が忘れ去られていく現状に対して警鐘が鳴らされるようになった。その中でも、サディアス・M・デイヴィス（Thadious M. Davis）は、現在ウォーカーを軽視する傾向を危惧する先鋒と言える存在である。デイヴィスは、2011年に上梓した『南部の風景－人種、宗教、文学の地勢－』(*Southscapes: Geographies of Race, Region, and Literature*) の中で、アメリカ南部を厳しい人種差別に対応する対抗的な場ではなく、「創造的な場」(16) として捉えた南部出身の数人の作家を取り上げ、その6章のうちの最後の1章をウォーカーに捧げ、その論題を「アリス・ウォーカーは重要である－性別化された場の賜物－」("Alice Walker Matters: The Fruits of Gendered Space") と銘打ち、これまでの主要な作品の分析に当てている。デイヴィスは、ウォーカーが政治的なものと文学との結合を通し、ジェンダーやイデオロギーが人種差別システムの下で構築されていく様子を描いている点に着目し、「他のアフリカ系アメリカ人の作家達がまだモダニスト的価値観の作品に強く固執しているときに、ポストモダン的なものを描ける能力を示してみせた」(336) と述べる。そして、後にアメリカの南部文学全体が進んで行く方向性をいち早く把握していたウォーカーの先見性と、そのパイオニア的役割の意義を再評価している。

　実際、支配・被支配のような二項対立的価値観を超えたウォーカーのポストモダン的視点は[3]、歴史に対する彼女の著作姿勢にもはっきりと示されている。彼女は人種主義に根差したアメリカ南部の歴史を、黒人をその中に閉じ込め、自己アイデンティティを喪失させる固定的なものとしてではなく、むしろそうした抑圧に抵抗する黒人の力を引き出す源として捉え直そうとする。デイヴィスはウォーカーにとっての南部の歴史を、「未来と解放の場」(366) であると解釈しているが、まさにウォーカーが描き出すこうした南部こそ、黒人が内面に持つ人間としての可能性を新たに顕現させる場となっている。したがって、黒人の視点で黒人の歴史を掘り起こそうとす

る彼女の姿勢は、ウォーカーの作品の分析には欠かせない重要な鍵となる。

　1944年に、南部ジョージア州の分益小作人の家に生まれたウォーカーは、作家として果たすべき自分の役割を、「自身の立脚点を知るために、歴史に取り組むことである」(Tate 185) と、クローディア・テイト（Claudia Tate）とのインタビューで語っている。この、彼女が主張する歴史とは、支配者である白人男性中心の歴史から巧妙に排除されてきた黒人の歴史に他ならない。すなわちそれは、人種的抑圧に対して400年に及ぶ年月を闘ってきた彼らの長い抵抗の歴史であるがゆえに、白人至上主義を正当化してきた白人の暴力とは決して切り離せないものである。そうした意味で、とりわけウォーカーの初期作品には、人種差別の現実を直視する狙いや、その重要性を強調する意図から、容赦ない暴力描写が際立っている。それゆえに、ウォーカーの描く抑圧された人間の赤裸々な現実や、厳しい人種主義の影響に注目しがちになり、ウォーカーの意図を二項対立的に解釈する批評家も多い。その結果、彼らは、黒人男女の登場人物が自身を様々な抑圧の鎖から解放していく姿に、人間の多様性を追求する、ウォーカーの作家としての新たな挑戦があることを見逃してしまっている。

　もっとも、ウォーカーをリアリティに根差した作家ではなく、ポストモダン作家として読み解こうとする批評家もまた、彼女自身が青春時代に身を投じ、直接体験した公民権運動に体現されていた、全ての人々の平等を目指した〈非暴力〉による闘いが彼女のテクストに重ねられていることを見落としがちである。もちろんここで言う〈非暴力〉とは、キング牧師の「非暴力直接行動」(nonviolent direct action) に通底するものであり、普通想像されるような、受動的な、忍耐を中心とした闘いという意味では決してない。彼らの多くは、ウォーカーが〈ウーマニズム〉の視点から、こうした公民権運動の非暴力思想をさらに深め、作品の年代が下るごとにその視点を広げ、彼女独自の思想として発展させていることを十分に理解しているようには見えない。ウォーカーの全ての作品に貫かれているこの非暴力の思想と、黒人母系の歴史の、抵抗の伝統に深く根差した〈ウーマニズム〉とを総合的に考察しない限り、ウォーカー作品の理解は偏ったものに

なると言わざるをえないであろう。

　それゆえ本書は、ウォーカーの作品の中でも、特に長編小説の中に赤裸々に描かれる多様な暴力に注目し、これまで見逃されてきた主要登場人物達の暴力に対する非暴力の闘いについて、歴史的事実や時代的特質に基づきながら分析することを目的とする。その際、すでに一定の読みが定着している作品部分についても再検証しつつ、ウォーカーが非暴力の闘いに黒人の抵抗の歴史を重ねていることや、黒人のそうした長い闘いがテクストの中で持つ意味を多角的に考察する。そして、登場人物が自身を外的・内的抑圧から解放していく姿に、〈ウーマニズム〉の視点の深化と発展を読み解き、ウォーカーの宗教観も含めた新しい作品解釈を提示したい。またそうした新たな視点から、ポストモダニズム作家としてのウォーカーが作品に込めた人間解放への切実な思いの大きさを確認し、ウォーカー作品の持つ現代的意義について再考し、ウォーカー作品に対する再評価を試みたい。

2．研究の方法と内容

　ウォーカーが作品を通して自身の過去を遡って向き合う黒人の歴史は、南部再建期直後に始まった分益小作制度やジム・クロウ法（黒人差別を行う州法）という、〈新しい奴隷制度〉と言える暴力、白人支配社会の父権制に影響を受けた黒人家庭内で起きる暴力、奴隷船に乗せられた西アフリカの先祖の母達につながるFGMという暴力、そして奴隷制を引き起こした西洋の帝国主義・植民地主義という暴力の、四つの暴力と深く関わっている。すなわちウォーカーの長編小説全七作品はこの四種類の暴力によって大きく四つに分類でき、事実、FGMに関する作品を除けば二作品ごとにまとめられる。また、作品を上記の四つに分類したとき、多少前後するものはあるものの出版年がほぼ時系列に沿っている。四つの分類において、作品の場所設定がアメリカ内部から外へ、地球規模へと拡大していることから、作品を書いていく中でウォーカーの視野が次第に広がっていったことは間違いない。そこで本書においては、この展開を明白にするために四

種の暴力の分類に沿って章を構成し、以下のように論じていく。

　第1章では、『グレンジ・コープランドの第三の人生』（*The Third Life of Grange Copeland*, 1970、以下*GC*）と『メリディアン』（*Meridian*, 1976、以下*Meridian*）の両作品に共通する、〈新しい奴隷制度〉という暴力に着目し、両テクストを連続するものとして捉え、四段階に分けて考察する。

　1970年に出版されたウォーカーの第一作目の長編小説である*GC*は、1920年代から1960年代初頭までのアメリカ南部、続いて1976年に出版された第二作目の長編小説*Meridian*は、1960年代から1970年代末までのアメリカ南部が作品の背景として設定されている。両作品にはまずこうした場所の共通性があり、また作品内容も互いに時間軸に沿うように展開していることから、これまでにもよく比較の対象にされてきた。実際、両作品には分益小作制度やジム・クロウ法という、単に呼び名が変わっただけで奴隷制と本質は全く変わらない制度が、アメリカ南部再建期直後から公民権運動に至るまでの期間、自由黒人達を再び社会から排除し、抑圧していた歴史が登場人物達に体現されている。このことは、彼らが並べて考察される大きな理由であると考えられる。

　特に、*GC*に関するこれまでの主な先行研究では、黒人女性登場人物達をこうした〈新しい奴隷制度〉を背景とした黒人家庭内で起きる父権的暴力の犠牲者と見なす、一定の読みがすでに定着しているように見える。そして多くの論者が、*GC*のメム（Mem）にではなく、*Meridian*の女性主人公メリディアン（Meridian）の姿に、初めて闘う女性の生き方、すなわちウォーカーのフェミニズムやウーマニズムを見出している。しかし*GC*においては、メムの生き方が黒人男性グレンジ（Grange）に強い影響を与えており、さらには、グレンジによってメムの抵抗の精神がルス（Ruth）に伝えられる過程が示されていることから、メムにはすでにウーマニズムの萌芽があったと読むことが可能である。また、そうした観点から*Meridian*を読み直すなら、ウォーカーがメリディアンに、公民権運動以前からの黒人女性達の長い、連続的な不屈の闘いの系譜を重ねて描いていたことも、より明瞭になるように思われる。

さらに*GC*のグレンジは、これまでは主に人種的に抑圧されてきた黒人男性の男性性の解放という視点で論じられてきたがゆえに、彼が孫娘ルスの未来を切り拓くためにメムの闘いを受け継いでいたという点が、これまでは見逃されてきたように見える。だが実際には、彼とメムとの間には世代の違いや性別を超えた、人間同士の絆が明らかに見て取れる。そして、グレンジにはやがて来る公民権運動につながりゆく人間の普遍的な生き様があったことに着目し、彼と*Meridian*における新しい世代の黒人男性、トゥルーマン（Truman）との共通性に注目してみると、トゥルーマンが前世代の黒人男性の典型的な過ちを繰り返しながらも、彼もまたメリディアンという黒人女性の闘いを理解することによって変化する様子が浮き彫りになる。しかも彼のそうした精神的成長には、グレンジが到達したものと同様の普遍的性質だけでなく、グレンジが超えられなかった個人の抵抗の限界を超える可能性も示唆されているように思える。
　そこで、1章ではこうした両作品の縦の関係性を念頭に、メムからグレンジ、グレンジからルス、前世代の女性達からメリディアン、メリディアンからトゥルーマンに継承される黒人の闘いの中身を、歴史的観点と絡めて詳細に分析する。そして女性登場人物間にはウーマニズムの発展、男性登場人物間には精神的成長の発展を確認したうえで、黒人男女が深くつながる姿に、公民権運動を「一つの命（One Life）」を守る闘いと捉える、ウォーカー作品の核となる思想が象徴されていることを導き出したい。
　まず第1節では、*GC*の女性主人公メムから男性主人公グレンジに伝えられる、暴力を超えた視点に焦点を当てながら、ウォーカーのウーマニズムの原型を探る。第2節では、グレンジが孫娘ルスに託した、自身の行動に対して責任を認識することの重要性について考察し、それが彼の非暴力への意志と結びついていることを検証する。第3節では、*Meridian*の女性主人公メリディアンが、黒人母系の伝統の中に抵抗の真の意味を見出していく過程を辿り、〈ウーマニズム〉の深化を示す。そして第4節においては、メリディアンから男性主人公トゥルーマンに、黒人共同体を再生する役割が与えられている意味を、前世代の黒人男性の行動や1960年代から1970年

代のアメリカの時代背景に照らしながら読み解く。そのうえで、ウォーカーにとっての公民権運動が、「一つの命」を次世代へつなぐための未来へ継続すべき非暴力の闘いであることを立証する。

　第2章では、『カラーパープル』（*The Color Purple,* 1982、以下*CP*）と『父のほほえみに照らされて』（*By the Light of My Father's Smile,* 1998、以下*FS*）の両作品に、女性のセクシュアリティに深く関連する黒人家庭内の暴力が描かれていることに着目し、両テクストの相互補完的性質から、黒人男女の自己解放を四段階に分けて考察する。

　*CP*と*FS*では、女性のセクシュアリティにまつわるアフリカ系アメリカ人の家庭内で起きる暴力を巡って物語が展開していく。両作品には、父親が娘に振るう暴力が引き起こす様々な影響や反応が描かれ、特に*CP*では、父権的価値観に囚われて自己を喪失する女性主人公が自己を確立していく過程が、重要なテーマである。同様に、*FS*でも女性主人公の自己確立は主要なテーマであるが、この作品は、父権的価値観に囚われる男性主人公が自己を解放していく過程に、*CP*よりも一層焦点が当てられている点が大きな特徴である。

　さて、従来の*CP*研究は、黒人男性主人公が黒人女性主人公と同様に白人支配社会の父権制の犠牲者として描かれている点に注目するよりも、人種と性の二重の抑圧に苦しむ黒人女性の解放をまず重視してきた。そしてその多くが、女性主人公と彼女を取り巻く女性登場人物達との連帯に、歴史的に黒人女性が受け継いできた役割が重要な意味を持っていると考え、そこに父権的言説に対抗するウォーカーの戦略を読み取りがちであった。しかし、こうした批評は、女性の連帯を「女性的価値観」に根差すものと限定したり、女性の痛みに共感する男性の姿を「女性化された男性像」、あるいは「去勢された男性像」と捉えたりするなど、ジェンダーの枠組みから抜け出せていないものも多い。それゆえ、このような解釈はまた、西欧の父権制を維持・強化してきた、一神教の神の絶対性を転覆させようとするウォーカーの戦略を二項対立的解釈に止めているように見える。

　同様のことは、ウォーカーの思想とニューエイジ（西洋的価値観・文化

に対する批判から生まれた1980年代以降の潮流）の共通部分を指摘するものの、その共通性の理由をウォーカーの人間解放の視点とつなげて十分に考察することなく、教訓主義であると批判することに終始してきた従来の FS 研究にもうかがえる。最近、デイヴィスがこれまでのウォーカーの主な作品を概観する中で、FS で目指された自己解放の視点の広がりについて言及してはいるが、この作品自体を深く研究した批評がまだ少ないうえに、まだ CP との比較も十分になされてはいない。しかし FS には、CP に芽吹いているような男性同士の親密な関係が、より詳細に描写されているだけではない。万物の存在をより平等に捉える宗教観も、CP では主に女性の連帯を通して示されていたのに対し、FS では男性同士の連帯を通しても顕著に示されるなど、FS においては CP のテーマが明らかに広がりを見せており、FS を研究することで CP の理解もさらに深まるように思える。

そこで、2章では、CP、FS 両作品の共通テーマに着目し、その相補性や発展性に配慮しつつ分析を進め、ウォーカーが当初から、黒人女性の解放だけではなく黒人男性の解放も同時に目指していたことを確認したうえで、彼女が目指す真の人間解放の姿を、男女双方の視点から総合的に読み解いてみたい。

まず第1節では、父権的暴力が女性の自己喪失を引き起こす主な要因であることを女性主人公達の行動から検証する。第2節では、女性達が父権制に抵抗しようとするとき、女性同士の間に互いの痛みに対する共感の姿勢が重要な役割を果たしていることを読み解く。第3節では、父権制の下で自己を喪失する男性達が、女性達の場合と同様に、男性同士の間で痛みを共感し合うことで成長することを示し、彼らがそれをさらに女性の痛みに対する共感へと発展させる過程を考察する。第4節では、こうして黒人男女が自己を解放する背景に、一神教の神の絶対性を覆す、万物の存在をより平等に捉えようとする汎宇宙論的概念があることを明らかにする。そして、このようなウォーカーの宗教観が、男女を同時に父権的抑圧から解放し、人間の多様性を肯定するものであることを解明する。

第3章では、『喜びの秘密をもつこと』（*Possessing the Secret of Joy,*

1992、以下 *SJ*）に、女性に対して肉体の痛みだけではなく、精神的にも深いトラウマをもたらすFGMが描かれていることに着目する。

　ウォーカーがこの伝統的な慣習について強く反対を表明した *SJ* を出版した際に、アメリカ内外に大きな反響や賛否両論が巻き起こったことは非常によく知られているが、それらの批評は、この慣習に対する人々の多様な捉え方や、その時代の傾向とも密接に関係している。そこで、研究の方法を述べる前に、まずはウォーカー以前にFGMを扱った代表的な作家や、その作品の歴史的背景、またFGMを取り巻く現状を概観したうえで、*SJ* の代表的な先行研究の内容についても大まかに触れておきたい。

　FGMはアフリカの多くの国々、アラブ諸国、東南アジア、またこれらの国々からの移民が移り住む先々の国で現在も続けられている、民族の伝統に深く根差した慣習である。FGMを扱ったテクストの系譜やその背景を研究するエリザベス・ベカーズ（Elisabeth Bekers）によると、FGMは、ケニアの初代大統領ジョモ・ケニヤッタ（Jomo Kenyatta）が1938年に民俗学的研究、『ケニア山のふもと』（*Facing Mount Kenya: The Tribal Life of the Gikuyu*）の中でギクユ族の部族生活の特徴として記して以来、特にアフリカ系の作家によって持続的に取り上げられる題材になってきた（15）。[4] もっともケニヤッタ以前や同時期にも、キリスト教的立場から入植者、フランス人の修道女、医者などがアフリカの植民地においてFGMを記録し、医学的見地からその危険性をほのめかすものもあったが、それによって大きなFGM反対運動が起きることはなかったようである（Herzberger-Fofana 143）。ケニヤッタ自身は、前述の著書の第六章、「少年と少女の成人式」において、イルア（116）（「割礼」、または「生殖器の手入れ」を意味するギクユの名称）が部族心理に果たす、「厖大な教育・社会・道徳・宗教上のつながりをもつ一つの体制の真髄」（115）という重要な意味を解説しており、あるヨーロッパの宣教師団体からの少女のイルアに対する非難と扇動については、次のように反論している。「彼らはイルアの外科的な面だけを見、この慣習がギクユに心理的にどれほど重要視されているかを調べもしないで、少女たちのイルアは野蛮な慣習以外のなにものでもな

く、したがって法律で禁止すべきだという結論を引き出した……イルアの廃止は、年齢集団を確認する部族の象徴を破壊し、記憶できない昔からギクユが保ちつづけてきた集団主義と民族の連帯精神の永続するのをさまたげることになろう。」(116-17)

その後、第二次大戦後のアフリカの独立運動の興りと、1960年代に入ってからの激しい植民地闘争の中、伝統を擁護する気運の高まりと共に、FGMの描かれ方は政治的争点としての面が強く押し出されていく。この時代の顕著な特徴としては、FGMに女性の成人儀礼の面だけではなく、政治性が付加されていることが批評家の研究に挙げられている。例えばベカーズは、植民地独立前後の1960年代に執筆したケニアの作家三人 (Ngugi wa Thiong'o, Charity Waciuma, Muthoni Likimani) の作品（作家順に *The River Between, Daughter of Mumbi, They Shall Be Chastised*）を取り上げ、それらが「民族意識を表す政治的パンフレットとして」(18) の面を抜きにしては読めないと述べる。ベカーズによると、いずれの作家も、施術を野蛮で邪悪なものとする大英帝国主義者の解釈を支持してはおらず (19)、最初の作品では、植民地統治時代における二つのギクユの村が施術を巡って民族の連帯を崩壊させていく様子、次の作品では、FGE[5]が反帝国主義者の「民族の自決権」(19) を訴える手段となり、FGEの禁止令がかえって人々を慣習に傾倒させていく様子、三番目の作品では、他の二作品よりも、より一層反植民地主義的で伝統賛成派の立場が取られていると分析している (19)。そしてベカーズは、これら三作品には共通して、「慣習に自発的に従い」(20)、施術による「トラウマを持たない」(20) 女性達が描写されている点を指摘する。そのうえでベカーズは、これら三人の作家が明らかに現地の固有文化への植民地主義者達の干渉を非難し、脱植民地化闘争の中で起きたギクユ族の過度に暴力的な抵抗は描かず、FGEによって伝統的な女性の役割が形成されている点を強く批判することはないと述べる (20)。さらに、こうした女性の役割を女性の視点で描いているという点で、ベカーズは同時代のケニアとナイジェリアの女性作家 (Rebeka Njau, Flora Nwapa) を取り上げているが、両作品（作家順に、*The Scar,*

Efuru)においては、いずれの作家もジェンダー規定には反対しながらも、FGE自体を直接的に攻撃してはいないと結論する (21)。

しかし、ベカーズは、そうした論調はアフリカ独立後の1970年代に入ると一変すると主張する。彼女によると、この時代にはアフリカの女性が自ら施術体験を証言したり、その体験を自伝的小説にまとめたりすることにより、女性の視点からFGMに反対意見を公表し始めるだけでなく、施術による女性の深いトラウマを描くアフリカ人の男性作家（例えばソマリアのNuruddin FarahやコートジボワールのAhmadou Kourouma）も現れた(23)。それゆえ、ベカーズは、1970年代から1980年代のこうした作家達をアフリカ独立後の「第二世代」(25) と位置付けており、彼らが「ケニヤッタとは著しく対照的に」(23)、この慣習を「永続する肉体的、精神的な切除」(23) と捉え、独立後も続く「女性の従属的地位」(25) を具体的に描くようになった点に着目する。そして、こうした第二世代の「全てのテクスト」(25) に、女性の抑圧と従属が公表されていると結論する (29)。すなわち、時系列的に見ると、このような「第二世代」の姿勢が「国連女性の十年間」(the United Nations International Decade for Women, 1976-85) を経て、FGMに関する討議のグローバル化に伴い、次世代、すなわちベカーズの分類による「第三世代」の作家達によって全地球的な女性の人権問題と結び付けられ、英語圏においてはウォーカーへと受け継がれていったものと推測される。[6]

ところで、ベカーズと同様にFGMを扱った作品のうち、特に女性作家の系譜を研究しているピエッレッテ・ヘルツベルガー＝フォファーナ (Pierrette Herzberger-Fofana) は、*SJ*では性器を切除された女性主人公が生涯に渡って精神と肉体の両面で苦悩する様子が描かれていることから、ウォーカーは「婉曲無く、誤った選択として」(144)、「FGM」(145) という女性への究極の暴力を描いていると主張する。すなわち、ここでヘルツベルガー＝フォファーナが*SJ*について述べる際に、FGMという語を意図的に使用していることは、*SJ*ではこの慣習が有害なものとして明白に定義され、批判されていることを示唆している。もちろん現在では、この

FGMという用語は、女性への暴力を廃絶する目的から国連世界保健機関などの国際機関でも正式に認められており、一般的にも広く使用されているものである。リアリティに根差した女性主人公の描写から、ウォーカーがFGMに反対する姿勢を*SJ*で明確に打ち出したのは間違いない。また、本書の筆者自身も、そうした視点をウォーカーと共有している。それゆえ、本章でもFGMという語を用いたい。

実際、3000年から6000年以上も続いてきたと言われるこの父権的暴力は、語ること自体を長くタブー視されてきた。しかし現在では、当時者の女性が少しずつではあるものの自発的に立ち上がり、FGMの痛みを表現できるようになり、FGM廃絶を訴える自伝や小説も広く世界中で読まれるようになっているし、それが映画化されるようにもなっている。[7] このことは、女性の人権に対する意識が世界に広がってきたことを示す証左のように思われる。ところがその一方で、彼女達がしばしば同国人からは自国の伝統や文化を貶める裏切り者と見なされたり、激しく攻撃されたりもするように、当事者の女性がFGMの痛みについて口を開くことは、今でも決して容易なことではないのである。

また、彼女達の立場を一層困難にした理由が、FGMの知識を得た西洋フェミニストの人種差別的態度であったことは、FGM廃絶運動の教訓として決して忘れられるべきではない。というのも、アフリカの女性作家達が自国の父権制度を批判したことにより、西洋フェミニストからの一方的な行き過ぎた介入が起き、彼女達が自国の父権主義者らによって西洋帝国主義[8]に加担する者と見なされ、非難されるようにもなったからである。事実、1970年代後半から、西洋のフェミニストはショッキングな報道を通してFGMをアフリカの〈野蛮な風習〉として紹介していた（Herzberger-Fofana 145）。そこには、アフリカ人を自分達の理解を超えた存在と見なしたり、アフリカの多種多様な文化を父権的で残虐・残酷であるなどと一元的に解釈したりする視点がうかがえる。そのうえ、彼女達は植民地主義による経済的搾取がアフリカ社会を貧困状態に貶め、アフリカの女性のFGMに対する抵抗力を奪った先進諸国の責任には言及せずに、アフリカの後進性の

みを批判しがちであった。⁹このことは、特にアフリカの女性作家がFGMに反対しようとするとき、常に西洋フェミニストの言説に利用される危険と隣り合わせにあり、また自国の父権主義者からは帝国主義の手先として批判されるという、板挟み状態に置かれてきたことを示唆している。例えば、日本でも『切除されて』(*Blood Stains*)の著者として知られるセネガル出身のキャディ・コイタ(Khady Koita)が、自身が所属するFGM廃絶団体に対して受けた批判について、その著作の中に記述している。¹⁰

それゆえ、1990年代初めにアフリカの女性と共に闘おうとして立ち上がったウォーカーに対し、アフリカのフェミニストの不満や憤りがぶつけられたことは、決して不思議なことではない。というのも、『カラーパープル』でピューリッツァー賞と全米図書賞を受賞したことにより、ウォーカーは西洋フェミニストの代表として、すなわちFGMの当事者でもないのに優越主義的立場からFGMを批判する者として注目されるようになったからである。事実、*SJ*や、1993年に製作した反FGMの映画『戦士の刻印』(*Warrior Marks*、日本語字幕監修ヤンソン柳沢由実子)が、西洋フェミニズムの差別的で抑圧的な帝国主義的視点と同一視され、アフリカからだけではなく西洋社会からも非難を浴びたのは、記憶にまだ新しい。

ところで、ウォーカーがこうした批判を受けるようになった1990年代は、アフリカと西洋両方のフェミニストがFGMについて公の場で語ることを避けるようにさえなっており、廃絶運動が後退しただけではなく、再び擁護する気運まで現れかねない状況にもなっていたようである。¹¹そして、日本ではこの時期に、アラブ文学研究者の岡真理が、ウォーカーを「特権的な」(23)、「『西洋フェミニスト』の視点から発想している」(18)と痛烈に批判した。また岡は、ウォーカーが*SJ*において、FGMを西欧植民地主義への民族の抵抗手段として必要とせざるをえないアフリカ社会の現実への共感もなく、アフリカ社会を「没歴史的」(18)に描き、アフリカの女性を「自らの抵抗の主体たりえない、受動的で無力な犠牲者として」(17)表象していると主張したが、こうした岡の批評は、*SJ*批評の中でも多岐に渡って問題点を挙げた代表的なものである。一方、FGMに対して

17

中立的な立場を取りつつ様々な作品を分析してきた前述の批評家ベカーズにも、岡の批判と重なる部分がある。彼女は、多国籍作家から成る第三世代の、特に女性作家達の持つより広い女性の人権擁護の視点に注目しながらも、彼女達の作品には多様なアフリカ諸国を一括りに捉える「包括的な言及」(31) や、アフリカとの比較で「西洋を容認する皮相的な視点」(33) があると指摘し、ウォーカーのSJについても、「施術の文化的重要性の探求よりも、施術に対するフェミニストの非難を重要視している」(32) と、文化性を欠いた描写として捉えている。

そこで、これらの指摘や、これまでのSJの先行研究の中で特に批判的なものに注目してみると、それらの批判は主に次の4点に類別できる。

① アフリカの文化的多様性を軽視したカルチュラル・インペリアリズムであり、西洋視点のアフリカのステレオタイプを助長しているとする批判。

② FGMを受けた少女を虐待の〈犠牲者〉としてのみ表象し、またそれを続けるアフリカの女性達を、一方的に告発しているとする批判。

③ 女性主人公タシ（Tashi）に施術者の老女マリッサ（M'Lissa）を殺させることにより、アフリカの女性一個人のみの抵抗を描いているとする批判。

④ 同性愛や女性のセクシュアリティの描写によって西洋フェミニズムを押し付けているという批判。

確かに、このような批判はいまだ多くの批評家が持つ根強い意見にも見えるが、FGM廃絶運動が世界的広がりを見せる中で、SJ出版から20年以上を経てウォーカーを再評価する動きも現れ始めていることにも言及しておきたい。[12]

日本においても、SJを多角的に評価し直す研究が現れている。2013年に、山下昇が『ハイブリッド・フィクション－人種と性のアメリカ文学－』の中でウォーカーを取り上げ、「『カラーパープル』と『喜びの秘密』におけるアフリカ」という論題で、これまで批判されてきたウォーカーのアフリカ表象を再検証し、作品の再評価を試みている。山下はSJが、「多く

の語り手が各自の立場から語っている多声的なテクストであり、モダニスティックな手法を用いた作品であることに読者は留意しなくてはならない。つまりこの作品においては作品を貫く統一的な単一のトーンはないということである」(310)と、リアリズム小説のように読むことでこの作品の表象するものを誤読してきた、これまでの批評の間違いを指摘する。そして、テクストにはアフリカ人の排他的姿勢をもたらした要因は白人支配であることや、アフリカの貧困や後進性に西洋の帝国主義が大きく関わっていることを、ウォーカーは十分とは言えないまでも描いていると、テクストの該当部分を引きながら反論し(314)、施術者マリッサの人物造形についても、十分に人間的であると説明している(317)。

実際、ウォーカーは、FGMの問題に取り組むために25年の歳月をかけて準備したことを、『戦士の刻印』を製作する際のジャーナル、『戦士の刻印－女性性器切除と女性への性的欺瞞－』(*Warrior Marks: Female Genital Mutilation and the Sexual Blinding of Women*、以下 *WM,* 269)の中で明かしており、映画製作の意図についても、「切除された女性達と共に立つためであり、彼女達の上に立つためではない」(*WM* 13)と明言している。またそうした彼女の強い覚悟は、「私は教育を受けたアフリカ系アメリカ人として、私の良心への義務としてこの小説を書いたのです。実際、このような小説を書くこと、つまりタシのような女性について、そして性器切除のような主題について書くことこそが、私が教育を受けた理由なのだと考えています」(*WM* 25)という誠実な言葉からも伝わってくる。事実、*SJ*で様々な登場人物に託されているウォーカーの視点は、FGMを強化させていった西洋植民地主義の責任を見逃してはおらず、決して西洋フェミニストによる新植民地主義的パラダイムに解消されるわけではないし、女性主人公も単なる〈犠牲者〉として表象されるだけでは終わってはいない。また女性主人公が施術者を殺害する行為も、一個人の復讐として捉えるような、一面的な解釈を超えた広い意味が託されている。そしてそこには、アフリカと西洋との連帯を通してFGM廃絶運動に取り組むことが当然とされる、現在の世界的な流れを予兆する視点さえも読み取ることが可能である。

したがって、本章では、まずSJを取り巻く様々なイデオロギー的意見は別にして、純粋にテクストに立ち返ってその内容を詳細に分析することにより、ウォーカーが主要登場人物に託していたそれぞれに異なる視点を、一つ一つ明確にする。その際、これまでは詳細に論じられてこなかった女性主人公タシの心の変化に着目し、それを彼女と周りの登場人物との関わりの中で考察しながら、ウォーカーが目指した「普遍的自己アイデンティティ」について段階的に論じることを示す。そのうえで、ウォーカーの視点を再評価し、彼女が全ての女性の人権を尊重する普遍的な立場から、西洋の人々とアフリカの女性達が共に立ち、共にFGMの廃絶を目指そうとする、アフリカと西洋の平等な連帯意識に十分基づいて著作できているかどうかを検証したい。またこの検証においては、ウォーカーがFGMによってアフリカの男性も苦しんでいる様子に目を向けながらも、アフリカの女性と男性との連帯を書かなかった理由についても、最終的に女性主人公が示した抵抗と関連付けて考察したい。そして、こうした議論を通し、これまで西洋の優越主義的視点から描かれていると誤解されがちであったSJの評価に決着をつけ、正当に評価する道を開きたいと思う。

　第1節では、イギリスの植民地政策の中で、タシが自民族絶滅の危機に直面するとき、FGMに〈新しい〉価値を見出し、自ら民族的父権制の罠に嵌っていく背景に、民族的ナショナリズムの不健全な高揚が強く影響していることを考察する。第2節では、タシが救いを求めるアメリカ人の夫アダム（Adam）が抱くキリストの人類救済思想が、結局キリスト教のドグマに根差した父権的価値観の域を出られないことにより、彼女がさらに西洋父権制の性差別主義の犠牲にもなっている点を明らかにする。第3節では、タシと固い友情を築いていたかに見えたアメリカ人の友人オリヴィア（Olivia）が、西洋中心の人種主義的視点を払拭できないことにより、タシの信頼を裏切り、彼女を一層孤独に追い詰めている点を分析する。第4節では、タシがスイス人の医師ムゼー（Mzee）との間に人間同士の対等なつながりを築くことにより、自己を回復し、さらにはFGMを暴力として自ら定義づけられるような心の成長を見せていく過程を検証する。ま

た第5節では、そうした人間のつながりを可能にする「普遍的自己アイデンティティ」を、タシがアメリカの民主主義と関連付け、祖国の父権制に対する彼女独自の抵抗に発展させていることを導き出す。さらに第6節においては、タシが施術者の女性を殺害する行為を、一人のアフリカ人女性によるアフリカの次世代のための、個人を超えた抵抗という視点から読み解く。そのうえでウォーカーが、FGMの廃絶運動を西洋とアフリカの人々が連帯し、共に父権制から自己を解放するための闘いと捉えていることを究明する。

最後の第4章では、『わが愛しきものの神殿』（*The Temple of My Familiar*, 1989、以下*MF*）と、『今こそ心を開くとき』（*Now Is the Time to Open Your Heart*, 2004、以下*YH*）に共通する帝国主義・植民地主義の暴力に着目し、ウォーカーがさらに広い視野から文学的挑戦を行っていることを、テクスト間の連続性や発展性に留意しながら検証していく。

*MF*と*YH*には共に、1980年代以降のカリフォルニア州に生きる黒人中産階級の主人公が喪失した自己を回復していく姿が描かれている。時代背景を考えるうえでこの時代を少し遡ってみると、アメリカ社会に起きた主な社会的、歴史的出来事として、1950年代に始まった公民権運動が1964年の公民権法（Civil Rights Act）と1965年の投票権法（Voting Rights Act）に結実したことが挙げられる。アメリカはこれらの法により、法律上は「人種差別のない社会」（"Reagan Quotes King Speech in Opposing Minority Quotas"）になった。そして、1980年代という時代は、公民権法や投票権法の法制化からすでに15年以上が経過し、「人種差別の無い社会（a color-blind society）」の達成を宣言するロナルド・レーガン（Ronald Reagan）大統領の政権下（1981-89）で、公民権運動が、すでに遠い過去の出来事と見なされるようになった時代[13]である。実際、1980年代のアメリカ社会には、大学教育を受け、社会的地位も向上し、経済的にも安定する黒人が増え始めていた。しかしウォーカーは、急速に白人主流社会に同化し、中産階級化していく新しい黒人層をこの時代の顕著な特徴として捉えると同時に、前の世代との大きな裂け目に生きる彼らが、白人男性中心の価値観に飲み

込まれ、黒人のアイデンティティを見失っていく状況に強い危機感を抱いているように見える。

　特に*MF*には、社会的地位の高い安定した職業に就いているにもかかわらず、精神的には全く満たされずに不満や怒りを妻にぶつけている黒人男性や、そういう男性の父権的価値観に振り回され、自己を破滅させていく黒人女性が複数描かれる。彼らの人生にはそれぞれ異なる社会的背景はあるものの、誰もが例外なく両親や祖先との絆を喪失し、人生の指針を見失っている。このように、*MF*では登場人物一人一人が、1980年代に現れた新しい中流黒人の孤独を体現している点が特徴的である。

　したがって従来の*MF*研究では、黒人主人公達が抱えるこうした問題を、主に彼らと黒人の歴史との断絶に着目して論じてきた。例えばイケナ・ディーク（Ikenna Dieke）は、主要登場人物が皆、先祖の歴史から切り離され、孤立させられている点に注目し、テクストには彼らのアイデンティティ探求に不可欠な、「アフリカ系アメリカ人の歴史の長い行程」(513) が、ウォーカーの「芸術的想像力の働き」(513) によって再現されていると主張する。また、ポストモダンの観点から作品を読み解くボニー・ブレンドリン（Bonnie Braendlin）も、歴史的、神話的なイメージを呼び起こす*MF*の断片的な語りの中に、絶えず先祖の「遺産」(53) から引き離され、歴史を奪われた黒人の姿を見出している。ブレンドリンはその分析の中で、*MF*の登場人物の多様性や彼らの広範囲な移動、また直線的な時間の流れに逆らう語りの特徴をパスティーシュ（寄せ集め法）と捉え、物語における「構想の不連続性」(54) に言及する一方で、物語の底流をなしている被支配者の奪われた歴史を示す、「主題の連続性」(54) にも同時に目を向けている。確かに、これらの批評家が指摘するように、主人公達は両親や先祖が彼らに残した有形無形の遺産に自ら向き合い、彼らが紡いできた抵抗の歴史を自分のものとして改めて認識することにより、初めて自身の問題を解決する力を獲得する。

　もっとも、*MF*におけるウォーカーの歴史解釈については批判も存在し、作品の評価はまだ定まっているとは言いがたい。例えばそうした批評家の

一人に、小説家としての立場から*MF*を批判したJ・M・クッツェー（J. M. Coetzee）がいる。彼は*MF*の中に度々現れる母権的な先史時代の描写に批判的で、没歴史的で断片的な「空想」(26) であると反論し、父権的な諸問題に対処するための現実性や有効性を強く疑問視する。このような評価は、「男性が地球を支配する前の数千年間は、要塞や城壁を築く必要もなく、女性達は交流し、話し合い、互いを祝福し合いながら活気に満ちた文化を牽引していた」("You Have All Seen" 40) というウォーカーの歴史観と真っ向から対立するものである。

　さらに、こうした批判に呼応するように、*YH*の先行研究ではその出版当初からウォーカーのニューエイジ思想が指摘されるだけでなく、従来ウォーカーが描いてきた黒人主人公とは異なる、主人公の黒人としてのアイデンティティの弱さに批判が集中しがちであり、まだ作品の研究も深まっていないうえに、教訓主義的なテクストとして捉えるような、表面的な解釈も目立つ。概してそういう批評には、歴史的視点から登場人物の内面変化を詳細に分析したようなものはほとんどなく、またそうした観点から*YH*と*MF*の共通性やつながりを指摘したものもまだ見られない。しかし*YH*には、中流黒人の窮状が彼らの歴史との関わりにおいて描かれているだけではなく、次世代のために彼らが果たすべき役割が地球規模で示されるなど、視点が現在から未来へと確実に移行しており、その作品内容の広がりには*MF*からの発展が明らかである。そして、そうした連続的なテクストの考察により、ウォーカーが地球を俯瞰する視野から両作品で示した、帝国主義・植民地主義が今も世界中に及ぼす有害な影響や、それに対する主人公達の反応に注目してみると、*MF*で彼らが精神的に成長する姿には、通常の、黒人のアイデンティティ回復という枠だけには収まりきれない、注目すべき新しい視点がうかがえる。そのうえ、*YH*には*MF*のそうした視点を発展させたより深い内的思考を通し、デュボイス（W. E. B. DuBois）が提起した、黒人が抱く「自己の二重意識」の問題を根本的に問い直すような、脱中心的な思想が託されていたことが浮き彫りになる。

　そこで本章では、*MF*から*YH*へのテクストの発展的性格を考慮しなが

ら、黒人のアイデンティティというものが帝国主義・植民地主義の破壊的影響を受けてきた黒人の歴史と決して切り離せないことを確認したうえで、それぞれの作品における登場人物の精神的成長を精査してみたい。そうすれば、ウォーカーがアメリカ黒人のアイデンティティをどのような視座で捉え、またそれをどこに位置付けようとしていたのか、これまで明らかにされなかったウォーカーの新しいポストモダン的視点を含めて解明できるであろう。

　まず第1節では、MFの二組の若い黒人夫婦が、公民権運動以降の1980年代のアメリカ社会において、自己喪失に陥りながらも、彼らの親や先祖とのつながり、すなわち帝国主義によって奪われた黒人の歴史を認識し、自己を回復する過程を考察する。第2節では、四人の主人公達の身体に流れる多様な人種の血を〈黒人の新しいアイデンティティ〉の提示として捉え、そうした自己認識が人種間の亀裂を解決する糸口であることを読み解く。第3節では、YHにおいて、壮年期の黒人男女が人種や性別を超えた多種多様な人々との出会いを通し、それぞれの心の傷を帝国主義という共通の歴史体験として共有していく様子を考察する。そして第4節においては、奴隷制に向き合う黒人女性主人公が彼女自身の中にある白人の血を受容する姿に、支配者と被支配者という二項対立的価値観からの脱却が意図されていることを解き明かす。そして、こうした〈黒人の新しいアイデンティティ〉に、ウォーカーが黒人の解放だけに止まらず、全ての人々の解放と世界の人々が連帯する暴力の無い未来を見据えていたことを提示する。

　最後に、「あとがき」では、こうした議論をウォーカーが黒人作家の役割であると深く認識するペンで闘う伝統という視点から総合的にまとめながら、先行研究では一面的にしか論じられてこなかった、ウォーカーの、「全てのものとの一体（oneness）」の真意を、全ての作品の中に一貫している暴力を超える視点との関わりから明らかにする。そのうえで、ウォーカー作品は、文化や宗教が互いにせめぎ合う現代のグローバル社会において世界の人々が連帯するための、先見的指針に基づいて創作されていることを示したい。

第1章
〈新しい奴隷制度〉の下での
「一つの命」に向けた闘い
――『グレンジ・コープランドの第三の人生』から
『メリディアン』への発展――

第1節　メムからグレンジに伝えられる暴力を超える視点

　1940年代、アメリカ、ジョージア州グリーン郡の白人の綿花農場の片隅で、メム（Mem）は分益小作人の夫ブラウンフィールド（Brownfield）の妻として、三人の子ども達と共に生活している。この分益小作人一家の住居として割り当てられた、ペンキが剥げ、窓ガラスも無い、小さな灰色の「豚小屋」（110）は、当時南部農業資本主義を背景とした分益小作制度により、黒人達が奴隷制時代同様に、否、それ以上に貧窮の極みの生活を強いられ、徹底的に搾取されていた状況を象徴するものである。というのも、南北戦争後、黒人奴隷達は1865年に批准された憲法修正第13条により、法律上は奴隷制が廃止されて自由の身になったにもかかわらず、1876年に最後の連邦軍が南部を去るまでには完全な貧困状態に陥っていたからである。歴史学者アラン・ブリンクリー（Alan Brinkley）によると、それは南部の白人達が「威嚇や暴力を用いて」（Brinkley 527）再建期の政治体制を切り崩し、法の下の平等な庇護（憲法修正第14条）や、黒人男性に付与されていた選挙権（憲法修正第15条）などを次々に剥奪していったことに起因する。さらに南部諸州が1900年代初頭までに、ジム・クロウという新しい人種差別法を着実に制度化していったことは、土地や生活手段をほとんど持たなかった大多数の自由黒人を白人農場主の下で分益小作人として働かざるをえない状況に追い込み、多額の借金を背負わせて逃げ場の無い状況に留め置き、事実上、彼らの再奴隷化を決定付けた。ブリンクリーの、「再建期

において、南部では三分の一かそれ以上の農民が小作人であったが、1900年までにはその数は70パーセントにまで増加していた」(539) という分析からは、当時の自由黒人が置かれた、自由とはまさに名ばかりであった状況の一端をうかがい知ることができる。

ウォーカーは『グレンジ・コープランドの第三の人生』(*The Third Life of Grange Copeland*, 1970、以下 *GC*) で、このように制度化された徹底的な搾取システムと人種差別の抑圧の下で、黒人男性の肉体と精神が次第に崩壊していく様子を、まずリアリスティックに描こうとしているが、描かれるものはそれだけではない。彼女はさらに、分益小作人の家庭内にも焦点を当て、そこに黒人女性が生きるということが一体何を意味するのか、またそこでは何が起きていたのかという実態を、メムという一人の女性に体現させていく。実際、公民権運動以前また以後も尚、黒人知識人に大きな影響を及ぼしている社会学者・思想家・黒人運動指導者、W・E・Bデュボイス (W. E. B. DuBois) の言葉を引用したウォーカーの次の言葉には、人種差別の犠牲にされていたのは黒人男性だけではなく、黒人女性も同様であったということが強調されている。

> In his land mark essay "Of the Dawn of Freedom," 1903, W. E. B. Dubois wrote that "the problem of the twentieth century is the problem of the color-line – the relation of the darker to the lighter races of men in Asia and Africa, in America and the islands of the sea. It was a phase of this problem that caused the Civil War...." This is a true statement, but it is a man's vision. That is to say, it sees clearer across seas than across the table or the street. Particularly it omits what is happening within the family, "the race," at home; a family also capable of *civil* war. ("If the Present Looks Like the Past" 310-11)

ウォーカーは、白人支配社会に対し、20世紀の問題は人種問題であると明

確に定義づけたデュボイスの視点をまずは肯定したうえで、彼の視点にはまだ偏りがあったと見なしている。すなわち彼女は、黒人社会や黒人家庭内で、スケールは小さいながらも外社会の支配構造の特徴が増幅され、再生産されている実態を見逃してはいない。そこには黒人女性にも平等に光が当てられるべきであると捉える、彼女の固い信念が表明されている。彼女は、白人支配という外的抑圧に対するマクロな視点と、その外圧に伴って黒人家庭内で引き起こされる、さらなる抑圧に対するミクロな視点を同時に持つ重要性を指摘しているのである。ウォーカーは、黒人男性の陰に隠されてきた黒人女性の問題が明るみになるときに、初めて人種主義の全体像が明らかになると考えているに違いない。

　*GC*では、家庭内でメムが抱える問題は主にブラウンフィールドによる彼女への暴力に起因しているが、もちろんそれは初めからあったわけではない。二人は恋に落ち、愛し合い、未来を夢見て結婚する。しかし、年々積み重なる借地や借家代、騾馬や作物の種、農機具代などの借金で首が回らなくなるにつれ、ブラウンフィールドは自身と家族の未来を悲観し、次第にメムと娘三人に暴力を振るうようになり、彼女達を恐怖に陥れる。W・ローレンス・ホーグ（W. Lawrence Hogue）は、*GC*における白人男性の唯一の役割は、「抑圧的で人間性を奪うような力」(102) であると指摘する。日常的に、こうした無慈悲な白人農場主からの過度のストレスにさらされているブラウンフィールドは、自己を常に殺して生きざるをえない。それゆえ、その鬱積した感情は彼自身の家族へと向けられていく。彼は妻のメムだけではなく、娘達に対しても奴隷監督のような態度で接するなど、家庭内で絶対的支配者として振る舞うことで、ぎりぎり自身の尊厳を保とうとするのである。

　その一方で、妻であり母親であるメムは、極貧の中でも少しでも温かい家庭を作ろうと懸命に奮闘する。実際、メムが陥っているこの状況は、当時、分益小作人の妻が置かれていた典型を示しているように見える。社会学者のスーザン・A・マン（Susan A. Mann）は、奴隷解放後、黒人男性による黒人女性への性的虐待や肉体的虐待が増加したかどうかは資料がほ

とんど無いので決定は出来ないとしながらも、分益小作制度の下では、奴隷制時代と同様に、黒人男性による妻子への暴力は一般的であったと指摘する。そして彼女はさらに、奴隷制時代の集合的な奴隷の住居と比較すると、分益小作人の住居が互いに離れて孤立していたことが、配偶者による虐待があった場合に、周りの人々の監視や介入をより困難にした可能性を主張する（789）。このことは、家庭内でブラウンフィールドが虐待をはなはだしく加速させていくことと、誰にも助けを求めることができないメムが一層孤独に追い込まれていく関係性を傍証するものと言えるであろう。

しかも、メムを取り巻く苦しい状況はそれだけではない。ジャーナリストのダグラス・A・ブラックモン（Douglas A. Blackmon）は『別の名による奴隷制』（*Slavery by Another Name*）の中で、分益小作制度の下では、「白人男性はほとんど全ての地域を所有しており、南北戦争前に存在した黒人女性との性交権は、白人の農場では変わらない習慣であった」（243）と述べる。このことは、黒人女性が白人農場主の意のままにされる危険とも常に隣り合わせであったことを意味している。すなわち、当時奴隷制時代よりもさらに周縁化された小屋で暮らす多くの分益小作人の妻は、家の外では白人の性暴力、また家の内では夫の精神的・肉体的暴力にさらされていたのである。それは、彼女達が外と内の二重の闘いを強いられていたということに他ならない。

ところで*GC*において、メムには人生の与件として教育があり、教師の資格も持っている。その点で、彼女は同様に分益小作人の妻であった前世代の女性マーガレット（Margaret）とは明らかに異なっている。マーガレットは、夫グレンジ（Grange）が惨めな日常から一時でも逃れようと、彼女の激しい抗議も無視して娼婦ジョシー（Josie）の下へ通うようになると、自分も浮気をすることで夫の気持ちを取り戻そうと試みる。だが夫の娼館通いは止むことはなく、結果的に彼女は白人農場主の子どもを産み、グレンジに捨てられてしまう。この結末は、当時の黒人社会が女性の貞節と家庭の神聖を尊ぶ白人支配社会の、キリスト教的価値観の強い影響下にあったことを考えると、当然のことと受け止められる。しかもその後、彼女が

第 1 章　〈新しい奴隷制度〉の下での「一つの命」に向けた闘い

自分の行為の責めを自ら進んで負い、白人との間にできた我が子を殺して服毒自殺をするのも、読者の予想を大きく裏切るものではない。マーガレットには小屋の周囲で生きる以外に人生の選択肢は無かったことから、彼女は前述の、内と外の二重の抑圧に屈した、当時の多くの黒人女性を体現する人物に見える。その一方で、メムには人生の選択の幅が与えられている。しかし、彼女も教育があるとはいえ、マーガレットと全く同様の社会から周縁化された環境に置かれているため、自分の能力を生かす機会はほとんどない。それゆえ、最終的に夫の犠牲になる点では、メムもマーガレットと大差はないというのが作品の表面上のプロットである。

　実際GCでは、リアリスティックな描写が前景化しているために、そこに目が行きやすいのは確かである。それゆえこれまでの先行研究では、マーガレットとメムの双方を、人種差別社会の犠牲者としてのみ捉えがちであった。その先鋒と言えるのがバーバラ・クリスチャン（Barbara Christian）である。クリスチャンは両者について、「ウォーカーの描く、最初の黒人女性グループの典型、虐待される者の中で最も虐待される者達」（"Novels for Everyday Use" 62）であると述べ、彼女達が敗北した理由を次のように分析する。

> The wives are programmed to be demure and pretty, to plant flowers, be chaste. If they do these things well, they believe they will receive their just rewards. Because they believe in the definition of woman dictated by society, neither Margaret nor Mem are emotionally prepared to understand, far less cope with, their reality. ("Novels for Everyday Use" 57)

クリスチャンは、マーガレットとメムが女性に与えられた社会の価値基準を強く信じたがために、現実に対する判断を欠き、立ち向かう力を自ら持てなかったのだと結論付ける。それゆえ彼女はまた、「彼女達は反抗はしても、むしろ自尊心を保つよりは、何よりもまず夫の人生観に左右された

のである」(62) と捉え、彼女達が自主性を持たない受動的な生き方をしていた点を強調する。言い換えれば、クリスチャンは、人生の選択肢が極めて限られていた当時の黒人女性の典型を、ウォーカーがGCで再現したと考えているのであろう。

　ところが、マーガレットとメムには、受動的な生き方をして自滅していった環境と運命の犠牲者という、環境決定論的な視点には回収できない面がある。確かに、マーガレットが農場の男性達と浮気をしたのはグレンジに裏切られた怒りと寂しさからであり、そのために自身を傷付け、自己を否定するような行為に走った。だが彼女にはジョシーとは決定的に異なる点がある。マーガレットは自分を娼婦と見なして彼らに代金を要求することは、決してない。このことは、彼女が貧困の中でも自尊心を保とうと、必死に葛藤していた様子を強くうかがわせる。また、息子ブラウンフィールドの目には、彼女がいつもグレンジの暴力的な言動に怯え、彼に従属する「犬」(5) のように見えてはいても、「彼らが互いに愛し合っているのを理解するのは困惑したが、それを認めるのは困難ではなかった」(24) という別の描写には、一面的な解釈を許さない作者の意図が込められている。マーガレットはグレンジが浮気をしても彼を尚も愛しており、彼の愛情を最後まで信じようとしていたことがその描写からは伝わってくる。したがって、白人との間にできた赤ん坊の世話を放棄し、ブラウンフィールドに任せっきりにするのも、妻の貞節を重んじる社会の価値基準に従えなかったことへの負い目からというよりは、自身の心を裏切ってしまったことへの深い後悔からくるものと推察できる。

　後に、グレンジがブラウンフィールドに向かい、もう一度人生をやり直せるなら、「お前の母親と俺は、貧乏白人の貧民窟でのたれ死んだかもしれない。でも彼女は、彼女の手を握りしめる俺と一緒に死んだだろう！それだけが俺にできたことだったかもしれない。でもきっと彼女は俺の中に男を見ただろうと思う」(265) と述べる場面では、極貧にあえぎながらも、マーガレットが物質主義を超える視点を持っていたことに彼はようやく気付いている。それゆえ、マーガレットを過酷な現実の中で自己を喪失して

第1章 〈新しい奴隷制度〉の下での「一つの命」に向けた闘い

いった者と見なしたり、社会の価値基準に飲み込まれた犠牲者としてのみ捉えたりすることは、先祖の黒人女性の闘いを連続的な視点で眺めようとするウォーカーの意図を誤解してしまうことにつながりかねない。

このように、人生の選択肢が極端に限られていたマーガレットが、彼女に与えられた人生の与件の中でも、精一杯愛情を失わずに人間らしく生きようとしていた面を改めて見直すことは、ひいてはメムに対する解釈を見直すものにもなるように思える。これまでのメムについての主な評価は、例えばエリオット・バトラー＝エヴァンズ（Elliott Butler-Evans）が、「夫ブラウンフィールドの残酷性と非人間性を強調しているので、テクストの中でメムは悲哀を象徴している」(114)と述べているように、その役割は補完的に解釈されがちで、メム個人の生き方にはほとんど注目していないものが目立つ。あるいはまた、メムは教養という人生の可能性を持ちながらも「青年期に育んだその学問的で、創造的で、知的な好奇心を発展させる機会や、選択の自由は決して持たなかった」ので「出口のない社会の罠にとらえられている」(111)と捉えるホーグのように、前述に見たクリスチャンの評価と同様、メムを〈新しい奴隷制度〉の犠牲となった、当時の多くの黒人女性の象徴としてのみ捉えるものも多い。

確かに、メムはすでに結婚五年目にして「愛情に溢れた、人を信じる明るい目をした」(65)女性から「やつれた、機械的に動く醜い老婆」(74)に変貌している。この変化は、彼女の置かれた環境がひどく抑圧的であることを示すものに他ならない。それゆえ、まだ30歳にもなっていないメムのこの激しく変容した姿が、まさに自己意志を持たぬ、リアリズム的小説の女性主人公にふさわしい、人種差別の容赦ない現実を体現する者として、また個性を持たない副次的な人物として受け取られる要因となっているのも理解できなくはない。特に、ブラウンフィールドがメムを学校教育から引き離そうと教師を辞職させ、白人家庭の使用人として奉公させることは、彼女への一層の虐待と見なせる。

教師のメムが稼ぎ出す賃金を考慮するなら、ブラウンフィールドのこの行為が彼らの生活をより一層困難なものにすることは明らかである。それ

にもかかわらず彼がそうせざるをえないのは、彼女の収入に対する嫉妬の方が勝り、彼が男性のプライドに固執するからに他ならない。すなわち、読み書きのできない彼は、彼女を自分と同等の無資格の職に引きずり下ろすことによって彼女を無力化し、彼の絶対的支配権を確立しようとする。ロバート・ジェームズ・バトラー（Robert James Butler）はそうしたブラウンフィールドについて、「彼女に優越心を感じることで自尊心の一部を回復できる地点まで、メムを貶める」(197) と分析する。バトラーが、ブラウンフィールドにとっては家庭内で男性の優位を保つことが何よりも重要であると述べている通り、彼は支配もしくは被支配という二項対立的価値観を知らず知らずのうちに受け入れ、正しい自己判断能力を失わされている。

　また、彼がメムの知識を憎悪する理由については、「知識は彼女を、彼には決して近付けない、権力を握る彼らにより近付けるものであった」(73) と説明されているが、このことは、もはや彼がメムを妻としてではなく、白人と同様の、自分に敵対する力と見なすようになったことを強く示唆している。それゆえ彼は、メムに彼女の本を焼かせ、正確な文法で話す彼女の言葉を拒絶し、意識を失わせるほど殴打し、徹底的に彼女の肉体と精神を破壊しなければならないのである。

　しかしその一方で、彼の暴力が激しくなればなるほど、逆に、メムの人間としての可能性が彼女の心の内奥からどんどん引き出されていくように見える。そして、それはまた、彼女とブラウンフィールドとの相違を一層際立たせ、彼女の独立した人格を前景化させているようにも見える。というのも、メムが身に付けた知識は、決して白人支配社会への迎合手段や、他者を支配するための力などではなく、彼女自身の内面を豊かにし、自己判断力を生み出す源泉であることが次第に明らかになるからである。例えばブラウンフィールドが、「お前が白人でないってことを忘れるんじゃないぞ」(77) と彼女を嘲り、自己を卑下させようとどれほど試みても、彼女にはその侮蔑の言葉は何の意味もなさない。彼とは異なり、黒い肌を恥じる気持ちなど全く持たない彼女は、「色は地面が花にもたらした素敵な

第 1 章 〈新しい奴隷制度〉の下での「一つの命」に向けた闘い

もの」(77) だと自然を捉えているように、自分の姿をあるがままに肯定する。結局ブラウンフィールドは、そのような普遍的価値観を身に付けた彼女から黒人女性としての自尊心を奪うことは決してできない。

　そのうえ、メムは自己を見失っているブラウンフィールドとは異なり、彼が暴力的になる原因を明確に理解してもいるので、白人支配社会に対して様々な非暴力的な方法で対抗していく。例えば、彼女は借金が増える毎に住み家を追われ、ネズミがかじった大きな穴や、牛の糞で汚れている小屋を次々と割り当てられても、それを温かい「家」(77) に作り変えようと奮闘する。メムが、転居する度にその荒れた土地に花の種を蒔き、一から美しい庭を築いていく様子は、それが当時の女性に課されていた社会の価値基準に沿った行動であったからという理由だけには回収されない、別の重要な意味を持っている。というのも、彼女は汚い小屋を与えられる度に、「まるで致命的な打撃を受けたように見えた」(78) にもかかわらず、子ども達のために足を引き摺ってでも歩み続けるからである。その場面には、受動的な屈従を超えた不屈の精神が見て取れる。こうしたメムの姿勢について、ウォーカーが未来につながる肯定的な意味を持たせていたことは、エッセイの中で彼女の母親が実際に作っていた庭を次のように高く評価していることからも明らかである。

> Because of her creativity with her flowers, even my memories of poverty are seen through a screen of bloom—sunflowers, petunias, roses, dahlias, forsythia, spirea, delphiniums, verbena ... and on and on. ("In Search of Our Mothers' Gardens" 241)

ウォーカーは、彼女の母親が、「彼女が引っ越した岩だらけの何処の土地でも」(241)、「美しい色彩に輝く独創的なデザインで、命と創造力に満ちた」(241) 庭に作り変えていたことを想起するとき、人間の持つ創造力こそが、人種差別社会に対抗できる、暴力を超える持続可能な抵抗になり得ることに気付いたに違いない。

また、こうした非暴力による抵抗は、黒人を人間の感情を持たぬ人間以下の存在として定義しようとする、白人の欺瞞を完全に暴くものでもある。黒人の抵抗についてのウォーカー独自の考え方は、別のエッセイの中で、「革命的なペチュニア」("Revolutionary Petunia")という自身の詩について言及している中にもうかがえる。その詩の主人公は、サミー・ルー（Sammy Lou）という分益小作人の妻であるが、彼女は自分の夫を白人農場主に殺されたことで激情に駆られ、手に持っていた農具で彼を殺してしまう。その後、様々な芸術家達は抑圧者を殺したサミー・ルーを英雄視し、彼女に不朽の名声を与えようと試みる。しかし彼女は彼らの政治的意図はよそに、淡々と自分の死刑の日を迎える。ウォーカーはその様子について、サミー・ルーは「殺すことは決して英雄的ではない」("From an Interview" 266)と考えていたのだと説明し、サミー・ルーが最後に、彼女の子ども達に花の水やりを忘れないようにと言い残して電気椅子に向かった場面について、次のように言及する。

> Sammy Lou, of course, is so "incorrect" she does not even know how ridiculous she is for loving to see flowers blooming around her unbearably ugly gray house. To be "correct" she should consider it her duty to let ugliness reign. Which is what "incorrect" people like Sammy Lou refuse to do. (267)

人種差別社会において、黒人が自分の置かれた環境の醜さを受け入れることは、しごく当然と見なされている。そして、その根底にある社会的不平等は隠蔽されたまま、黒人は動物的、暴力的であるという〈神話〉が生み出されていく。しかしウォーカーは、その押し付けられたステレオタイプを拒絶するサミー・ルーのような人物の、世間の目には「正しくない」と見なされる行動が、すなわちどんなに劣悪な環境に置かれても、やはり花を美しいと感じたり、それを慈しんだりするような、人間的な心を失わないで生きようとする行動そのものが黒人の闘いであると捉えていく。そし

第1章　〈新しい奴隷制度〉の下での「一つの命」に向けた闘い

て、ウォーカーはそこにこそ、黒人の真の抵抗を位置付けているように見えるのである。

　このことは、ウォーカーがまたサミー・ルーを歴史的視点で捉えていることを明らかに示すものでもある。というのも、ウォーカーはサミー・ルーが一人でこうした価値観を貫いたので、「革命家というよりは一人の反逆者である」(267) と認める一方で、「歴史的に見ると、彼女のような人物は孤立してはいない。彼女は継続する革命の一部なのだから」(267) と主張しているからである。ウォーカーは、黒人の歴史において無数の、無名の一個人が積み重ねてきた一つ一つの闘いの意味を、包括的な視点から深く探求しようとしているに違いない。

　実際、*GC*で描かれるメムの闘いにも、それが表面的には一個人の反逆には見えても、彼女個人の闘いのみには集約されない広い意味が込められている。それはときに、語りの手法の変化という形でも示される。例えば、メムが絶望感を振り払いながらブラウンフィールドに言葉で反抗するとき、語り手はその様子を最初ブラウンフィールドの心情を述べる観察者の目で語り始めているが、その観察は途中から語り手自身の声に置き換わっている。まず、「彼女が彼を軽蔑するとき、いつも子ども達のために、決して拳ではなく言葉によって、憎悪から抵抗したので彼は当惑した」(78) という一文は観察者の目で描かれている。だがそれに続く一文、「でも、言葉は彼女の内から表現されるので、言葉ですらも彼らが住む絶望のハーモニーを粉砕したのだ（But coming from her, even words disrupted the harmony of despair in which they lived)」(78) は自由間接話法で表現され、語り手自身のメムに対する賛同、ひいては先祖の黒人女性の集合的な声が反映されているとも見なせる。こうした自由間接話法の使用はテクストの随所に見出せる。したがって、こうした表現法は、メムの言葉が社会の抑圧に真に対抗する力を持つことを、より一層強調するものと言えるであろう。

　さらに、メムの内面の強さは彼女に白人の農場を出て街に仕事を探すことを考え付かせ、家を自ら契約し、家族で移り住む計画を実行可能にさせ

もする。しかし、彼女のこの自主性は家族を〈新しい奴隷制度〉から救い出す最大の能力である一方、父権的価値観への最大の挑戦ともなっていく。それゆえ、一歩間違えば彼女を破滅に導くものにもなりかねない。というのも、メムは彼女の引っ越し計画に暴力で徹底抗戦し続けるブラウンフィールドに対し、意に反しても彼を絶対的な支配下に置かなければならないという、矛盾した立場に追い込まれてしまうからである。事実、メムは白人が黒人男性に用いる侮蔑的な呼称を敢えて用い、ブラウンフィールドを「ボーイ！」(125) と呼びつけながら、猟銃の銃床で殴りつける。この猟銃は彼の男根にも向けられることから、黒人男性を去勢する白人の力、すなわち白人至上主義の象徴とも見なせる。だが、こうまでして彼女が家庭の支配者的役割を演じる様は、彼女の決死の覚悟を表明しているだけではない。それは彼女自身とは全く異なる別人格を装ってまで暴力を決行せざるをえないがゆえに、彼女にとっては自分の本質に真っ向から背くものになる。その点で、この場面はメムにとって最大の悲劇なのである。

　したがって、メムがブラウンフィールドを比喩的ではあるが去勢することでしか動かし得ず、結局、彼に彼女への激しい殺意を抱かせるだけになってしまったことは、彼女の抵抗の限界を示しているようにさえ見える。このメムを、夫と社会の犠牲者という視点で読むクリスチャンは、彼女が白人の価値観を利用するしかなかった点を、「こうした行動手段でしか彼に敬意を起こさせることができない」("Novels" 61) からだとメムを代弁しつつも、彼女の抵抗が「一時の間」(61) でしかなかった点に、より注目する。またアマンダ・J・デイヴィス（Amanda J. Davis）も、「伝統的に男性の武器である銃を手に入れたことが、ブラウンフィールドの使用する言葉だけでなく、彼の行動を支配する力をメムに与えた」(39) と述べた後で、「形勢の逆転は一時である」(40) という結末を強調する。言い換えるなら、これらの批評家は、メムにはブラウンフィールドに対して支配力を維持し続けなければならないという現実認識が欠けていたと見なし、彼女の抵抗が徹底的なものにはなり得なかった点を、メムの限界だと解釈しているのである。

第 1 章 〈新しい奴隷制度〉の下での「一つの命」に向けた闘い

　実際、この出来事以降、ブラウンフィールドはメムを単に男性の権威を脅かした「気の狂った女」(128) と見なし、復讐する機会を虎視眈々とうかがうようになる。そして、彼が家族を街の暮らしから再び白人の農場での暮らしに引きずり込んだところで〈妻殺し〉が実行されることから、メムの抵抗はここで完全に頓挫したように見える。しかし、彼女が自らの生存を賭けて力で父権的価値観に抗った結果、やはりブラウンフィールドに滅ぼされたと結論するのは、予定調和ではあっても表面的な解釈に留まっているように思える。というのも、メムの闘いが何に根差しており、彼女が何を目指そうとしていたのかをもっと考えるとき、その抵抗はブラウンフィールドへの対抗心を遥かに超えているからである。

　メムはブラウンフィールドを力で従属させた直後、十か条の人権宣言を提示し、彼にそれを承諾させる。それは彼女自身による奴隷解放宣言とも言える行為である。この場面について、グレンジに対しては白人か黒人かという分離主義を読み取るセオドア・O・メイソン (Theodore O. Mason, Jr.) でさえ、「メムは、異なる主義に基づく、彼女自身の新しい物語を創造しようと試みている」(133) と述べ、彼女の抵抗を二項対立的価値観と切り離した新しい生き方に結びつけ、肯定的に評価する。言い換えるなら、メムにおいては暴力行為でさえ反動的な復讐心や支配欲によるものではない。そのうえ、この出来事以降、メムが二度と銃を握ることは無かった点を考慮するなら、一度限りのやむをえない行為であったとしても、彼女が自分の振るった暴力を深く悔い、自身を責めていた可能性も見えてくる。

　メムの最期の場面は、娘ルスの視点から次のように描かれている。

> Why had her mother walked on after she saw the gun? That's what she couldn't understand. Could she have run away or not? But Mem had not even slowed her steps as she approached her husband. After her first cheerful, tired greeting she had not even said a word, and her bloody repose had struck them instantly as a grotesque attitude of profound, inevitable rest. (161-62)

目撃者であるルスの心に湧き上がる疑問は、この出来事を夫による妻の殺害という表面的な解釈に留めず、ブラウンフィールドの凶弾から逃げることもできたのに敢えてそうはしなかった、メムの内面を考察させようとするウォーカーの意図をうかがわせる。しかもメムは、クリスマスの果物や菓子を抱え、疲れてはいても夫に明るく挨拶をしているので、彼女が自暴自棄になり、自分の人生を放棄したという解釈は当てはまらないであろう。

ネグアルティ・ウォレンとサリー・ウォルフ（Nagueyalti Warren and Sally Wolff）の共同研究は、この場面について言及した数少ないものであるが、「普通の生活を送るに値する人間であると自身を見なすこと」（6）を拒否した「メムの盲目性」（6）を示す比喩であると説明するのみで、メムの死に積極的な意味を与えてはいない。マリア・ローレット（Maria Lauret）は、『アリス・ウォーカー』（*Alice Walker*）の中で、メムがブラウンフィールドに対して立ち上がり「一時的に抵抗の喜びを経験する」（57）ものの、「彼女が夫に用いた銃による抵抗は、結局彼女に返り、悲惨な結果をもたらした」(57)と、メムの行為が無為に帰した点を重視する。しかし、メムが自ら死を受け入れたという点を考慮するならば、この場面は彼女の最後の強い意志の主張として、もっと肯定的に評価できるであろう。というのも、メムに自分の死を決意させたものは、夫の暴力に対して自身も暴力という間違った手段を選んでしまった、自分自身に対する罰と見なせるからである。

ウォーカーは語り手の声を借り、争いを好まないメム自身の「激しい怒りは彼女を怖がらせ」、「彼に対する彼女の一度の暴力行為は、生き延びるための行為だと彼女は考えたに違いないが、彼女を以前よりも一層貶めた」(286)とメムの気持ちを代弁する。このことからも、メムは暴力が人間の平等な関係を絶つことを真摯に受け止め、自身を責め続けていたのは明らかである。したがって、他者の命を脅かすような自分の行為は自身の命で償って当然と考えたはずである。それゆえ彼女は、自ら死を受け入れることこそが暴力を完全に否定する姿勢になり得ると、自分の責任を突き詰めていったのではないだろうか。

第 1 章　〈新しい奴隷制度〉の下での「一つの命」に向けた闘い

　このように、命を投げ出してまで人種差別社会の犠牲者であることを拒絶したメムの姿には、最後まで自らの手で道を切り開こうとする抵抗の意志をはっきりと見て取ることができる。そして、ウォーカーはさらに語り手の声で、メムは「激しい怒りの代わりに、精神の独立性、自身の核、固い岩を持っていた」(286) と述べるが、メムの強い精神はこうした断固たる最期にも現れている。この小説の後書きで、ウォーカーはメムの名が、「『同じ』を意味する仏語の *la même*」(316) であり、抑圧される「全ての女性達」(316) を象徴していることを明らかにしているが、ウォーカーは人間の真のつながりを最後まで信じ、自らの死でもって暴力の連鎖に終止符を打ったメムの崇高さに、全ての黒人女性の希望を託していたに違いない。

　さらに言えば、メムの生が決して無駄ではないことは、彼女が誰の助けも得られない極寒の部屋で死に物狂いで娘のルスを産んだ後、彼女を訪れたグレンジがその誕生を祝福する言葉にも明らかである。彼が、「何もかもがちょっとした奇跡のような出来事だってことを神はご存じなのだ」(93) と悟り、「あらゆる種類のひどいクズから、清らかで柔らかく、甘い香りのするものが生まれる」(93) と深く感動する様子には、彼がすでにメムの孤独な闘いを肯定していたことがはっきりと見て取れる。彼がメムの死後、このルスを引き取って育てる決心をするのは、暴力に満ちた世界の中でも、暴力に頼らない生き方を追求したメムを深く受容したからこそであろう。

　したがって、メムはグレンジに新しい生き方を示し得たという点で、単に〈新しい奴隷制度〉の犠牲者には回収されない、抵抗者としての面を持っていたのは間違いない。こうした彼女の姿勢には、最初の闘う黒人女性としての堅固な意志、すなわち、ウォーカーが「常軌を逸した、大胆不敵な、勇ましい、あるいは強情な」(*In Search of Our Mothers' Gardens* xi、以下 *In Search*) と称賛するウーマニストの性質が読み取れ、メムにはウーマニズムの萌芽がすでにあると結論付けられるのである。

第2節　グレンジからルスに託された自己責任の認識

　グレンジはメムの死後、彼の腕にしがみついてきた孫娘のルスを決して手放そうとはしない。彼がルスにこのように強い絆を感じる様子は、それまで誰とも深い人間関係を築くことができなかった彼の心の変化を感じさせる。また、彼が自身の手でルスに施していく教育には注目すべき重要な点が幾つか見出せる。その一つが死んだメムに関することであるが、彼のメムに対する見方そのものに、メムの死後に、彼がこれまでの人生とは異なる生き方を決意したことが明白に示されている。

　彼の今までの人生は、まずジョージア州で分益小作人として生きた第一の人生、次に1926年の春、家族を捨ててニューヨークへ行き、そこで人生の転機となる出来事を経験するのが第二の人生である。そしてその北部での経験により、自分の故郷はやはり南部であると再認識してジョージア州に戻り、文字通りの意味で再生を果たすのが、GCのタイトルにもなっている彼の第三の人生である。グレンジはその最後の人生において精神的に大きな成長を見せるが、そのことと彼がルスとの人間関係を深めていくことは、決して切り離して考えることはできない。

　グレンジはルスに、死んだ彼女の母メムと殺人罪で刑務所に入っている彼女の父ブラウンフィールドについて話すとき、特にメムのことを忘れてはならないと諭している。彼のこの態度が強く目を引くのは、彼とは対照的に、ルスの周りの他の大人達が、彼女の前ではメムとブラウンフィールドの話題を意図的に避け、彼らがまるで存在しなかったかのように振る舞うからだけではない。彼がルスの前でメムを「聖人」(166) と呼ぶことが、ルスが見たメムの最期の姿を想起させ、その場面をルスに強烈に印象付ける効果を生んでいるからである。クリスマス・イブにルスの眼前で死んだメムは、彼女の視点から次のように描写されている。

　　...Mem lying faceless among a scattering of gravel in a pool of blood,

第1章 〈新しい奴隷制度〉の下での「一つの命」に向けた闘い

in which were scattered around her head like a halo, a dozen bright yellow oranges that glistened on one side from the light. (161)

　顔をブラウンフィールドに猟銃で撃ち抜かれたメムの頭の周りには、彼が立っていたポーチの明かりに照らされた十二個のオレンジが「光輪」を作っていたというこの場面は、グレンジの用いる「聖人」という言葉が持つ、神聖な者という意味と重なり合う。メムのこの最期の姿は、血生臭い残酷さを超えた聖画像の持つ静謐な雰囲気すら漂わせており、視覚的にも彼女を強く印象付ける効果を上げている。このことは、一方でメムの生き様に至高の価値があったことを一層強調するものと言えるであろう。しかしまたその一方で、すでにこうして過去のものとしてルスの記憶に定着している、死んだメムの持つ静的な性質と、グレンジが日々の生活の中でメムのことを積極的にルスに伝えていく動的な性質とは、明らかに相反しているようにも見えるのである。すなわちこのことは、「聖人」という言葉に、キリスト教における列聖された殉教者という第一義的な意味だけではない別の意味を、ウォーカーが込めていた可能性をうかがわせる。

　ウォーカーがこの「聖人」という言葉に込めた真の意図を探るには、彼女の「母達の庭を探して」("In Search of Our Mothers' Gardens") というエッセイにヒントがあるように思える。というのも、その中でウォーカーは、人種主義の犠牲者としてのみ受け止められてきた当時の南部の黒人女性について、「統一体としての人間として認められる代わりに、彼女達の身体は聖櫃箱になった、そしてまた、彼女達の心として考えられていた場所は崇拝にふさわしい礼拝堂になったのだ」(232) と述べ、彼女達をキリスト教の遺物や建物に比して表現しているからである。これらの女性達が「聖人達（Saints）」(232) と大文字で表現されていることからも読み取れるように、ウォーカーは彼女達が人種差別社会の犠牲者であったという解釈を決して否定しているわけではない。また、ウォーカーが聖人を崇拝するキリスト教のあり方を批判的に見ていることも明らかであるが、ここではそれが重要なのではない。むしろウォーカーは、そうした解釈が視点をそこ

41

で留めてしまう危険性を、換言すれば、それ以上の解釈を否定するような態度を、聖人という特殊な意味を持つ言葉を用いて表面化させ、考察させようとしているように思える。

　それはまた、ウォーカーが「神というものを復活させようと、美しいけれど空っぽの空間に入る人々」(232) のようだと、当時の多くの黒人男性が黒人女性の死に臨むときの、一面的な、男性主義的視点を批判していることとも考え合わせられる。すなわちそこには、彼らが黒人女性を犠牲者として死後に〈神聖視〉することで、彼女達の実際の生き様を直視することを避け、彼女達を非人格化することで、人間としての苦悩を放置してきたのではないかというウォーカーの危惧が読み取れる。それゆえ、ウォーカーが先祖の母達を次のように再定義するのは、聖人と見なされる先祖の母達が実際に日々闘っていた人間としての面を改めて現代の視点で発掘し、回復しようとする彼女の努力だと考えられるのである。

> For these grandmothers and mothers of ours were not Saints, but Artists; driven to a numb and bleeding madness by the springs of creativity in them for which there was no release. They were Creators, who lived lives of spiritual waste, because they were so rich in spirituality—which is the basis of the Art—that the strain of enduring their unused and unwanted talent drove them insane. (233)

このように、ウォーカーが先祖の母達を「芸術家」として捉え直す視点は、彼女達が強い自己意志と豊かな精神性を持っていたことを再確認し、またそれを証明しようとするものに他ならない。彼女達が「創造力」を持つ一人の人間として、葛藤しながらも日々を生き抜いていたことを認めることは、聖人という言葉が孕む特殊性や抽象性を剥ぎ取り、聖人もまた一人の人間であるという忘れられがちな事実に立ち戻る必要性を示すだけではない。ウォーカーは、女性の犠牲的な生き方に疑問を持たない男性の「聖人」という言葉の背後に、性差別主義が巧妙に隠されている可能性を鋭く嗅ぎ

第 1 章　〈新しい奴隷制度〉の下での「一つの命」に向けた闘い

取っているのである。それゆえウォーカーは、メムの最期を飾る光は人を寄せつけない、神秘的な光ではなく、生活に彩りをもたらす、生き生きとしたオレンジの自然光こそがふさわしいと考えたのではないだろうか。そしてこのことは、グレンジがメムを「聖人」と呼び、その犠牲者としての面を認めながらも、それと同時に、彼女を一人の血が通った人間として平等な視点で捉え直そうとする姿勢に明白に表されている。

　実際、グレンジが、倹約家で勤勉であったメムの長所についてルスに語ったり (166)、ルスの14歳の誕生日にはメムの写真の入ったロケットペンダントを贈ったり (254) するだけでなく、自分と縁のあった他の黒人女性達の遺品や、彼女達の生前の習慣などを彼らの日常生活に取り入れ、生かしていく様子は注目に値する。例えば、ジョシーの母親は二つの撹乳器のうち、乳白色の方は平日に、また茶色の陶器の方は日曜日にと使い分けていたことから、彼とルスは、クリスマスには彼女の思い出に茶色の方を用いてデザートの「アンブロシア」(169) を作る。この場面では、グレンジがルスとの共同作業を通して彼女達の日常を再現し、彼女達が生きていたという証をルスに伝えていることが見て取れるが、示されるものはそれだけではない。こうした、女性個人の特徴や人格を認めようとする彼の姿勢には、彼が性差別主義を超える視点を獲得したことも読み取れる。

　そして、社会の既成概念を覆すようなグレンジの視点は、彼の黒人民話の解釈にも及ぶ。彼が語る黒人奴隷のアンクル・リーマス[1]の物語はルスを魅了し、それらの主人公のうち、頓知や機転を働かせて困難な状況を巧みに乗り切る黒人奴隷ジョンは、「ルスのヒーロー」(169) になる。その一方で、白人の子ども達に動物物語を聞かせていたというアンクル・リーマスの人物描写について、グレンジは彼独自の視点から大変興味深い批判をしている。

> Grange thought that Uncle Remus was a fool, because if he was so smart that he could make animals smart too, then why the hell, asked Grange, didn't he dump the little white boy (or tie him up

and hold him for ransom) and go to Congress and see what he could do about smartening up the country, which, in Grange's view, was passing dumb. (170)

　グレンジが黒人の文化の一つである口承の形式を踏まえ、ルスに物語を語り伝えていく様子から、ウォーカーが、黒人が世代を超えて民族の物語を継承していくことを重要視しているのは間違いない。しかしこの引用文から読み取れるのは、彼女が黒人民話を語り継ぐ者の視点もまた重要視していることである。この場面では、グレンジが先祖から彼に伝えられた物語を、単にそのままの形でルスに伝えるのではなく、政治批判にまで発展させる様子が読み取れる。このことは、ウォーカーが黒人民話を固定された物語としてではなく、時代や環境に合わせて柔軟に解釈すべきものだと考えていることをうかがわせる。

　ウォーカーの作品における民間伝承の用いられ方を研究したトゥルーディア・ハリス（Trudier Harris）は、GCのグレンジについて、「彼は娯楽のためだけに物語を語るような、知性の無い語り手ではない。ウォーカーは、歴史に関する語り手のみにしばしば備わっている分析能力を彼が持っていると考えている」（7）と述べ、グレンジが「黒人の社会認識」（7）に目覚めていく点に着目する。このように、ウォーカーは、黒人が先祖から受け継がれてきた民話を彼ら自身と深く関連付け、より良い社会を作るために生かしていく姿勢こそを、文化の継承のあるべき姿だと捉えているに違いない。

　さらに、黒人の民話を伝えるグレンジの姿勢が能動的なものであるように、彼のダンスにも注目すべき特徴が見出せる。ダンスや音楽が黒人文化において重要な要素を成すことは一般的にも良く知られている。実際、それらは、彼らの置かれてきた抑圧的な環境の中で、肉体と精神の解放という大切な役割を担ってきた。それゆえウォーカーは、グレンジがダンスを通してルスに果たす役割にも、奴隷制の歴史に関わる重要な意味を持たせている。

第1章 〈新しい奴隷制度〉の下での「一つの命」に向けた闘い

And dancing taught Ruth she had *a body*. And she could see that her grandfather had one too and she could respect what he was able to do with it. Grange taught her *untaught history* through his dance; she glimpsed a homeland she had never known and felt the pattering of the drums. Dancing was a warm electricity that stretched, connecting them with other dancers moving across the seas. (176 筆者強調)

グレンジとのダンスは、ルスに自分の「身体」を強く意識させ、彼女は彼の動きの「優雅さ」(176) から、彼にもまた「身体」があることを認識する。ルスのこの認識は、自分の身体を自分で所有することを許されなかった先祖達の不自由さと、解放されて自由になったことの喜びを、彼女が自分の身体で直接感じ取ったことを示す。またグレンジが伝える、学校では「教わらない歴史」とは、アフリカから中間航路を通り、アメリカや西インド諸島に運ばれ、奴隷にされた先祖達の根こそぎ剝ぎ取られたアイデンティティに関わるものであろう。しかし、彼のダンスがルスに、「とても古いものと親類であると感じさせる」(176) とき、グレンジは白人の歴史から抹消されたアフリカの先祖のアイデンティティを回復し、彼らと彼らの子孫であるルスをつなぐ媒介者となっている。したがって、グレンジとのダンスは、ルスに彼女が独りなのではなく黒人の歴史の一部であることを確認させる、重要な役割を果たしているのである。

ところで、グレンジからルスへ伝えられる黒人文化の全ては、彼が死んだ後にルスが彼との思い出を振り返るという、回想の形式で語られている。こうした手法を取る理由は、ルスが彼の遺産を確実に受け継いだということを証明するためであろう。しかし、これまでグレンジの成長の背後にうかがえたウォーカーの意図が、彼が前世代から受け継いだものを単にそのままの形でルスに伝えることを必ずしも肯定するものではないように、ルスの成長もまた、グレンジから受け継いだものを単に受容する態度

45

に留まってはいない。そうした両者の相互関係には、特に注意を払う必要がある。

例えばグレンジは、「さらに進んだ教育」(232)として、ルスを彼自身が張り巡らした農場のフェンスの境界まで連れて行き、草むらの陰から白人を観察する機会を持たせる。横たわって噛みタバコを噛む白人の父親や息子について、グレンジは、「おそらく、奴らはどうやってわしらの土地を手に入れようかと企んどるんだ」(233)と、白人支配社会の厳しい現実をルスに教え込もうとする。しかし、彼女の反応は彼の期待通りにはいかず、逆に白人に対して閉ざされた彼の態度を問うものである。

  "I mean, what I want to know, is did anybody ever try to find out if they's real *people*."
  "Nope," said Grange. "'Course the rumor is that they *is* peoples, but the funny part is why they don't act human."
  "Well, when I get big I'm going to find out," Ruth said as they crawled away from the fence. "I want to see and hear them face to face; I don't see no sense in them being looked at like buzzards in a cage." (233)

グレンジは人種差別社会を生き抜く心得として、白人は敵であること、すなわち決して和解できない他者であることをルスに教え込もうとするが、彼女はそれを決して鵜呑みにはしない。それどころか、いつか自分自身で白人と向き合い、それから判断したいという意見を堂々と述べさえする。こうした彼女の姿勢は、明らかに自我の萌芽を示す。しかも、白人を公平な視点で眺めようとする彼女は、グレンジの〈白人の観察〉に疑問を呈し、彼自身の不公平な視点を批判しさえするのである。

しかし、一見グレンジに逆らうように見えるこうしたルスの態度こそ、彼が彼女に施した教育の賜物に他ならない。何故なら、彼がルスに伝えた様々な知識は、彼が人生の中でつかみ取った独自の視点であるが、それら

第 1 章　〈新しい奴隷制度〉の下での「一つの命」に向けた闘い

の獲得を可能にしたものは、彼の自主性や自己判断力、すなわち何者にも束縛されない人間の心の自由だからである。それゆえグレンジは、「明らかになった真実の下側を探ろうとするお前のような女の子を、わしは見たことがない」(233)とルスに苛立ちを見せながらも、彼と同様に自分の意見を持ち始めた彼女を決して否定しようとはしない。ここには、ルスを導きながらも彼自身の意見を決して彼女に強要はしないという、グレンジの寛容さと、人間同士の平等を重んじる姿勢が顕著である。

　こうして、ルスの中に人種を超えた平等の精神が育まれていく様子には、次世代の黒人に対するウォーカーの希望が明らかに反映されているが、その一方でルスの指導者であるグレンジにも、ルスによって開かれていく新しい面がうかがえる。彼はルスと過ごすうちに、北部で経験したことを改めて振り返り、自身の心の内奥を見つめざるをえなくなる。彼は自分にますます信頼を寄せてくるルスに対し、自分が真にその信頼に応えられる存在であるのかどうか自問し始める。この彼の姿は、ニューヨークで彼が犯した罪に対し、彼が自己責任を感じ始めたことをはっきりと伝えている。それは、現在の自分の人生に意味を見出したからこそ、グレンジがかつての自分の罪を決して忘れることができず、心の中で独り葛藤し続けていることを示唆してもいる。

　その出来事が起きたのは、冬のある日、グレンジが寒さと飢えに苛まれてセントラルパークに物乞いに行ったときのことだった。彼はそこで、白人の妊婦と白人男性との別れの場面に遭遇する。その女性は、彼に妻がいたことをそのとき初めて知ったので、彼から手渡された指輪や札束を怒って拒絶する。そして彼女は、彼が彼女への説得を諦めてその場を立ち去った後、公園のベンチで泣き続けていたが、やがて池の方へ歩いて行った。一方、その一部始終を草むらから見守っていたグレンジは、彼が見たことが「あまりに強く胸を刺し、悲しく、計り知れないほど哀れだったので」(197)、捨てられたその札束と指輪を拾ってそのまま逃げるという、いつもならば躊躇なくできるはずの行動を取ろうとはしなかった。それどころか、人種差別社会においては異人種の異性同士は絶対に接触しないよう、

47

常に警官に監視されているにもかかわらず、意を決して彼女に近付いていったのである。このときの彼は「痛みが全ての者を平等にした」(198)と感じており、自ら人種の垣根を乗り越えようとするほどの強い感情に突き動かされている。すなわち彼は、白人という、これまでは自分とは全く異なる絶対的な力と見なしてきた他者に対し、深い憐れみを感じられるまでに人間性を回復させていたのである。

しかし、グレンジが白人と対等の一個の人間として、彼女に人間同士のつながりを感じ、礼儀正しく話しかけるのに対し、彼女は彼の善意を無視しただけではなく、彼から手渡された札束のうちの20ドル札一枚を凍った池に投げ捨て、彼が慌ててそれを拾おうとする姿を楽しむという、非人間的な態度で彼に応じる。彼を侮蔑するこの行為は、「彼らの間にある、可能な共感の絆の全てを切る復讐」(199) と表現されているように、両者の人間同士のつながりを完全に断ち切りかねないものであった。事実、グレンジは彼女の深い人種主義を即座に見抜き、物も言えなくなるほど憤激し、彼の中に生まれたばかりの人種を超えた絆の芽は、早くも摘み取られそうになる。

その後、彼女がグレンジの足を蹴ったことが引き金となり、二人は池の張り出し台の上で取っ組み合いになる。その結果、彼女は彼を避けるように草むらに飛び降りようとして誤って足を滑らせ、凍った池に落ちる。彼はとっさに台を駆け降り、彼女を助けようと本能的に手を伸ばした。その姿は、彼が人間同士のつながりを再び感じ取る様子を映し出している。だがその彼の手を、彼女は一度は掴んだものの、それが「彼の手」(201) であるとわかるとすぐに放し、もがきながら泥の中に深く沈んでいったのである。彼に対する深い憎悪が込められた、「黒んぼ」(201) という彼女の最期の絶叫を聞いたとき、グレンジはすでに彼女に背を向けており、彼女を二度と助けようとはしなかった。この事件は彼が掴みかけていた人間同士のつながりを破壊し、彼の心に白人への憎悪と敵愾心を強く定着させたのである。

この場面について考察した主な先行研究を見ると、例えばメイソンは、

第 1 章 〈新しい奴隷制度〉の下での「一つの命」に向けた闘い

ここでグレンジが抑圧者を殺す必要性を信じ、黒人の連帯意識の確立に至ったと捉えている。「グレンジの手による女性の死は、彼に白人との親密性や連帯の未来像を明らかにしたのだが……皮肉なことに、それは最終的に彼自身の死を受け入れることによって白人と連携するという未来像である」(135) という彼の見方は、白人の生存か、もしくは黒人の生存かという、グレンジの二極的な世界観に終始する。この白人拒否の姿勢は、ローレットが「分離主義者の哲学」(*Alice Walker* 53) と呼ぶものと同じである。彼女はグレンジのこの姿勢に注目し、ルスに育まれていく公民権運動による人種統合の視点と対比させて論じている。同様にバトラーも、グレンジにおける白人対黒人という世界観に縛られ、グレンジの北部での経験が南部で白人に対して培ったものと「同種の憎悪」(201) を彼の中に再燃させたことにより、彼の精神的損傷を決定付けたと主張する。一方ホーグは、この場面でグレンジが「白人に対する恐怖」(105) から解放され、精神的自由を得たことをより重要視するものの、その解釈もまた、抑圧されてきたグレンジの男性性の解放という点に留まっている。言い換えるなら、これらの先行研究は、グレンジの第三の人生を彼が白人の干渉を拒絶し、抑圧されてきた男性性を解放できた期間と見なし、それゆえに、白人妊婦の死が黒人男性としての彼のジェンダーを確立する心理的転換点であると捉えてきたのである。

確かに、人種の分離主義への傾倒を裏付けるかのように、グレンジは白人妊婦を見殺しにした後、黒人教会の中で、「もし、彼ら（黒人達）を生き残らせたいのなら、彼ら（黒人達）に憎むことを教えろ！」(202)、「彼ら（黒人達）に、彼ら（白人達）を愛することを教えるな！」(203)、「俺達は今も、彼ら（白人達）を愛している。でも本当にそれこそがわしらを殺しているんだ！それはすでに、あんたがたを殺してしまったんだぞ」(203) と、白人にへつらい、白人との和解を主張する聖職者達を激しく非難する。隣人愛ではなく、憎悪こそが黒人の真の連帯や解放をもたらすと主張するとき、グレンジは黒人社会の指導者であるべき聖職者達が、白人と同様に、白人の価値観で黒人を抑圧している実態に目を向け、暴力的な白人社会に

対して暴力で対抗すべきことを、これから進むべき道として自ら選び取ろうとする。

　実際、歴史的観点から見ても、こうしたグレンジの姿は、デュボイスが当時顕著に見られるようになった傾向として注目していた、二種類の黒人男性像の一つの型に当てはまるように見える。デュボイスは一方の型の持つ特徴を「ラディカリズム」(128)、そして他方の型の特徴を「偽善的な妥協」(128) と類別し、さらに「一方のタイプの黒人は、ほとんど神を呪って死ぬ準備ができており、もう一方は、あまりに多いことに、正義に対する裏切り者で、力の前にひれ伏す臆病者である」(127) と主張する。これらの型のうち、前者はグレンジに、また後者は、彼が糾弾する、白人におもねる黒人教会の指導者達に該当すると言えるであろう。

　しかし、グレンジとルスの関係に見てきたように、ウォーカーは歴史的視点を GC に取り入れながらも、常にステレオタイプを乗り越えるような可能性を登場人物に託し、黒人が内面に秘める能力を描いてきた。それは、人種の分離という二極的な視点を信奉し、暴力に傾倒していくこのときのグレンジに関しても例外ではない。ハーレムの通りでグレンジが白人を憎む重要性を声高に叫んではいても、「彼の眼は、彼の新しい宗教で生気を失っていた」(202) という表現に見て取れるように、ウォーカーはグレンジを、決して向う見ずな反社会的な危険分子として、すなわち攻撃的で自己破滅型のステレオタイプの表象としてはいない。グレンジは表面的には迷いは払拭したように見えても、その実、心は虚脱状態であり、決して満たされてはいない。むしろ彼の白人に対する不寛容には、自身を無理やり人種分離主義へと強要する、新たな内的抑圧に縛られていく様子がうかがえる。そして、そうした満たされない心には、完全な人種分離主義者になりきれない彼の本質が隠されているのである。

　例えば彼は、白人女性を見殺しにしてしまったことを、「まさに殺人」であり「魂を苛むような」(202) 残虐な犯罪行為と捉える一方で、その行為が彼の男性性や自尊心を取り戻すための「必要な行動」(202) であり、「彼が申し出た助けを拒んだのは、彼女の決断だった」(202) と自分を正当化

第1章 〈新しい奴隷制度〉の下での「一つの命」に向けた闘い

したりもする。逡巡する彼の姿は、自分が犯した罪を常に内に押し殺して生きざるをえない、彼の心の葛藤を如実に物語っている。それゆえ彼は、これまでこの事件についてルスに話すことができなかったのである。

　しかし彼は、ルスを愛すれば愛するほど自身の罪から逃げることはできないと心底思い知ったに違いない。そうした自覚は、仕掛けた罠から子どもの兎を逃がす彼に、ルスが「食べるものでさえあなたが何かを殺すことが嫌なのが、私わかるの」（206）と話しかけたとき、彼が激しく動揺する様子に明らかである。

　　And how could he spoil her innocence, kill the freshness of her look, becloud the brightness of her too inquisitive eyes?
　　At least love was something that left a man proud that he *had* loved. Hate left a man shamed, as he was now, before the trust and faith of the young.
　　"The mean things I've done," he began. "Think of me, when I'm gone, as a big, rough-looking coward. Who learned to love hisself only after thirty-odd years. And then overdone it." (207)

　グレンジは自身を責めはするものの、ルスが自分に寄せる深い信頼をひしひしと感じるがゆえに、結局、自身の罪を彼女に告げることを思い止まる。しかしそれは、彼女の前で善人の振りをしようとする偽善から生まれるものではない。彼が過去の自分を深く恥じているのは確かであり、彼女に自分の過去を告げないまま死んでいく決意をするのは、ただ愛する孫娘を人間不信に陥れないためである。というのも、彼の内面に残り続けていた憎悪を払拭し、彼に愛の価値を確信させたのはルス当人だからである。したがって、彼が白人女性との間に感じた人種を超えた人間同士のつながりは潰えたようには見えても、彼には二項対立的価値観を超えた生き方を理解し、それこそが人間の誇りある生き方であると判断する力が残っていたと言える。

ウォーカーは、グレンジとブラウンフィールドの人生が大きく分岐した理由を、ジョン・オブライエン（John O'Brien）とのインタビューの中で次のように述べる。

> So Grange Copeland was expected to change. He was fortunate enough to be touched by love of something beyond himself. Brownfield did not change, because he was not prepared to give his life for anything, or to anything. ("From an Interview" 253)

ブラウンフィールドとは対照的に、グレンジが自身を超えた何ものかへの愛、すなわちルスへの愛を感じられたことが両者の明暗を分けたというウォーカーの説明は、人が自己愛と自尊心を持つことの必要性だけでなく、さらにその気持ちを、自己を超えて他者に広げていくことの重要性を示唆しているように見える。実際、ブラウンフィールドが自己を超えて誰かを愛することができないのは、自己憐憫と白人への憎悪に深く囚われていることに起因する。

しかしその一方で、ウォーカーはブラウンフィールドが白人至上主義を完全に内面化し、支配や所有という価値観でしか人間関係を構築できなくなったのは彼自身の特異性に帰されるべきものではないことを、テイトとのインタビューで次のように訴える。「私はブラウンフィールドのような人々を無視したくはありません。私はあなた方に彼らが存在していることを知ってほしいのです。私はあなた方に彼らのことを話したいし、彼らを避けることはできないのですから」(177)。ウォーカーは、南部社会の不正義と不平等が黒人に及ぼす影響を、自己破壊的な行動に走るブラウンフィールドに体現させ、彼のような人物を再生産し続ける人種差別的システムを強く批判していたのである。

ウォーカーのこの言葉はまた、グレンジにはブラウンフィールドとは異なり、自己を変革する力があるものの、彼一人の力では白人の法律や不正義に満ちた社会を変えられないことも、同時に示唆してもいる。事実、ブ

第 1 章 〈新しい奴隷制度〉の下での「一つの命」に向けた闘い

ラウンフィールドは刑務所から釈放された後、ただグレンジへの復讐心から白人裁判官と取引をし、互いに共謀してルスの親権を彼から奪おうとする。この白人裁判官は、黒人の生殺与奪の権を握る「神を演じることを許された者」(308) であり、ブラウンフィールドは、南部の不正義を象徴するその「神」を、逆に自分の利己的な目的のために利用するほどに、「生きながら死んだ者」(185) になっている。彼の意に適う裁判で下される無情な判決は、ルスの未来を奪うものでしかない。そして、彼女が再びブラウンフィールドの奴隷になることが明らかになったとき、グレンジは自分の息子を法廷で殺さざるをえない窮境に追い込まれる。

彼が拳銃を用いる場面は、結局、暴力という手段に訴えざるをえない黒人の運命に彼が抗う術を持たなかったかのようである。すなわちグレンジの行為は、人種差別社会の中で延々と繰り返される〈身内殺し〉に過ぎず、社会を変革するようなメッセージを何も持っていないようにさえ見える。しかし、グレンジはメム同様に、すぐに、進んで自分の暴力の責任を自分の命で償う決意をする。警察に追われるグレンジが、ルスに自身の死の覚悟を伝える様子には、そうした個人の抵抗の限界を超えようとする、黒人男性の可能性を見て取れる。

> "I ain't," said Grange, "but you do." He ran his hand over his eyes. "A man what'd do what I just did don't deserve to live. When you do something like that you give up your claim." He slumped on the seat. "And what about that judge?" he asked bitterly. "Who will take care of him?" (310)

グレンジが、もはや自分は生きるに値しないとルスに告げる言葉から、彼が自分の犯した暴力の責任を明確に認識していることがひしひしと伝わってくる。先行研究では、ローレットに代表されるように、グレンジの死をルスのための「犠牲」(*Alice Walker* 58) と捉えるものがほとんどであり、グレンジのこの自発的な死の受容に重要な意味を読み取ってはいない。し

かし、彼のこうした能動性には暴力を糾弾する姿勢が明らかであり、自分の命と引き換えに自身の暴力の責任を引き受けるこの非暴力的姿勢により、グレンジはついに自身を解放できたと考えられるのである。その姿には、彼がブラウンフィールドを射殺した行為が、公民権運動以前の黒人が犯す典型的な過ちとして示されていたのとは異なり、彼自らがその過ちを超えようとする様が明白である。このことから、グレンジは犠牲者としてよりも、むしろ抵抗者として扱われていると言える。すなわちグレンジのこの最後の生き様は、彼の世代の一個人が人種差別社会に対して示せた、最大の抵抗と見なせるものである。

それゆえグレンジの、「でも、あの白人裁判官は一体どうなるのか」という最後の問いは、白人支配システムの犠牲者としてのものではなく、抵抗者としての強い追及の姿勢と捉えられるべきであろう。今や彼は、今度は暴力を犯す白人側の責任を、自分の命を懸けて問い返していく。彼は、〈正義〉の名の下に彼をこれから追跡し、殺す白人裁判官は何の責めも負っていないではないかという、単純な非難や個人的な恨みを吐露しているのではない。グレンジはルスとの関係を通して愛の価値を学び、人種を超えた人間同士のつながりを確信し、暴力によって人間のつながりを断つことの責任を深く痛感すればこそ、個人を超えた広い視点からこの問いを発しているに違いない。彼は、白人裁判官に、そうした命のつながりを断つことに対する、一個の人間としての責任を厳しく追及しているのである。

ウォーカーはGCの「後書き」の中で、黒人の先祖が信じてきた「魂の価値」(318)を自分も信じると述べたうえで、その魂を強くするものは、「人が自分の考えや態度や行動の責任を進んで受け入れること」(318)であると主張している。したがって、グレンジが家から火器を全て持ち出し、ルスを後に残し、警官隊を自分に引き寄せて自分を撃たせる姿は、暴力に自ら終止符を打つという彼の覚悟だけではなく、ルスにはもはや暴力による抵抗を必要としない新しい生き方をしてもらいたいという、彼の希望を象徴するものでもある。

このように、グレンジの最期の姿は、彼が単に人種差別社会の犠牲者で

は終わらなかったという強力なメッセージとなっている。そして、彼の真摯な生き様は、暴力に対する自己責任の重要性を強く訴えているがゆえに、白人至上主義という最大の暴力に対し、〈非暴力〉という崇高な手段で闘う、来るべき公民権運動を予兆してもいる。人間の平等なつながりを最後まで求めていった彼の闘いは、ルスに体現される次世代の黒人に託されることにより完結したと言える。

第3節　メリディアンに示された伝統の真意と抵抗の継承

『メリディアン』(*Meridian, 1976*、以下*Meridian*)の舞台は、*GC*の孤立した農場から、南部の町の一般的な黒人社会へと移動する。そこにはジム・クロウによる人種差別がいまだ根強く、黒人と白人の分離は、可視化されるものされないもの両方に関して厳然と社会に存在しているものの、時代は1960年代に入り、登場人物達には公民権運動のもたらす革命的な気運が色濃く反映されている。ウォーカーは、公民権運動が当時の若い黒人女性達をも巻き込み、政治参加に目覚めさせていった様子を、17歳の黒人女性メリディアンに体現させている。しかし、*Meridian*においては、南部の黒人社会から始まるこの政治運動は、まず女性主人公メリディアンの、一見政治とは直接関係が無いように見える身近な人々との抑圧的な人間関係、特に彼女の母親との関わりや、同級生との関わりと密接に関連付けられている。先行研究でも、こうした黒人社会の伝統が孕む抑圧的な性格とメリディアンの成長との関連は多く指摘されており、特に歴史的、文化的視点からの考察は学ぶべきものが多い。そして、それらを踏まえたうえでメリディアンが体現するものを考察するとき、そこには*GC*で描かれた先祖の黒人女性達の闘いが重ねられつつも、女性の自主性に対するウォーカーの特徴的な考え方、ウーマニズムがさらに発展させられているように思える。

メリディアンは、高校時代に、男女の性愛行為が女性にもたらす帰結について確かな知識もまだ持たないまま、同じ高校生の恋人エディ (Eddie) に誘われるがままに性的関係を持ってしまう。その結果、彼との間に子ど

もを産むことになった彼女は、結婚して彼女のみが高校を退学し、家庭に入るという生活を余儀なくされる。その理由については、バーバラ・クリスチャンが、「アメリカにおいて、女性にとってのセックスの知識は、結婚という制度によって緩和されない限り、望ましくないものと見られている」("An Angel of Seeing" 240) と指摘しているように、若いメリディアンにも「貞淑で、純潔である」(92) ことが何よりも求められていたが、その社会基準に反してしまうと、次は別の価値基準、すなわち結婚して自動的に母親の役割を受け入れることが当然視されていたからである。結局、このメリディアンの姿は、女性に強く処女性を要求する一方で、女性が思春期の自分の身体を正確に知り、自分を守るために男性の性的誘惑を断ったり、男性よりも強く自己を主張したりすることを望まない、言わば矛盾した父権的抑圧が背景にあることと、またひとたび妊娠すれば、女性はすぐに結婚制度の下に置かれることを具体的に示している。

　世間知らずであったメリディアンは、結婚して初めて、彼女の夫も黒人社会の父権的な価値基準に沿って生きる典型的人物であることを知ることになるが、彼女が気付くのはそれだけではない。彼女は二人の性生活においても、「彼の快楽が、彼女を喜ばすことになるはずである」(64) と信じて疑わない夫の自己中心性や、学業を断念した彼女とは異なり、教育を受け続けられるにもかかわらず、その価値を軽んじ、「『学校の課程を修了すること』を『教育』と同義である」(67) と捉えるような彼の姿勢に、次第に疑問や不満を抱くようになる。クリスチャンは、*Meridian* における男性登場人物の造形について、歴史の教員であるメリディアンの父親を除き、エディやメリディアンが後に出会うトゥルーマン（Truman）等を、「彼女が知り合いになる男性には、彼女の父親に見られる深い知識が無いばかりか、社会の不正義を『嘆かわしく感じる』理解力さえも持っていない」("An Angel" 235) と痛烈に批判する。メリディアンはそうした抑圧的な環境の中で、一方では父権的な男性を恐れながらも、もう一方では彼らをいつまでも大人にはなれない「少年」(66) と捉えるような、批判的な目を養っていく。彼女が、身の周りの黒人男性が持つ近視眼的視野や、ただ現状に

第 1 章 〈新しい奴隷制度〉の下での「一つの命」に向けた闘い

満足し、主体性を失っている姿に目を向け始める様子には、彼女の自我の萌芽がうかがえる。

　互いに根本的に価値観が異なることを悟った十代の若い夫婦が、精神的にも肉体的にも急速に疎遠になり、家庭を崩壊させるのは必然であろう。そして、エディがメリディアンと子どもを残してさっさと家を出て行く場面には、現実にも多くの黒人家庭で父親が不在である典型例が示されているように見える。しかし、ちょうどメリディアンが夫に捨てられ、孤立していく状況と反比例するように、彼女は偶然にも自宅近くに選挙の有権者登録運動の事務所があることに気付く。このときメリディアンは、黒人の居住地区に若い白人学生がいることにまず驚き、彼らと黒人学生が共に活動している非日常的な光景に心を惹かれている (68)。実際、その場所では、社会的正義を求めて黒人も白人も平等な立場で協力し合っている。そこにメリディアンが思わず目を引き付けられたことは、彼女が無意識のうちにそうした世界を求めていることを強くうかがわせると同時に、それがこれから彼女が人間同士の真のつながりを追求する原点になることを、予兆的に印象付けてもいる。

　それゆえ、その事務所が次の日に白人至上主義者の手によって爆破される事件は、単にメリディアンに大きな衝撃を与えるだけではない。それは、「彼女が知らなかった何か」(70) が世の中に存在することに気付かせる、重要な役割を果たす。すなわち、黒人と白人の平等なつながりを破壊するこの暴力が、彼女に黒人社会の外へと目を向けさせるきっかけになり、「どうして彼ら (学生達) は見張りが必要だってことを知っていたのかしら」(70) と、その暴力の背後にある本質的な問題を探求しようとする、自主性を目覚めさせていく。実際、メリディアンはまだ自分と政治とを直接関連付けるような「現実的な考え」(77) を何も持っていないにもかかわらず、活動家を直接訪れ、自発的に参加を申し出さえする。この場面には、これまでの閉鎖的な環境を自ら打ち破り、主体的に行動し始めた、一人の若い黒人女性の強い意志を見て取れる。

　ところで、こうしてメリディアンが公民権運動に飛び込んでいく時期

が1960年の5月半ばであることは、歴史的観点から見てもとても興味深い。事実、これよりも一か月前の1960年の4月に、学生非暴力調整委員会 (Student Nonviolent Coordinating Committee: SNCC) が黒人大学生によってノースカロライナ州で結成されている。SNCCは、黒人労働者だけでなく、若い学生達も共に社会の不正義に立ち向かうことを公的に表明した組織で、シットインと呼ばれる座り込みストライキや、公共交通機関を用いたフリーダムライドと呼ばれる示威行動、また選挙の有権者登録運動などを通して人種差別撤廃の機運を全米に拡散させていく。

　そうした若い世代の湧き上がるエネルギーが、メリディアンの心に自主性が芽生えていく様子に重ねられていることは間違いないであろう。というのも、ウォーカーは1967年の「公民権運動－それは何の役に立ったのか－」("The Civil Rights Movement: What Good Was It?") というエッセイの中で、彼女自身が17歳のときに公民権運動と出会い、黒人が置かれている差別的な環境についての客観的認識を得て、初めて「自分は生きていると感じ始めた」(122) と主張しているからである。自らも有権者登録運動などに積極的に参加したウォーカーにとって、公民権運動とは、それによって急に物質的に恵まれるようになったわけではなく、それまでと同様に、大多数の黒人は貧困のままであったにしても、「知ることは存在することである。すなわち知ることとは関与すること、動き回ること、自分自身の目で世界を見ることである」(126) と語っているように、自身の置かれた実態を知ることの社会的意義を認識させた、大切な経験だったようである。それゆえ、自らの意志で活動に飛び込んでいくメリディアンの姿には、公民権運動が人種の完全な平等を目指した、それまでにはないあらゆる人々を巻き込んだ全米規模の運動であったという、一般的な事実が反映されているだけではなく、その運動そのものが、黒人一人一人の存在意義とも深く結び付いていたことを強調したいとする、ウォーカーの狙いが託されていたに違いない。

　ところで、クリスチャンは社会運動家の一人であるトゥルーマンと対比させ、メリディアンの人物造形については、「登場人物であるだけではな

第1章 〈新しい奴隷制度〉の下での「一つの命」に向けた闘い

く、彼女は小説の主要な概念である、個人の変化と社会の変化との関係の体現者である」("Novel" 73) と主張している。実際、メリディアンの変化はSNCCの支部と思われるその運動組織に入ったときから始まっていく。彼女がデモ行進をしたり、警官に暴力を振るわれたりする様子がテレビで放映され始めると、北部の資産家は「寛大さと関心のある素振り」(84) を世間に示す必要から、学業優秀な南部の黒人に黒人大学の奨学金を申し出る。ところがその大学は、「サクソン大学」(84) という名が暗示する通り、白人支配社会の価値観を体現した、黒人の淑女を世に送り出すための黒人の女子大学に他ならない。この「サクソン大学」について、デボラ・E・マクダウェル (Deborah E. McDowell) は、「異なる外観を装った伝統」(172) であるだけで、黒人女性を抑圧する、黒人社会の伝統と同様のものであるから、「彼女（メリディアン）の人格の成長に対するもう一つの妨害物」(172) であると、拒否するべき対象と見なして批判する。その一方で、そこに推薦されるメリディアンが大学側のそうした企みも知らずに、ただ自分の未来を思い描く様子には、大学教育の名の下に人種主義や階級主義、そして性差別主義が巧妙に隠蔽されている実態がうかがえる。すなわち、その大学自体も白人支配社会のシステムの一部であり、白人至上主義を維持・強化する大きな役割を担っていることに、この時のメリディアンはまだ気付いていない。

リン・パイファー (Lynn Pifer) は、サクソン大学が元は白人のプランテーションであったことから、「ちょうどサクソンの奴隷がプランテーションに閉じ込められていたように、サクソンの学生は飾り立てられたフェンスの内に捕らわれている」(78) と的確に表現する。したがって、SNCCに傾倒していくメリディアンが、大学教育の価値を信じ、教育を通した社会変革をいくら目指そうとしても、そのような大学に彼女が希求するような、人間同士の平等なつながりは望むべくもなく、むしろ彼女を孤立させていくことになる。

しかし、メリディアンが抱える問題は、このような彼女の外側の世界、すなわち白人システムにだけあるのではない。ウォーカーはこのことを、子どもの養育と女性自身の教育を巡る、メリディアンと彼女の母親ヒル夫人 (Mrs. Hill) との対立を通して抉り出し、黒人家庭が抱えている問題こ

そが、外側社会にも通ずる根本的な社会問題であることを示していく。
　当初メリディアンは、母親としての役割を「奴隷制のようなもの」(65)と見なす一方で大学進学の機会に大きな希望を託しているように、両者を対立的に捉えている。このことはサクソン大学の、子どものいる女性を入学させないという方針によって決定的となる。その結果、メリディアンは息子と自分の両方の人生を救う最善の策として、彼を親戚に養子に出すことを選択し、そうした大きな決断を下した自分を「晴れやかな気持ち」(89)で受け止めさえする。
　一方、ヒル夫人は、メリディアンと彼女自身との生き方の違いを彼女に説いてみせるだけでなく、メリディアンと先祖の黒人女性との根本的な違いを指摘し、伝統的価値観に真っ向から背くような彼女の態度を激しく批判する。

> "I just don't see how you could let another woman raise your child," she said. "It's just selfishness. You ought to hang your head in shame. I have six children," she continued self-righteously, "though I never wanted to have any, and I have raised every one myself." (88)

ヒル夫人もかつては独立心と冒険心を持ち、教師になる夢を叶えた女性である。ところが、彼女は自分の受け持つ生徒の母親を日々観察するうちに、彼女達が自分の知らない「神秘的な内面生活」(41)を維持しているからこそ、日々の貧困と抑圧に耐え抜けるのだと信じるようになる。それで、結婚して母親になったところ、もちろん母親の役割に神秘など何一つ存在せず、彼女は教師を辞職し、行動の自由を断念するという厳しい現実に直面することになった。だが、彼女がメリディアンと大きく異なる点は、その後は黒人社会の伝統的価値観を信じる生き方を貫いたことである。そしてその中で、彼女は自己を犠牲にした自分の生き方こそが正しく、黒人社会の伝統に沿う道であるという強い自負心を育んだがゆえに、子どもを手放すような母親は「モンスター」(88)であると、激しい言葉で娘を糾弾

しながら、自分の価値観を強要しようとするのである。

　この二人の対立の根底にあるものを考えるとき、メリディアンが選択した養子縁組について述べた、デボラ・E・バーカー（Deborah E. Barker）の意見が参考になると思われる。バーカーは、「白人社会では、一般的に妊娠は表沙汰にされず、若い女性はしばらくどこかへ出かけ、子どもを養子縁組に出し、まるで何事もなかったかのように元の生活を取り戻す。黒人社会では養子縁組はそれほど受け入れられる選択ではなく、妊娠した十代の女性は母親としての責任を受け入れることが多いようである」(466)と二つの社会の相違を分析し、黒人社会においては、メリディアンの「個人の自主性の要求」(466)は社会規範を逸脱した違反行為になる点を強調する。すなわちメリディアンとヒル夫人の対峙は、メリディアンと黒人社会そのものの対峙と言える。それゆえ、ヒル夫人がメリディアンに浴びせる「利己主義」という言葉は、母親が子どものために自分の人生を犠牲にするのは当然であり、そうした役割は進んで受け入れるべきだという、黒人社会の価値観をまさに反映するものである。

　実は、黒人社会におけるこうした母親像は、奴隷制時代の母親奴隷の行動と密接に関連付けられながら形成されてきたもので、それについてクリスチャンは、次のように説明する。

>　Slave narratives of men, as well as women, stress the vital role their mothers played, through sacrifice, will, and wisdom, to ensure the survival of their children. Such a monumental contribution could not help but enhance the respect in Afro-American communities, a respect that continues until today.
>
>　The centrality of motherhood in Afro-American culture probably has the roots in African culture. However, this emphasis is certainly reinforced as well as complicated by the precarious position the Afro-American community, and therefore mothers and children, occupy here in America. ("An Angel" 220)

黒人社会において、奴隷制時代に母親奴隷が果たしていた大きな役割は世代を超えて脈々と語り継がれているわけだが、それは彼らにとって全く遠い過去の話なのではない。奴隷制が終わっても尚、人種主義による過酷な現実を生きざるをえなかった彼らにとって、母親は引き続き彼らを肉体的に滋養する存在であり、また精神的な支えでもあり続けた。それゆえ、黒人社会ではそうした母親の姿が黒人女性の理想と考えられるようになったのは想像に難くない。しかしその一方で、そうした母親モデルが理想として強調されればされるほど、それ以外の生き方を黒人女性には認めないという、新たな抑圧が生み出される可能性は否定できない。その点についてもクリスチャンは、「母親奴隷の歴史によって、そうした母親像の神聖化はアフリカ系アメリカ人の母性と結び付けられ、母親は犠牲者としての人生を生きるべきであるという考えが標準とされるようになった」（231-32）と説明し、そこには子育てに関して地域社会が責任を負うという考え方は存在せず、母親がその責任を全面的に負うよう強いられていると指摘する。

　ヒル夫人はそうしたステレオタイプ的母親像を自ら肯定し、信じて生きてきた人物であるので、黒人社会においては〈正しい女性〉と類別される。だが詳しく見ていくと、彼女の生き方には自己欺瞞も見え隠れする。確かに、彼女と先祖の母親奴隷達は、望まぬ子どもを自分の手で一心に育てたという点では共通しているものの、それ以外の点では大きく異なっている。例えば、前述の場面で、彼女が自分の産んだ子どもについて、「私は決してどの子も望んだわけではなかったけれど、自分で全員を育て上げたのよ」と主張する様子は、子ども達に対する愛情の深さよりも、意志に反してでも果たさなければならなかった母親としての義務や負担の方を強く感じさせる。そして、そのことが彼女と先祖の母親奴隷との違いを一層際立たせているのである。

　奴隷制時代の母親奴隷の生き方を、歴史的資料や民間伝承を基に考察したクリスチャンは、彼女達が自身と同様に、将来奴隷になることを運命付けられた子どもを産んだり、奴隷主によって子どもを産まされたりすることを望みはしなかった（"An Angel" 220）が、それでも多くの者達は、子

第1章 〈新しい奴隷制度〉の下での「一つの命」に向けた闘い

ども達を「いつか黒人が自由になるかもしれないという希望の象徴」("An Angel" 220) として見ていたと主張する。そうであるからこそ、彼女達は自分の命を賭けてでも、どのような出自の子であろうと守ろうとしてきたのであろう。ところがヒル夫人は、子どもに対する母親奴隷達の命懸けの愛情に思いを馳せることはない。彼女にとって子どもは未来の希望ではなく、単なる「重荷」(42) に過ぎないのである。ウォーカーが、黒人社会が規定する母親のイデオロギーにただ黙従し、恨みがましく生きるヒル夫人の生き方を肯定していないのは明らかである。

　ヒル夫人の姿勢を批判するウォーカーの視点は、メリディアンがヒル夫人に対して常に負い目を感じ続けている場面にもうかがえる。「メリディアンが最初から抱いた罪悪感の理由は、彼女が母親の静穏を奪ったからであり、母親の生れ出る自己意識を打ち砕いたからであったが、彼女はそれが自分の罪になり得る理由は理解できなかった」(43) という描写には、メリディアンが常に、自分の存在自体を罪と感じながら少女時代を過ごしていた様子が見て取れるだけではない。そのために自己肯定感を持てないでいることを自分の母親には決して理解してもらえない、深い孤独も伝わってくる。そのような母娘関係からは、娘自身も自分が母親になることを肯定する感情は生まれにくいであろうし、またそうした関係は互いにとっても悲劇に違いない。クリスチャンはこのメリディアンの姿を、「母のない」("An Angel" 232) 状態であると捉える同時に、母親も娘を喪失していると分析する。一方、マクダウェルは、伝統に盲目的に従い、自分の役割を神聖視するヒル夫人の態度に、奴隷制時代にキリスト教が奴隷に果たしていた「現実逃避」(171) という負の遺産の影響を読み取り、「彼女自身の幸福に対する全ての責任を神に譲渡し、メリディアンにもまたそうするよう望んでいる」(171) と指摘する。換言すれば、ヒル夫人は人生を自ら開拓する意志を完全に放棄しているだけでなく、さらにそうした自分をキリスト教によって正当化することにより、娘の自立心を抑圧しているのである。

　また、こうしたヒル夫人の態度が人間的な愛情や共感を欠いていること

も、彼女が常に超然として、不毛、冷淡、無関心である様子がテクストの随所に言及されていることから十分に伝わってくる。例えば、彼女がどんなに困ったときでも、「ひたすら神を信じ、前よりも少し頭を高く持ち上げ、自分の行く道を邪魔するものをにらみつけ、決して後ろを振り返らずに前に進むこと」(126) を主義とし、他人の意見に全く耳を傾けようとしない様子、「創造力は彼女の内にはあっても、それは決して表現されないものであった」(42) という彼女の不毛さ、子ども達を愛するエネルギーの全てを服のアイロンがけに費やし、彼らが「彼女の怒りの糊に閉じ込められた」(76) と感じている様子など、枚挙にいとまがない。

特に、「彼女（メリディアン）の母親は、子どもを持つべき女性ではなかった」(40) という語り手の表現は、子どもの人生を尊重できないという意味で、ヒル夫人の狭量さと独善主義を痛烈に批判するものである。それは同時に、自身の人生を尊重しないヒル夫人の姿勢をそのまま反映してもいる。それゆえ、彼女の生き方はまた、黒人から自立心を奪おうとする白人支配社会のシステムとも根本で結び付いている。事実、彼女がメリディアンの打ち込む公民権運動に全く価値を認めず、その活動を軽視しさえする様子は、人間の普遍的権利を自ら否定し、黒人の従属的立場を容認するものであり、結果的に白人支配社会に迎合する姿勢と見なせるであろう。

地域の黒人のほとんどがメリディアン達の活動に共感や賛同を示すのに対し、ヒル夫人はそれを次のように批判する。

> "As far as I'm concerned," said Mrs. Hill, "you've wasted a year of your life, fooling around with those people. The papers say they're crazy. God separated the sheeps from the goats and the black folks from the white. And me from anybody that acts as foolish as they do. It never bothered *me* to sit in the back of the bus, you get just as good a view and you don't have all those nasty white asses passing you." (83)

第 1 章　〈新しい奴隷制度〉の下での「一つの命」に向けた闘い

　ヒル夫人のこのような人種分離容認の姿勢は、「分離すれども平等（separate but equal）」という、旅客列車において黒人と白人の車両を別々にすることを最高裁で合憲とした1896年のプレッシィ判決（Plessy v. Ferguson）の時のまま、彼女が思考を停止した状態であることを物語っている。作家であり、黒人解放にも従事したジェイムズ・ボールドウィン（James Baldwin）は、1963年に出版した『次は火だ』（*The Fire Next Time*）の中で、「肌の色は人間や個人の実体ではなく、政治上の実体なのである」(88) と、人種問題が白人の政治的イデオロギーによって人為的に形成されていることを明確に示したが、ヒル夫人は自らその政治的イデオロギーに囚われてしまっているのである。

　こうした政治的イデオロギーは非常に強く、南部の白人達はこの1896年の最高裁の決定を悪用し、1950年代まで公共のあらゆる場において厳格な人種隔離を実行していた。この悪影響の大きさを考えるなら、ヒル夫人の分離主義的思考は完全な人種統合を目指す時代に逆行するという批判だけではすまされない。何故ならそれは、子どもや家族のために自己犠牲を強いられても、尚且つ自身の尊厳のために闘ってきた黒人の母系の歴史にも明らかに反しているからである。すなわちヒル夫人の生き方は、彼女より前の世代の、人間同士の平等なつながりを信じて命懸けで白人至上主義に抵抗した、*GC*のメムのような先祖の生き方を完全に否定するものに他ならない。

　こういうヒル夫人を、メリディアンは当初、「人格化された**黒人の母性**」(96 強調原著) として尊敬するほど自己を卑下しており、大学に入学し、公民権運動に没頭してみても真に解放感を味わうことはできない。この頃の彼女は、まだ表面的に母親と自分の行為を比較するだけで、毎日養子に出した子どもの夢に悩まされ、自分を責め続けている。彼女が自身を、母系の伝統を貶めた「価値の無い少数派に属する」(90) 者と批判する姿から、自己否定に陥っていることは明らかである。そのうえ、自身をその母系の歴史から切り離された「たった一人のメンバー」(90) であると嫌悪する様子には、所属感をどこにも見出せない深い自己喪失感さえもうかがえる。

それゆえメリディアンが、ワイルドチャイルド（Wild Child）と呼ばれる、スラム街に独りで生きる、両親のいない黒人の浮浪女児と積極的に関わっていく場面には、自分の息子を放棄したことへの強い償いの気持ちが読み取れるだけではない。そこには、それまで子どもには全く無関心であり、その存在と女性の自立とを対立的に捉え、自己を喪失していた彼女が、自ら自己を回復しようとする注目すべき変化が現れる。まずメリディアンは、誰かにレイプされて妊娠したその女児を大学の寮に連れて帰り、風呂に入れ、食事を取らせる。もちろん、そうした行為はサクソン大学側に理解されるものではない。事実、寮母は、ワイルドチャイルドは大学の方針にはふさわしくないという理由で、強引に寮から追い出す。それに恐怖を感じてキャンパスを飛び出したワイルドチャイルドは、そのままスピードを出してきた車に撥ねられ、お腹の子もろとも即死する。結果的には、ワイルドチャイルドの死はメリディアンの心をさらに傷つけるものになるが、彼女が子どもと自主的に関わりを持っていったという点で、非常に重要な意味を持っている。というのも、彼女が大学の方針に逆らってでも、社会に軽んじられている子どもの命を守ろうと自ら一歩を踏み出したことは、自分の行動に責任を持ち、自己判断力を身に付け始めたことを強く示唆しているからである。

　ところで、この事件を通して描かれた、黒人の子どもという社会的弱者の中でも最も弱者である者に対するサクソン大学側の対応には、当時の南部の黒人女子大学が中産階級の黒人淑女を生み出すだけの、言わば白人支配社会の傀儡組織であったことを批判するウォーカーの姿勢が顕著に示されている。[2] だがその一方で、ワイルドチャイルドという名前には、両親のいない黒人の子どもが、黒人社会の中でさえも見捨てられている状況が象徴されている。このことから、ウォーカーは、暴力的なのは白人社会だけの特徴ではないことを、さらに言えば、白人をただ非難するのではなく、黒人自身の暴力性にも気付かない限り何も変わらないことを厳しく告発していたに違いない。

　さらに、ウォーカーは黒人自身が陥っていく白人社会への反動的暴力の

第1章　〈新しい奴隷制度〉の下での「一つの命」に向けた闘い

意味するものを、「ザ・ワイルドチャイルド」の次の章、「ソジャーナー」において、浮き彫りにしていく。サクソン大学の女子学生達が、ワイルドチャイルドの葬式を学校のチャペルで行おうとして大学総長に拒絶されるとき、彼女達の怒りは直接大学当局に向かうのではなく、結局、大学の中で彼女達が唯一自分達のものとして大切にし、ソジャーナーと親しみを込めて呼んでいた一本のマグノリアの大木に向けられ、一夜にしてその木を伐り倒してしまう。彼女達にしてみれば、その行為は、大切な木を破壊するほど彼女達が憤慨していることを大学当局に示すための、ひいてはサクソン大学の背後にある、白人社会に対する抵抗を示すための示威行動であった。しかしソジャーナーの破壊は大学側には何の痛手になるものではなく、むしろソジャーナーが体現していた、逃亡奴隷の心の支えという役割を考慮するなら、彼女達自身の精神を破壊してしまうような重大な性質を帯びている。

　というのも、そのマグノリアの由来は古く、サクソン・プランテーションの一人の女奴隷、ルーヴィニー（Louvinie）にまで遡るからである。ルーヴィニーは白人奴隷主の子どもの世話をするとき、いつも自作の物語を彼らに語り聞かせていた。時々それはあまりに想像力に富み、恐怖に満ちたものであったから、ある日その子ども達のうちの一人をショック死させてしまう。罰として白人農園主に舌を切られた彼女は、舌にはその持ち主の魂が宿るという祖国アフリカの言い伝えを信じ、それを一本のマグノリアの根元に埋めた。そして時を経て、その木は「話せ、音楽を奏で、鳥達にとって神聖で、視界を覆い隠す力を持つ」（34）という神話を、いつしか奴隷達の間に生み出していったのである。言い換えるなら、そのマグノリアは奴隷制の中で生きる黒人達の心の拠り所であり、彼らの大切な精神文化を守るための力の源であった。

　そのうえ、学生達がその木をソジャーナーと呼ぶとき、彼女達が19世紀の奴隷制廃止・婦人参政権運動の伝道者であった、黒人女性ソジャーナー・トゥルース（Sojourner Truth, 1797-1883）の姿を重ねて見ていたのは明らかである。すなわちソジャーナーの木は、そこに彼女達自身の身体

67

と心を委ね、先祖の母達の抵抗の精神へと回帰させる貴重な遺産であった。リンジー・タッカー（Lindsey Tucker）は、ソジャーナーの木を「母系のシンボル」(13) として捉え、その破壊については、「女性達の怒りが、よく彼女達自身に向けられることを示すウォーカーの意図」(13) であると主張する。したがって、彼女達が自らソジャーナーを伐り倒したことは、自分達自身のアイデンティティを自ら破壊する、まるで自殺行為に等しいものだったのである。

　それゆえ、メリディアンがたった一人ででもソジャーナーの破壊に反対する姿は、非常に強く目を引く。

> Though Meridian begged them to dismantle the president's house instead, in a fury of confusion and frustration they worked all night, and chopped and sawed down, level to the ground, that mighty, ancient, sheltering music tree. (39)

ソジャーナーの破壊をやめるよう必死に懇願するメリディアンの姿は、そうした暴力による闘い方が自己破壊的で間違ったものであると明確に認識していることをうかがわせる。その一方で、ソジャーナーを伐る代わりに学長の家の破壊を勧めるメリディアンの言葉は、一見暴力的にも思える。しかし〈非暴力〉とは単なるモラルや消極的な概念ではない。この運動には何が真の敵なのかを様々な手段を用いて暴き出すという重要な側面があることを忘れてはならない。すなわち、白人システムの象徴である学長の家を破壊することは、極めて政治的な意味を持った戦略の一つなのである。そして、彼女が仲間のように一時の感情に押し流されなかったのは、命に対して無関心や冷淡であってはならないことをワイルドチャイルドから学んだ結果、社会において最も価値の無いものとして扱われているものの命を守ることこそが、黒人の真の闘いになることに気付いたからに相違ない。この、黒人の母を体現するソジャーナーを守ろうとした彼女の姿勢には、公民権運動を自身の視点から咀嚼していく様子が明らかである。

第1章 〈新しい奴隷制度〉の下での「一つの命」に向けた闘い

　このように、*Meridian*においては、公民権運動は外社会に対する社会的・政治的運動としてだけではなく、黒人一人一人の生き方とも直接深く関わるものとして描かれている。事実、ウォーカーは、テイトとのインタビューで公民権運動期について振り返るとき、「人々が共同体的であろうとしていました。それが彼らの真実だったのです」(184) と述べている。その言葉からは、人々が運動の意味をよく理解し、互いに信頼し合い、尊重し合っていた様子が伝わってくる。ウォーカーは、〈非暴力〉による抗議というその闘い方そのものが、人間の真の強さや精神の成長を引き出すことや、人間は己自身を超えて他者のために、そして共同体のために連帯できるという事実を日々目の当たりにしたのであろう。

　そうした公民権運動の中で、メリディアンが当初、活動の指南役のトゥルーマンに強く惹かれていったのも十分に納得がいく。彼女は、彼と自分が同じ目的のために共に闘っていると信じたからこそ恋に落ちる。そして、町の病院施設が人種隔離を行っていることに抗議のデモ行進をしたときも、警官に激しい暴力を振るわれるにもかかわらず、自分とトゥルーマンが一体であることの方に強い満足感を抱いている。

> When the sheriff grabbed her by the hair and someone else began punching her and kicking her in the back, she did not even scream, except very intensely in her own mind, and the scream of Truman's name. And what she meant by it was not even that she was in love with him: What she meant by it was that they were at a time and a place in History that forced the trivial to fall away—and they were absolutely together. (81)

この場面で、メリディアンは肉体の痛みを超え、また恋愛感情すらも超え、トゥルーマンと共に歴史の重要な一点を生きていることを自覚し、彼との間に人間同士の深い結び付きを実感している。それは、かつての夫エディとの間では決して得られなかった感情である。ウォーカーは、公民権運動

を人種間の関係を対等にする手段と捉えているだけではなく、黒人の男女にも、これまでとは異なる新しいつながりの形を提示し得る可能性を秘めたものとして、捉えているのではないだろうか。

　その一方で、ウォーカーは、そのような対等な男女間の関係が個々人の人間解放への弛まぬ努力なくしては容易に築けないことを、メリディアンとトゥルーマンの関係の崩壊によって示唆してもいる。実際、彼らが肉体関係を持つようになると、彼の父権主義的な性格がたちまち現れ、彼はメリディアンが処女ではないことを知って失望し、彼女の胸も、すでに別の男との間に産んだ子どもによって「使い古された乳房」(151) であると嫌悪感を抱く。その様子には、女性に対する彼の強い所有欲が読み取れるだけでなく、処女性を重んじる、伝統的な父権的性質が顕著である。その後、彼はすぐに彼女を捨て、同じ公民権運動の活動家である、白人女学生で処女のリン (Lynne) と付き合うようになる。その理由も、「世間のあらゆる目から見て完璧な女性を手に入れたかった」(151) と説明されているように、浅薄で利己的なものであるが、その態度は彼が白人の価値観に強く影響されていることをよく示してもいる。マクダウェルがこのトゥルーマンについて、「彼の『良い』女と『悪い』女の偽善的分類において、トゥルーマンは伝統的な男性を表象している」(172) と述べているように、彼は典型的な男性中心主義者であり、公民権運動を自身の生き方につなげるような、自己内面への視点を持ってはいない。

　それゆえ、そのようなトゥルーマンの子どもを一度きりの性行為で身ごもってしまい、その子どもを堕胎することを独りで決断したメリディアンの葛藤がどれほど深いものであったかは、容易に推察される。しかもそのとき彼女には、かつて自分が養育を放棄した息子の姿が脳裏によみがえったであろうし、エディとの関係では諦めていた性の喜びへの期待をトゥルーマンに対して抱いたことへの無念も、胸に押し寄せたことであろう。彼女は医師に、「根元から焼き切っても構いません」(119) と、二度と妊娠することがないよう、卵管を縛ることを懇願する。産む性としての自身の身体を否定するこの言葉は、女性が男性と対等に、自由に生きられない

第1章 〈新しい奴隷制度〉の下での「一つの命」に向けた闘い

のならば子どもは産まないという、メリディアンの固い決意をうかがわせるものに見える。ところが、子どもを堕胎した後、メリディアンは自らの生の選択に背くかのように、死を強く望むようになる。彼女がそこまで絶望したのは、堕胎と卵管狭窄が母親ヒル夫人の生き方に決定的に反し、母系の伝統に再び背いたと思い込んだからであろう。

　この後、彼女は意図的に白人至上主義者の暴力に身をさらそうと、危険な時刻に危険な場所へ独りで出かけたり、車に轢かれようとしたりもする。また、食欲を失い、急激に衰弱していくときに、その状態を幸せに感じてもいる。しかし、こうした彼女の苦悩において、メリディアンは堕した子どもに対する自責の念や子どもの死と自らの死を重ねようとする姿勢を見せており、彼女が今回は、子どもと彼女自身の生を二者択一の選択としてではなく、両者の命を一体化させて捉えている様子がうかがえる。それゆえ、この出来事は、彼女が黒人の母系の先祖とのつながりに回帰していく重要な分岐点と見なせる。

　クリスチャンはメリディアンとヒル夫人について、両者が共に「母性の神話」（"An Angel" 239）の罠に嵌っていると述べるが、メリディアンの抱く罪の意識については、黒人の母系の伝統につながるものと指摘する。

> Ironically, although she believes she has sinned against her maternal history, she belongs to it, for she is willing to die on account of her child. Her spiritual degeneration results in a kind of madness as well as the deterioration of her body. (239)

実際、子どもに対する強い絆は、黒人母系の歴史に脈々と受け継がれてきたものである。絶望の中で、メリディアン自身はまだ自分の内に宿る黒人母系の深い歴史に気付いてはいない。だが彼女の姿勢は、絶望という負の方向ではあるものの、子どものために命を賭した先祖の母達のように、母子一体という点で通じているのである。

　こういう観点からメリディアンが死を望む心情を捉え直してみれば、彼

女の苦悩のもっと根底にあるものがより明確になる。というのも、メリディアンが、我が子を殺すような母親は先祖の母達に対する裏切り者であり、価値の無い人間であると我が身を断じたと捉えるならば、その理由は前回の養子縁組のときと同じものとなり、その後の彼女の成長を全く考慮していないからである。今回注目すべき点は、彼女が子どもを彼女の人生を邪魔する存在と考えたわけではないことである。それゆえ、メリディアンが真に拒絶したかったものは、我が子に彼女自身が子ども時代に体験したものと同様の自己喪失を与え、母親の自分にも自己喪失をもたらすような生き方であったと推察される。彼女は、母と子が共に、どちらも互いを犠牲にしないような、また犠牲にさせないような社会を求めつつ、それを許さない社会に完全に絶望したのではないだろうか。だが、それゆえに彼女が取った行動は、母と子の命を同時に否定するものとなり、表面的には、先祖の母達に背いてしまったと思い込んで絶望した場合と同じ行動に見えるのである。

　母と子が互いの命を尊びつつ共に生きるという社会をメリディアンが追求するとき、それは彼女の母親にも黒人社会にも理解されず、メリディアンをジレンマに陥らせ、自己肯定感を一層喪失させるものになる。しかしウォーカーは、メリディアンが新たに抱くこうした母性を認め、理解する役割を、メリディアン同様に周りから孤立しているサクソン大学の黒人教員、ミス・ウィンター（Miss Winter）に託している。ミス・ウィンターは、大学の淑女養成の方針に独りで背き、自分の授業では黒人音楽のジャズやスピリチュアルやブルースを教え、また大学総長や学部長に対しても自分の意見を堂々と口にし、彼らと言い争うことも辞さない芯の強い人物である。まさに黒人女性の持つ創造力を体現したような彼女は、メリディアンの精神的な母親の役割を担う人物にふさわしい。

　ミス・ウィンターは、メリディアンがベッドに横たわり、夢の中で「ママ、愛しているわ。行かせてちょうだい」(131) と死を願うとき、「あなたを許してあげる」(131) と彼女の耳元でささやく。ミス・ウィンターが、「本能的に、まるでメリディアンが自分の子であるかのように」(131) 応える

第1章 〈新しい奴隷制度〉の下での「一つの命」に向けた闘い

様子は、彼女もまた、女性の自立を勝ち取るために葛藤し、メリディアンの苦しみをすでに知っていることを、そしてそれゆえに、即座にメリディアンを父権的な母性のイデオロギーから解放する必要を理解したことをうかがわせる。このミス・ウィンターの働きかけを受け、次の日にメリディアンは一気に食欲を回復する。

　メリディアンが絶望の淵から救われたのは、ミス・ウィンターとの精神的な結びつき、言い換えるなら母と娘の深い絆が生まれたからであろう。そしてこの絆はまた、メリディアンを先祖の母達へと回帰させるものとなる。メリディアンは、父方の祖母フェザー・メイ（Feather Mae）の自然と一体になる力や、母方の曾曾祖母の、絵を描くことで自由を白人から買い取り、家族全員を奴隷制から解放していった不屈の力も含めて、先祖の母達の苦難と抵抗の歴史を継承する。そして、メリディアンは先祖の母達の母性に背いたり、その価値を否定したりするのではなく、それを尊重しつつも、またそれを新たに人種平等と男女平等の視点から捉え直して進んでいく。その姿には、ウォーカーが、「男性女性にかかわらず、全ての人々の生存と全体性に献身する」（*In Search* xi）者と定義する、ウーマニストの生き方が強く反映されている。母系の伝統の真の意味を、誰の命をも等しく尊重する社会をつくるための闘いとして認識できたメリディアンが、その歴史的な闘いに自らも参入する決意は、彼女が再び起き上がる姿に象徴されている。ウォーカーはそこに、自らが歩むべき理想の姿を重ねて見ていたに違いない。

　メリディアンが再び公民権運動の活動家として歩み出すとき、彼女は先祖の母達の闘いを継承しつつ、それを彼女自身の視点でさらに発展させようとする。20世紀後半に生きるメリディアンの視点とは、黒人男性も黒人女性と同様に、共に子どもと一体になることを強く訴えていくものであり、そこにもまた、黒人女性は黒人女性であるからこそ、黒人社会の家庭内からアメリカ社会全体の解放を目指していくべきだとする、ウーマニズムに根差した公民権運動の姿勢が明確に打ち出されている。

第4節　メリディアンからトゥルーマンに託された共同体再生の役割

　*Meridian*では、公民権運動を軸にしてトゥルーマンとメリディアンの内面の成長が対照的に配置されており、トゥルーマンの住居も、メリディアンが一貫して南部に根差して生きようとするのに対し、一か所には定まらず、南部と北部を揺れ動くような軌跡を描く。先行研究では、前述したマクダウェルの彼への言及にも見られるように、彼を批判的に捉える批評は枚挙にいとまがない。そして、それらのほとんどは彼の自己喪失や自己責任の回避に着目したものである。しかしウォーカーは、*Meridian*において単にトゥルーマン個人の人生を描こうとしたのではないように見える。というのも、歴史的視点から見ると、公民権運動を背景にした彼の人生の軌跡は、アメリカ社会自体が1960年代から1970年代に辿った大きな変動と明らかに共振しているからである。

　トゥルーマンは、サクソン大学が黒人女性のための大学であったのに対し、その黒人男子学生版と見なせる「R・バロン大学」(84)に通う学生である。19世紀後半のアメリカの悪徳資本家を揶揄した、泥棒男爵（Robber Baron）に因むその大学名は、白人資本家を表面では憎悪しながらも、心の底では羨み、金持ちになることを強く欲するトゥルーマンという人物の二面性を暗示している。実際、トゥルーマンの自己分裂的特徴は、彼と公民権運動との関わり方を通して少しずつ明らかになる。アビニョンとパリに留学した経験を持ち、フランスの自由、平等、博愛の精神に感化された彼は、公民権運動の中でその理想を追求しようとする。彼がメリディアンと共に、州当局の武力にも全く臆することなく、人種差別撤廃のために有権者登録運動やデモに参加する様子からは、公民権運動に対する彼の大きな期待と情熱が伝わってくる。だがその一方で、彼は貧しく無教養な大多数の黒人達と大学で芸術を専攻する自分とを、次第に分離して捉えるようになっていく。

　例えば、彼がメリディアンには使いこなせないフランス語を巧みに操り

第1章 〈新しい奴隷制度〉の下での「一つの命」に向けた闘い

ながら彼女に一方的に話し続ける場面には、黒人知識階級や中産階級を社会に生み出す、R・バロン大学の強い影響が見て取れるだけではない。彼が知識人である自身に優越感を抱き、自らも進んで大学の価値観と一体化していく様子がうかがえる。「彼は、フランス語で話されるものは何でも、より素晴らしく響くと心から信じており、またフランス語をしゃべる人々は、しゃべらない人々（なんて哀れで惨めな！）よりも優れているとも信じていた」(100) という描写には、彼の自負心が際立って見えるが、それは裏を返せば、彼が心の中では黒人の文化を卑下し、フランス語に代表される白人の文化を崇拝していることを意味している。

　クリスチャンは、公民権運動の中で「トゥルーマンや、その他、彼のような黒人知識人の多くが対面する流動的な矛盾は、彼らが救おうとしている人々が、彼らが共に生きるにはあまりにも貧しく、あまりに見劣りがし、あまりに田舎くさいということだった」("Novels" 90) と、トゥルーマンの心情を代弁している。実際、彼は黒人大学で高い教養を身に付け、芸術家を志してはいるが、自身のその才能を貧しく教育も受けられない大多数の黒人同胞のために役立て、黒人の地位向上に奉仕しようとする気持ちは毛頭ない。メリディアンと比べて、彼には公民権運動の精神を自ら探求し、自身の生き方とつなげていくような主体的な姿勢は皆無である。換言すれば、黒人同胞に対する彼の優越的な振る舞いは、公民権運動が人種の完全平等を目指した貧しい普通の人々の闘いであったことに鑑みると、まさにその平等精神に反している。

　ところで、このように公民権運動の本質とは遠く乖離していくトゥルーマンを歴史的視点から眺めてみると、その姿は、当時黒人が中産階級化する者と下層階級に留め置かれる大多数の者とに枝分かれしていった社会状況を如実に反映しているように見える。事実、1963年に、マーティン・ルーサー・キング, Jr. (Martin Luther King, Jr.) は「バーミンガム刑務所からの手紙」("Letter from a Birmingham Jail") の中で、急速に二極化していく黒人の傾向に危惧の念を示している。

> One is a force of complacency made up of Negroes who, as a result of long years of oppression, have been so completely drained of self-respect and a sense of "somebodiness" that they have adjusted to segregation, and of a few Negroes in the middle class who because of a degree of academic and economic security, and because at points they profit by segregation, have unconsciously become insensitive to the problems of the masses. The other force is one of bitterness and hatred, and comes perilously close to advocating violence. (93)

アラバマ州バーミンガムは、人種主義や人種隔離政策に対する抗議の行進やシットインに対して市当局側が用いたダイナマイトの量が凄まじかったことからバミンガム（Bombingham）の異名をとるほどにもなった場所である。そこでは、白人側の反動勢力が日に日に激しさを増し、キング牧師も逮捕されて投獄されたことから、彼の協力者は非暴力による直接的行動（nonviolent direct action）[3]は極端で時期尚早であると彼に助言する。しかし、彼はそうした反対派の人々に対し、「時期はいつでも正義を成すために熟している」(92) と獄中から反論するだけではなく、黒人社会にさらなる団結の必要性を訴えていった。こうした背景には、「私は、黒人社会における相反する二つの力の真ん中に立っている」(93) という彼の言葉にも明らかなように、黒人が人種差別の現状を受け入れ、白人社会に迎合していく方向と、非暴力には効力が無いと諦め、安易に暴力に傾倒していく方向とに分裂している状態に対する、彼の強い危機意識があったと言える。キング牧師は、そうした分裂が公民権運動自体に亀裂をもたらしかねないと、大いに懸念していたと思われる。

　*Meridian*においては、公民権運動の本質から外れ、利己主義に走るようになるトゥルーマンは、キング牧師の分類に照らすと白人社会に迎合していった前者に属するであろう。クリスチャンはトゥルーマンが自ら選ぶ、そうした日和見主義の立場について次のように言及する。

第 1 章　〈新しい奴隷制度〉の下での「一つの命」に向けた闘い

It is as if Truman falls in love with his deviancy in society because it makes him exceptional when that uniqueness can be cast in a positive or at least a glamourous glow rather than in the stark light of racism. He does not want to be white, nor does he want to be like ordinary black men. ("Novels" 90)

　クリスチャンが指摘するように、トゥルーマンは人種差別社会の中で決して無教養な黒人とは見られたくないと思いながら生きている。しかし、彼はその姿勢そのものが自己矛盾を起こしていることには気付いていない。何故なら、彼が大多数の黒人同胞の中において自分を特別視・優越視できるということは、彼が人種差別社会を受容して生きることに他ならないからである。彼が黒人同胞と共にあり、真に人種差別に反対するならば、自分をそのように見る必要はない。しかも彼が好むこの白人と黒人の中間という「逸脱」の位置は、表面的な人種差別撤廃の印として白人から与えられた、言わばトークニズムの象徴である。したがって、彼はキング牧師が黒人中産階級について先の引用で述べているように、人種差別によって恩恵を受ける数少ない中流黒人の一人なのである。言い換えるなら、彼の主体性の欠落は、彼が自己を見失い、白人社会に完全に同化していることを示している。

　しかしその一方で、ウォーカーは、彼のこの自己矛盾が黒人男性を白人男性よりも劣った存在として扱い続ける白人側の責任でもあることも追及している。ウォーカーは、トゥルーマンの生き方には彼の環境要因を決して無視できないことを、彼の日常を通して浮き彫りにしていく。例えば、彼は大人の男性の体格を持ち、身だしなみや人前での振る舞い方に常に気を配ってはいても、白人からは「ボーイ」(117) と呼ばれているように、男として半人前で、永久に侮蔑される対象であることを日常的に痛感させられる。彼が学業のかたわらに働く白人専用の社交クラブでは、白人達が故意にタバコの吸い殻をプールに投げ捨て、彼を呼び付けてそれを拾わせようとする。彼らがタバコの吸い殻を懸命に拾う彼の姿を意地悪く楽しむ

様子は、*GC*において、白人妊婦が池に落とした20ドル札をグレンジに拾わせ、あざ笑う場面を想起させる。したがって、白人にひれ伏すこのトゥルーマンの姿は、1960年代になってもまだ、黒人が人格を持たない動物として扱われ、人間の尊厳を奪われていたという、奴隷状態を強調するものと見なせるであろう。

さらに彼が、「俺はただそこに突っ立ってにやにや笑ってそれに耐えなきゃならないんだ。軽蔑すべき奴らだ」(117) と、メリディアンに本音を吐露する場面には、人種差別に対する深い苦悩や、彼をアメリカ人として認めようとしない白人社会に対する心の底からの憤りが見て取れる。そしてさらに、それを決して表には出せず、卑屈に別人格を演じざるをえない状況、またそれによって彼の内面が分裂し、屈折した「自己の二重意識」(Du Bois 11) を抱くようになる様子が顕著である。

それゆえトゥルーマンが、白人の知識で自らを武装し、中産階級に入り込むことを自尊心回復の最善の策と見なすようになったのは、全く想像に難くない。彼は、全ての人々の平等な権利を追求する公民権運動を、まず自分の欲望を充足するための手段と見なし、教育や雇用の機会を自分のために利用しようとする。しかし、そのような行為は自分本位の利己主義に根差すものであるがゆえに、彼と共に活動する仲間を傷付け、裏切ることになるのは必然である。こうした彼の利己主義は、彼と周りの女性との関係にも反映されている。

例えば、彼はメリディアンと活動を共にするうちに、彼女に強く惹かれ、デュボイスの『黒人の魂』を読んだ後では、「彼とメリディアンの魂を反映している」(107) と熱心に主張し、黒人同士の連帯を確認しようとする。しかしその反面、彼は、「君達女は彼ら(白人達)といつも顔を突き合わすわけじゃないんだから本当に幸せだよな」(117) という言葉を口にするような、無思慮・無神経さも示す。その言葉には、彼が男としての体面を何よりも重要視している様子がうかがえ、黒人女性が黒人男性よりもさらに抑圧された立場に置かれている状況を考慮する視点は全く無い。メリディアンがワイルドチャイルドの一件で大学の寮には住めなくなり、自活

第 1 章 〈新しい奴隷制度〉の下での「一つの命」に向けた闘い

を強いられていても、彼は彼女の貧困や、彼を愛するがゆえに彼に誠実さを求める気持ちを無視しさえする。その態度は、彼がアメリカにおける黒人問題を、黒人男性の問題としてしか捉えていないことをよく表しているが、特に、彼とメリディアンの関係には彼の性差別主義が際立っている。

しかも彼は、自分の男性性の回復のために白人女性を利用することも辞さない。彼は有権者登録運動の中で白人の交換女子大学生と知り合う機会を得ると、彼女達とすぐに性的関係を持つ。彼にとって彼女達との関係は、単に「セックスの問題」(107) であり、また相手の内面よりも人種的外見で付き合う女性が選択される。そうした彼の態度は、恋人のメリディアンを裏切るものであるだけでなく、真に人種の平等を信じての自由な恋愛観をも傷付け、彼自身の人種的劣等感を暴露している。ローレットが、異人種間の性行為は、「政治的な合法性というオーラ」("Healing the Body Politic" 131) をトゥルーマンに与えたと主張するように、彼が自尊心のためだけに白人女性を利用する様子は、彼が人種主義に囚われていることをはっきりと映し出している。

このように、トゥルーマンが周りの女性に示す態度には典型的な性差別主義や人種の劣等意識が読み取れるが、彼の場合、それらはさらに彼の中産階級意識、すなわち階級主義とも複雑に絡み合っている。そして、それが彼とメリディアンとの関係を根底から崩壊させる、決定的な要因となる。彼は、メリディアンのような南部で育った田舎者の黒人娘は自分には釣り合わないと切り捨ててしまう。自分が白人女子学生と付き合う理由を、「だって、彼女達は『ニューヨークタイムズ』を読んでいるんだから」(158) とメリディアンに告げる彼の言葉にはメリディアンら黒人女性が時事や流行に疎い状況を暗に揶揄する、彼の見識の狭さがうかがえる。こうした偏見について、クリスチャンは、長い間黒人女性達は「ただ生命保持の掟と、母性の不可欠性に支配されていた」("Novels" 90) と反論し、彼女達の役割が極端に限定され、狭い黒人社会のみに閉じ込められてきた歴史的状況を説明する。ところがトゥルーマンは、そうした差別的な歴史を顧みることもなく、黒人女性の教養の無さのみを表面的に取り上げる。このことは、

彼が社会階級に固執しているというだけでなく、黒人男性以上に教育を奪われてきた黒人女性の境遇や、それに対する長い抵抗の歴史からも目を背けて生きていることを露呈している。

　したがって、トゥルーマンが人種同士の連帯を謳う公民権運動の初期に白人女性リン（Lynne）と結婚するのは、一見、この時代の人種統合の理想を地で行くようには見えても、実際は黒人問題や黒人の歴史からの逃避にすぎないのである。そして、彼がメリディアンではなくリンを選ぶ理由も、前述したように、リンが世間のあらゆる目から見て「完璧な女性」であったからということであるが、そこには彼女への強い依存も存在している。

> Her inability to curb herself, her imagination, her wishes and dreams. It came to her, this lack of restraint, which he so admired at first and had been so refreshed by, because she had never been refused the exercise of it. She assumed that nothing she could discover was capable of destroying her. (148)

　トゥルーマンの目を通して述べられるこのリンの描写には、人種主義者であるユダヤ人の両親と彼女自身とを切り離して考えようとする、リンの客観性の欠落や、極端な理想主義が読み取れるが、当初、トゥルーマンがそこに癒しや救いを見出していた様子もはっきりと見て取れる。すなわち白人であるリンが、黒人の彼とは異なり、白人社会の中で堂々と意見や疑問を口にできることは、彼を慰め、時には勇気付けもし、容赦ない人種差別の現実から彼の目を逸らせる役割も担っていた。言い換えるなら、両者の関係はそれぞれが白人支配社会の中で喪失した自己を、自分自身の民族の歴史に向き合うことで取り戻していくようなものではなく、互いの中に代償を求め合うことで自己を充足させるような、相互依存的な結び付きであり、真の人種統合と呼べるものではない。

　さらに、その後トゥルーマンは、リンへの依存を加速させ、彼女の人種だけでなくその理想主義も含め、中産階級参入への足掛かりに利用してい

第1章 〈新しい奴隷制度〉の下での「一つの命」に向けた闘い

く。実際、彼がリンと共に北部に行くのは、人種平等を表向きには唱え始めた白人主流社会の時流に乗り、階級主義的野望を満たそうとするものに他ならない。それゆえ彼の態度は、時代は GC とは異なるものの、ルスの親権をグレンジから奪うために白人の法を利用し、人種主義に基づく社会階層を自ら受容していたブラウンフィールドと本質的には変わらない。トゥルーマンの場合は、リンと人種的に対等であることを内外に宣伝するために結婚を利用する点が違ってはいても、そうすることにより、かえって白人支配社会の犠牲者としての位置を自ら固定するのはやはり同様である。したがって、このように愛ではなく利己主義のみに生きるトゥルーマンが、公民権運動の非暴力による闘争に逆風が吹き始めるとき、すぐにリンからメリディアンに心変わりするのも、別の時流に乗り換えるということであり、驚くべきことではない。

　ところで、トゥルーマンは一見、彼特有の自己保身と身勝手さから妻のリンを見捨てるように見えるが、そうした彼の行動は1960年代半ば以降のアメリカの〈時代精神の影響〉を抜きには語れない。というのもこの時代には、黒人達の間に、白人から分離して黒人の自治による社会を米国内に建設しようとする、ブラックナショナリズムと呼ばれる急進的で戦闘的な黒人民族主義が広まっていったからである。[4] 実際、それを支持する人々が急速に増えていく中、1966年には白人の暴力に対する正当防衛を主張するブラック・パンサー党がカリフォルニア州オークランドに設立された。[5] ローレットは、トゥルーマン、リン、メリディアンの三者間に示された性の政治関係に、ウォーカー自身が直接体験し、彼女の視点で直に捉えた公民権運動を描こうとする姿勢が現れていると指摘する。

> In the triangle of sexual politics involving the relationship between Truman, Lynne and Meridian, the novel in effect re-presents the main ideological shifts in the history of SNCC, but from the Black woman's point of view.... ("Healing" 135)

この小説にウォーカーの政治姿勢が色濃く反映していればこそ、ローレットは*Meridian*が「歴史的で政治的なウーマニズム小説」(135) として読まれるべきであると主張する。一般に知られた事実として、SNCCは1966年までには白人メンバーを投票によって組織から追い出し、残った黒人メンバー達も妥協派と急進的な分離主義派に分裂していった。しかし、トゥルーマンを巡るリンとメリディアンの三角関係には、まさにこの時代の異人種間の分裂や、同人種間の亀裂が個人の行動に与えていった影響が、各々の内面の変化を通して如実に照らし出されている。

　このように、トゥルーマンとリンとの決裂には人種間の関係が再び悪化していった時勢が重ねられているのは確かであるが、そうした彼の姿にはまた、彼の前世代と変わらない、*GC*のグレンジと共通する過ちも見出せる。グレンジはかつて白人女性を見殺しにしたことを、白人を排除する生き方、すなわち自民族中心主義に帰依するものとして自らに正当化していた。一方トゥルーマンにも、殺人を犯さないまでも、白人女性であることを理由にリンを捨てることを黒人男性の真の生き方を象徴するものと見なし、その非人間的行為を正当化していく面がうかがえる。両者に見られる白人女性との関係は、それぞれ年代背景や文脈は異なっていても、彼らが最終的に取る態度が一致しているのは決して偶然ではあるまい。というのも、トゥルーマンがこうした前世代の過ちを繰り返すとき、そこには、黒人男性が白人女性を排斥し、その人間性を否定することをしばしば彼らの独立の証と見なしてきた、そうした根深い歴史的欺瞞に対するウォーカーの強い批判が読み取れるからである。

　しかし、トゥルーマンの場合は、彼個人の問題というよりは、彼が対外的な面をグレンジよりも気にしている点で、ブラックナショナリズムの影響が明らかである。これは、黒人男性がしばしば繰り返してきた自己欺瞞が、公民権運動の精神から大きく乖離していくブラックナショナリズムの中にも存在していることに、ウォーカーが大きな危機感を抱いていたからではないだろうか。この点を明らかにするために、次にブラックナショナリズムとトゥルーマンとの関わりを、より詳細に眺めてみたい。

第 1 章　〈新しい奴隷制度〉の下での「一つの命」に向けた闘い

　まずトゥルーマンは、芸術の題材を求めてリンとミシシッピに戻ったとき、一緒にいた公民権運動の活動仲間トミー・オッズ（Tommy Odds）を、白人至上主義者からの襲撃という大きな事件に巻き込んでしまう。その襲撃によってトミー・オッズは片腕を失うことになるが、彼はそれゆえに、リンやトゥルーマンをこれまでとは異なる視点で捉えるようになる。トゥルーマンが彼を見舞いに病院を訪れたとき、彼は、「もし僕が、以前は道徳的見地から彼らを憎んでいなかったとしても、今は個人的で明確な理由から彼らを憎む」(141)と白人への憎悪を剥き出しにする。そして、それは有権者登録運動の仲間として、また友人として受け入れていたリンへの批判にも発展するだけではない。彼はトゥルーマンに対しても、自分と同様にリンを「白い売女」(139)として軽蔑するよう、すなわち黒人男性としての「自尊心」に目覚めるように強く要求する。

　一方、それに対し、トゥルーマンはリンを庇うような反論が一切できない。それは、トミー・オッズの腕の喪失に対し、彼が深く責任を感じているためだけではない。彼は、トミー・オッズのリンに対する非難を自分に対するものと受け止めるからこそ、何も言えないのである。彼が、リンも人格を持つ一人の人間であり、白い肌の色だけで単純に白人至上主義者と同一視することは間違いであると言い返せない様子や、リンの存在自体に罪があるのかどうかを自問自答し始める場面（140）には、彼が黒人仲間から排斥されることを何よりも恐れ、正しい判断力を失っていく様子が明らかである。当時、ブラックナショナリズムの影響の下、白人女性を妻や恋人にしていた黒人社会の代弁者達が、白人への劣等感から彼女達に暴力を振るったり、男性優位主義が先鋭化したりする特異な状況[6]が生じていたことを考慮するなら、ウォーカーはブラックナショナリズムの背景に、黒人男性同士の仲間内のプレッシャーの大きさを見ていたに違いない。

　もっともトゥルーマンは、「間違った」女性を選択していたから次は黒人女性を選ぶと公言し、黒人同胞から喝采を浴びる代表達の態度を「偉大な男達」と見なす一方で、彼らに自己欺瞞があることには心の底では気付いている。

83

Perhaps, after all, he was just trying to cover up his own inability to act as decisively and to the public order as these men had done. No doubt these *were* great men, who perceived, as he could not, that to love the wrong person is an error. If only he could believe it *possible* to love the wrong person he would be home free. (144)

　トゥルーマンの視点に沿って語られるこの場面で、彼は代表者達とは違い「間違った女」を心から愛せるところに救いがあることに気付いている。それにもかかわらず、結局彼はリンを捨てる。そのように仲間内の抑圧にただ屈する彼の姿には、もはや自主性の放棄と無責任以外に読み取ることはできない。

　ところで、リンに対するトゥルーマンの百八十度の心変わりについて、マクダウェルは、「トゥルーマンのリンに対する感情は、それが始まったのと全く同じ理由によって変化する。つまり世事に通じ、理想主義である妻、自由と安定に基づく熱烈な理想主義を抱く妻を持ちたいという彼の要求である」(92)と分析する。確かに、黒人社会が白人に対する反動的な姿勢へと大きく舵を切るとき、トゥルーマンにとってリンの現実離れした理想主義は邪魔で危険なものでしかなくなる。しかし、トゥルーマンの自己中心的で身勝手な態度はそれだけでは説明しきれない。女性を肌の色で選ぶ彼の行為は、結局、黒人女性に対する誠実さをも欠いているからである。

　トゥルーマンの女性の扱いには、公民権運動に対する白人至上主義者からの激しい反動の中で黒人達が急速に傾倒していくブラックナショナリズムのような排他主義や反動暴力、または黒人同胞間の分裂だけでなく、性差別主義が一層深まっていくことに対するウォーカーの強い危惧がうかがえる。トゥルーマンが、リンではなくメリディアンを愛していたのだとメリディアンに告げるとき、彼女は「私が黒人だからなの？」(148)と、ブラックナショナリズムが内包する人種主義の核心をつく。しかし、ウォーカーはメリディアンのこの言葉を通し、同時に、イデオロギーのために軽々

第 1 章　〈新しい奴隷制度〉の下での「一つの命」に向けた闘い

しく愛する者を取り換えることができる、黒人社会の代弁者達の性差別主義をも皮肉っている。こうした、分離主義という二項対立的思考の向かう先は、トゥルーマンとリンの子どもカマラ（Camara）が北部で白人至上主義者の手によって殺され、彼とメリディアンの子どもがメリディアンの中絶によって殺されたように、決して未来に根ざすものではなく、むしろ公民権運動の精神を根本から崩壊させ、女性を一層貶めるものだとウォーカーは批判的に捉えていたに違いない。

　しかし*Meridian*において、トゥルーマンを通してウォーカーが試みたものは、単に黒人に対する白人支配社会の抑圧を社会的・歴史的視点から強調することや、それに屈してのみ込まれていく公民権運動の終焉だけを描くことだったのではない。1970年代に入り、トゥルーマンがメリディアンに、今では貧しい黒人の服装が七番街で真似られ、ブルックリンでは中産階級の白人少女がアフロスタイルのかつらを身に付けていると語る場面（206）では、公民権運動が一時の流行に矮小化され、人種主義を利用する白人資本家の手中に堕ちていく実態を反映しているが、それをウォーカーが好ましく受け止めていたとは思えない。というのも、ウォーカーはその直後に、そうした世相をまさに体現したトゥルーマンが、それでもメリディアンとの和解を通して変化を見せる姿を描くことで、公民権運動を過去のものとして葬り去り、再び人種の分離を深めていくアメリカ社会の中に新たな希望を託しているように見えるからである。

　トゥルーマンは最初、一軒一軒貧しい黒人家庭を訪問しながら根気強く投票の価値を説き、有権者を増やしていく昔ながらの公民権運動をメリディアンが独りで続けていることを、時代遅れで無駄なことと軽んじている。だが彼は、彼女と行動を共にするうちに、彼女の活動が人間同士の真の絆を追求するものであることに気付く。メリディアンと貧しい人々との絆は、彼女がわずかな日用品以外は何も持たないと決意すること、すなわち資本主義的な生き方と決別することによって結ばれるものである。この、メリディアンの所有概念の放棄には、1843年に、実際にソジャーナー・トゥルースが真の奴隷解放と女性解放のために、金権主義に満ちたニューヨー

クを「第二のソドム」(Gilbert 59) と見なして立ち去るときの様子が明らかに重ねられている。トゥルースは一方の手に数枚の衣服を入れた寝袋を抱え、もう一方には食べ物が入った小さな籠を持ち、わずかな硬貨のみを袋に入れ、「貧しい人々の中に」(Gilbert 59)、自身の信仰を求めて帰って行ったのである。

とはいえ、20世紀に生きるメリディアンにウォーカーが求めたものは、キリスト教信仰の清貧を超える、「一つの命(One Life)」という概念である。ある日メリディアンは、地域の黒人教会を訪れ、公民権運動家であった息子を白人至上主義者に殺された父親に出会うとき、集まっていた人々が彼の悲しみに深く共感し、彼と一体となっていく様子を目の当たりにする。そのとき彼女は、彼女自身について、「この存在は彼女自身を超え、彼女の周りに延びゆくものであり、事実、アメリカにおける年月が彼らを一つの命に形作ったのだ」(220 強調原著) と開眼し、自分の命そのものがアメリカ自体を象徴するものであるという、次元の高い認識に至る。

ウォーカーが、こうした全てを結び付ける大きな命の認識を、トゥルーマンに対しても絶対不可欠なものと考えていたことは、「巡礼の旅」という章で、彼がメリディアンと共に女性刑務所を訪れる場面に読み取れる。自分の子どもを殺してしまったという黒人の少女と対面するとき、メリディアンはその少女に激しい共感を掻き立てられ、心身を再び衰弱させてしまう。しかしそのメリディアンを介抱する彼には、注目すべき大きな変化がもたらされる。

  Truman lay as if slaughtered, feeling a warmth, as of hot blood, wash over him. *Shame*. But for what? For whom? What had he done?...

  One day, after Truman—who was beginning to experience moments with Meridian when he felt intensely maternal—had wiped her forehead with a cloth soaked in cold Water, Meridian wrote:

第1章 〈新しい奴隷制度〉の下での「一つの命」に向けた闘い

> *There is water in the world for us*
> *brought by our friends*
> *though the rock of mother and god*
> *vanishes into sand*
> *and we, cast out alone*
> *to heal*
> *and re-create*
> *ourselves.* (236-37)

　この場面には、トゥルーマンがこれまでの自身の行為を「恥」として受け止める様子が見て取れる。それは彼が自分の生き方に対する自己責任を悟ったことを意味しているが、それだけではない。彼はメリディアンに対し、自らも「母性」を獲得しさえする。それは決して母性のイデオロギーに根差したものではなく、メリディアンと同様の、性別や人種を超えた「一つの命」の認識への到達と見なせるものである。メリディアンが彼との新しい関係の中で産み出した詩に彼への信頼の回復がうかがえるのも、こうしたトゥルーマンの変化を裏付けている。

　トゥルーマンのこの新たな生き方について、ウォーカーはテイトとのインタビューの中で次のように述べる。「彼女（メリディアン）の闘いは、私達それぞれが自分自身のやり方で引き受けなければならない闘いなのです。だからトゥルーマンももちろん、彼の闘いを引き受けなければなりません。何故なら彼の人生は、矛盾と偽善、そして自分の行為とそれらの結果の忘却で溢れているのですから」(180)。トゥルーマンにはアメリカ自体が辿ってきた時代の変動が体現されていた。だがウォーカーは、さらにメリディアンの闘いを継承していく責任を彼に与え、その継承の姿勢そのものに、アメリカが歩むべき未来を託していたのではないだろうか。それゆえ、トゥルーマンがメリディアンから離れ、再び、独りで南部の貧しい町から活動を開始する姿には、ウォーカーが願う公民権運動の健全なあり方とその継続の重要性、また「一つの命」を理解する精神が、平等な黒人

男女の新しい関係からアメリカ社会全体へ広がりゆくことへの確かな希望がうかがえるのである。

おわりに

　*GC*と*Meridian*両作品における主な登場人物を、〈新しい奴隷制度〉に対する抵抗者という視点から、世代を超えて結ばれる縦の人間関係やそれぞれの精神的成長に注目しながら分析すると、ウォーカーが公民権運動を単に1950年代から1960年代の大きな出来事としてではなく、それ以前から脈々と継続する黒人の連続的な闘いとして、広い視野から捉えていたことがより一層明瞭になる。そして、そこにはリアリズムに徹するウォーカーの視点が、史実を織り交ぜた描写からも強くうかがえるが、彼女が重要視しているものはそれだけではない。彼女はそうしたリアリティにこだわりながらも、さらに、人がどんなに抑圧的な環境に置かれても、絶望や反動的暴力を創造力という不屈の精神によって乗り越えられるという可能性や、人が自身の中に息づく文化や抵抗の歴史に気付くことによって、次世代に対する自己責任を認識し、自己を変革していく様子を、黒人男女双方の生き様を通して描いてみせた。

　ウォーカーが登場人物達に託したこうした人間解放の視点は、この両作品が共に1970年代に出版されたという観点から眺めると、一層意義深いものに思える。というのも1970年代は、*Meridian*においてトゥルーマンが語っていたように、公民権運動が一時の流行に矮小化されてアメリカの商品文化に回収され、人々が再び分裂していった時代だからである。ウォーカーが人種間の関係の崩壊と黒人同士の人間関係の希薄を、この時代の顕著な特徴として敏感に感じ取っていたことは、1967年のエッセイ、「公民権運動－それは何の役に立ったのか－」にもすでに読み取れる。ウォーカーはその中で、公民権運動を「全て終わった」(120)と完全に過去のものと捉え、またそれ自体を失敗と見なす主流社会の風潮に反駁し、公民権運動が彼女に果たした大きな役割を詳細に考察している。公民権運動は、

第 1 章　〈新しい奴隷制度〉の下での「一つの命」に向けた闘い

「人間関係において、私達の歴史の中で初めての黒人と白人の調和」(125)であったという言葉からわかるように、ウォーカーにとって歴史的に意義深いものであり、彼女自身が「実体のない影や一つの数以上の何ものかであること」(125) を初めて意識した、すなわち自己を認識できた貴重な体験であった。したがって*GC*と*Meridian*は、ウォーカーにそうした新しい世界観をもたらした公民権運動を、単なる流行や志半ばで頓挫した社会変革運動だと短絡的に見なすようなことがあってはならないとする、彼女の強い信念に裏打ちされた作品であるように思える。そうだからこそウォーカーは、公民権運動の本質を、ウーマニストの視点から両作品で改めて問い直したのであろう。

　ところで、ウォーカーの描き出す人種主義の現実のみに注目する批評家は、登場人物が見せる人間の可能性に、具体性や実現性の弱さ、あるいは欠如を読み取りがちである。しかし、これら初期の作品からでさえも顕著にうかがえるのは、彼女が黒人作家の伝統的な抵抗文学を継承しながらも、彼らと同様の社会批判に終始するのではなく、人間解放の視点を黒人家庭内に逆照射している点だけではない。そこにはまた、ポストコロニアリズム作家として、人種や性別を超え、真に平等な人間同士のつながりを模索するウォーカーの姿勢が強く打ち出されている。言い換えれば、*GC*と*Meridian*では、人種差別的システムを乗り越える諸々の具体策よりも、各々の登場人物の内面に焦点が絞られ、彼らの人間としての個々の成長過程こそが重要視されているのである。

　したがって、ウォーカーが*GC*においては、1940年代にグレンジがメムから学ぶ様子、そして*Meridian*においては、1970年代にトゥルーマンがメリディアンから学ぶ様子を描いたことには、白人至上主義を超えるために、黒人男性は社会の中でより一層抑圧される黒人女性の立場に目を向け、彼女達から学ぶ必要があるという、彼女のウーマニズムに根差した強い主張が読み取れる。そして、この両作品を連続的に眺めたときには、白人中心のアメリカ社会自体が、抑圧され続けている黒人の視点に立ち、彼らから学ぶ必要があるという、ウォーカーの「一つの命」に根差した視点が浮

き彫りになる。ウォーカーは、未来のアメリカ社会が、誰の命をも等しく尊重する社会に成熟するために、貧しい黒人社会から始まった公民権運動が、人種を超えて未来へと発展させるべきかけがえのない人類の共有財産であることを、両作品で強く主張したのである。

第2章
女性のセクシュアリティを
否定する家庭内暴力への挑戦

― 『カラーパープル』と『父の微笑みに照らされて』
を相互補完的性質から読み解く ―

第1節　父権制と女性のアイデンティティ喪失

　『カラーパープル』（*The Color Purple*, 1982、以下 *CP*）の前半には、一人の黒人少女が家庭内で次第に自己否定に陥っていくプロセスが、神への独白という形をとった彼女の書簡の中にうかがえる。1900年代初頭、アメリカ南部で生活する14歳の黒人少女セリー（Celie）は、彼女が実の父親だと信じる義理の父親、アルフォンソ（Alphonso）のレイプにより、二度妊娠させられた後に不妊になり、彼にその子ども達も取り上げられ、役目を終えた家畜同然に知り合いの農夫アルバート（Albert）に厄介払いされる。その後も男性の意のままになり続けるセリーは、アルフォンソの役割を継承したような夫アルバートを、まるで女奴隷のように「Mr.＿」と呼び、彼にベルトで打たれても、声を持たない「木」(22)に自身をたとえながら感情を押し殺して生きる。セリーがアルフォンソについては、「私の父親だから」(41)、またアルバートについても「でも私の夫だから」(42)と述べる言葉からうかがえるように、彼女は彼らを家庭の絶対的支配者と見なし、決して逆らおうとはしない。セリーの屈従には、男性の暴力に対して抵抗することをすでに諦め、自分の人生を放棄している様子が明らかである。

　先行研究では、ジュディ・エルスリー（Judy Elsley）が、セリーと彼女を取り巻く他の女性達とのつながりをキルティングのイメージから考察しているが、この頃のセリーの姿については、「自らを閉ざすことで、レ

イプと殴打による虐待に対して自身を守り」(165)、夫からだけではなく、「感情を持つ人間としての自己意識」(165) からも自己を防御していると説明する。またウェンディ・ウォール (Wendy Wall) は、書簡体で綴られるセリーのテクストに自己分裂意識を回復する重要な役割を読み取っているが、セリーの黙従については、「自分を鈍感にすることによって自身の痛みを否定」(262) しようとする、セリーの生き残るための「戦略」(262) と捉え、それがセリーの内面に「空虚な場」(262) を作り出していると主張する。その他、多くの批評家が、感情を封印し、自身の「痛み」を否定しながら生きるセリーの姿勢を同様に問題視している理由は、彼女の暗黙の屈従が、さらなる父権的暴力や抑圧から逃れるための手段とはいえ、彼女に自己否定という重大な問題を引き起こしているからだと考えられる。

　父親の暴力によって女性が自己否定に向かう姿勢は、形は違うが、『父のほほえみに照らされて』(*By the Light of My Father's Smile*, 1988、以下 *FS*) の女性主人公にも顕著である。黒人の文化人類学者であるロビンソン (Robinson) 氏は、1940年代初めにメキシコのムンド (Mundo) 族の調査を志すものの、アメリカでは南部に限らず、北部でも同様に人種主義が社会に深く浸透しているため、調査資金を得ることは難しく、結局教会を頼り、キリスト教を伝道するという条件付きで家族を連れ、ある村に赴く。そこで妻のラングリー (Langley) や彼の二人の娘は、ムンドの人々との交流を通して彼らの自然崇拝の価値観を理解し、彼らのやり方を受け入れて生活し始める一方、ロビンソンは彼らの生き方を牧師の自分とは全く異質なものと捉え、次第に蔑視するようになる。その結果、彼は長女のマグダレーナ (Magdalena) がムンドの少年マヌエリート (Manuelito) と肉体関係を持ったと知るや、銀の鋲が付いた革のベルトで彼女を激しく打ち据える。恋人との幸福を、それまで信頼していた父親に一方的に破壊されたこの出来事は、マグダレーナの生涯のトラウマになり、その後、彼女は「復讐」(27) のみを支えに生きる。そのうえ彼女は、アメリカ東部の大学で教鞭を執るほどの社会的成功者になっても、「マヌエリートの思い出と、父に対する怒り」(125) を心と身体に溜め込み、危険なほど過食を続け、常習的に自

第 2 章　女性のセクシュアリティを否定する家庭内暴力への挑戦

身を痛めつける。マグダレーナの行為は、意図的に「痛み」を自身の身体に帰している点で、まさに自傷行為であり、自己を完全に否定するものである。

　ところで、*CP*と*FS*の両作品にうかがえる女性に対するこのような性差別的暴力には、男性が女性の身体を一方的に定義し、利用してきた社会歴史的背景があることは、先行研究においてこれまでにも指摘されてきた。例えば、セリーの身体が商品として扱われていることを、リンダ・アバンドナート（Linda Abbandonato）はクロード・レヴィ＝ストロース（Claude Lévi-Strauss）の構造主義のコンテクストである、男同士の〈女性の交換〉から論じている。親族というものを婚姻関係から研究したレヴィ＝ストロースは、どんな社会にも普遍的に存在するインセスト・タブーというものに注目し、それが女性の贈与価値を生み出し、親族・社会のネットワークを形成する役割を担っていることを突き止め、結婚という形態が女性を〈交換〉するシステムであると結論付けた。アバンドナートは、*CP*においては、女性を「客体」(301) として扱う経済が、結婚のシステムを媒介に「男性の力を補強する手段」(301) として働き、彼女達が「主体」(301) になることを妨げ、父権制の繁栄を継続させていると説明する。実際、セリーと「父親」の関係では、インセスト・タブー自体は破られているものの、彼女の身体は彼の性欲を満たすために利用された後、リンネルや牝牛と共にアルバートに譲渡されている。すなわちセリーは、女性を贈与の対象として扱う父系のネットワークから決して外されているわけではない。アルバートもまた、セリーを、「お前は黒くて、貧乏で、醜くて、女だ」(206) と罵倒し、「お前には何の価値も無い」(206) と切り捨てる。このとき彼が、セリーを私有財産として所有し、使用・収益・処分の対象と見なしていることは明らかである。

　しかしまた、妻を所有物と見なすだけではなく、セリーの衣服の色や形、出かける場所など、日常生活の細部に至るまで管理しようとするアルバートの態度には、*FS*を論じたルドルフ・P・バード（Rudolph P. Byrd）が指摘するような、女性支配を正当化してきたユダヤ・キリスト教体系のイデ

93

オロギーも見過ごすことはできない。バードは、*FS*のロビンソンが娘のマグダレーナの性行為を「堕落した行為」（721）として裁き、娘にもセクシュアリティがあると肯定できない背景に、キリスト教の強い影響を読み取っている（721）。

　ロビンソンは、貧困と人種差別的な環境にも屈せず、苦学して大学教育まで受けた、言わば黒人のエリートである。その彼が、中産階級へ昇っても、まだメキシコへ赴く前は、奴隷制を正当化してきたキリスト教を強く否定していたことは、白人男性中心主義の価値観から自己を解放し、自由な意志を獲得できる可能性を示しているかに見えた。実際彼は、奴隷制時代に祖先が奴隷主に鞭打たれた苦しみを知るからこそ無神論者になり、娘への体罰にも絶対に反対していた。そして彼がムンド族の生活に惹かれた理由も、彼らの自然崇拝に根差した男女平等の価値観に共鳴していたからなのである。それにもかかわらず、彼はキリスト教の宣教師としてムンド族の人々に女性の「原罪」（81）を説くうちに、ジェンダーに関する偏った教義を生み出した、ユダヤ・キリスト教の父権的価値観に翻弄されていく。

　しかも彼は、娘には決して暴力を振るわないという当初の信念とは裏腹に彼女に体罰を与えさえする。その様子について、パメラ B・ジューン（Pamela B. June）は、ロビンソンが自身の「内面化された基準」（606）に囚われていく姿を通し、ウォーカーは黒人男性が社会に浸透した父権的価値観を捨て去ることの困難を描いていると主張する。ロビンソンの暴力には、彼が知らず知らずのうちに女性支配を正当化するような思考様式を受容したことで、自由な自己意志を喪失したことが明らかである。

　確かに、このような人種的に抑圧された両作品の男性主人公の描写には、ユダヤ・キリスト教的体系と結びついた白人支配社会の父権制と、黒人家庭に及ぼす影響が強く結び付けられている。しかし、父権的暴力を取り上げるウォーカーの真の狙いは、それが引き起こす別の問題を両作品で浮き彫りにすることだったように思える。というのも、ウォーカーは、こうした父権的暴力が女性のセクシュアリティを認めず、女性を性的に犯すという形を取るので、女性は自ら自分のセクシュアリティを否定することで自

第 2 章　女性のセクシュアリティを否定する家庭内暴力への挑戦

己を防御せざるをえなくなると考えているように見えるからである。もっとも CP のセリーの場合は、自身のセクシュアリティを意識する機会を奪われているだけではなく、知らず知らずのうちに自らそれを否定するよう男達に強いられてきた。一方、FS のマグダレーナは、ムンドの少年マヌエリートとの性行為を知ったロビンソンに「淫らで邪悪」(116) と断罪された身体を、自らピアスで傷付ける。

　彼女達の行為は、父権的暴力から逃れるために、自身の性的感情を自己意志によって否定しようとするものである。しかし、彼女達が自分の身体とセクシュアリティを自ら否定することは、生き抜くために不可欠な行為であるとはいえ、受動的で消極的な、抵抗とは呼べないものである。特に CP のセリーは、アルバートとの性生活についてシュグ (Shug) に尋ねられるとき、「たいてい私は、ここにいないって振りをするの」(77)、「彼は私がどう感じるかなんて、絶対に何にも尋ねないの」(77) と、淡々と答えている。レイプによる苦痛と恐怖、またアルバートから「トイレ」(77) のように扱われる経験は、彼女から自身のセクシュアリティを認識する機会を完全に奪っている。しかも彼女は、シュグに鏡で自分の性器を見るよう勧められ、それに触れてみるまで、自分の身体のつくりやその働き、またその反応の仕方さえも知らないのである。

　同様に、FS のマグダレーナも、自分のセクシュアリティを否定するが、彼女はそれを意図的に行っている。彼女はマヌエリートによって「生まれながらに神聖な」(25) 気持ちを初めて与えられ、彼と「大きな喜び」(26) や「大いなる甘美」(26) を分かち合う体験をしたことを、父親にも祝福してもらえると信じていた。それにもかかわらず、彼に暴力を振るわれ、裏切られたと感じた彼女は、故意に、自ら女性のセクシュアリティを象徴する部位を傷付ける。その様子は、姉を心配する妹のスザンナ (Susannah) の目を通して次のように語られる。

　　How could she bear the suffering of her body, I wondered, a
　　suffering she so carefully, through compulsive piercing (her nipples

95

had small chains dangling from them, her labia a crucifix) and deliberate overeating, inflicted. (73)

　マグダレーナの、明らかに自身を虐待するこれらの行為からは、信頼していた父親に裏切られたことから来る、感情の複雑な歪みが見て取れる。彼女は、「ゴジラ」(27) のように豹変したロビンソンが、「私の人生は、私自身が所有するように与えられたのだと悟った瞬間」(116) を奪ったと主張する。この覚醒の瞬間の剥奪は、彼女にとって自身の精神と肉体の喪失に等しいものだったに違いない。それゆえ、父親に与えられた肉体を自らピアスで傷めるという行為は、造主、すなわち絶対的支配者の彼に対する「復讐」となりうる。そしてマグダレーナは、自身の乳房や女性器を自ら能動的に傷付けることで、その行為を対父権制への抵抗として読み替える。しかも彼女は、こうした自身のセクシュアリティの否定を父権的暴力からの最大の防御と考えるだけではない。内側には怒りと憎悪を溜め込み、外側では過食する姿を見せながら、ロビンソンを追い詰め、父権的暴力を糾弾し、彼を弾劾しようと企むのである。
　このように、ウォーカーは自身のセクシュアリティを否定する女性を繰り返し描いているが、自己防衛のためとはいえ女性が自身のセクシュアリティを否定することは、人が精神と肉体の統一体で生きるという人間存在の根本を否定することと同義であり、アイデンティティの喪失をもたらしかねない。実際*CP*では、セリーのアイデンティティ喪失は自身の肉体を自ら犠牲にする行為によって引き起こされている。セリーは、アルフォンソが妹のネッティ（Nettie）にも好色な視線を注ぐようになり、彼女が怯えていることを知ると、自分の身体を進んで彼に差し出そうとさえする。

I tell him I can fix myself up for him. I duck into my room and come out wearing horsehair, feathers, and a pair of our new mammy high heel shoes. He beat me for dressing trampy but he do it to me anyway. (7)

第 2 章　女性のセクシュアリティを否定する家庭内暴力への挑戦

このときセリーは、アルフォンソの新妻が病気の間、妹を性的虐待から守るために自ら彼にレイプされようとしている。「私があんたを守るわ」(3)と決意し、以前に彼から受けたレイプによる苦痛や恐怖を振り払って彼の前に着飾って立ち、彼好みの女を必死に演じることは、自身のセクシュアリティを自ら否定する行為である。だがセリーは、妹を守るためのこの自己犠牲的行為が、逆に彼女の自尊心を奪い、自らを奴隷状態に貶め、彼女自身を裏切ることだとは気付いていない。さらにセリーは、アルバートとの間でも同様に自らの奴隷状態を受容し続けるが、その結果は、「でも、私、どうやって闘ったらいいのかわからない。私、ただ生きるので精一杯」(17)と、完全に自身を見失ってしまう。結局、自分を裏切る行為は父権的暴力への間接的加担とも言えるもので、セリー自身にさえ自分が何者かわからなくなるというパラドキシカルな状況、すなわち自己喪失を引き起こしている。

　ところで、CPが黒人女性と黒人の生活様式のステレオタイプを広めているとウォーカーを批判するトゥルーディア・ハリス (Trudier Harris) は、男達の虐待に対するセリーの完全な無抵抗に対し、奴隷制時代においても「女奴隷でさえ何かをした」(157)と反論し、セリーの人物造形に疑問を呈している。しかし、教育も奪われ、社会から完全に取り残された場で、肉体的にも精神的にも虐待され、家庭内でも孤立させられている彼女の姿は、アバンドナートが「セリーは、象徴的にあらゆる女性を映し出している」(302)と洞察するように、父権制社会の中ではどんな女性でも、セリーのような自己喪失に陥る可能性があると示唆している点で、より普遍的な説得力を持っているのではないだろうか。

　一方、FSのマグダレーナの場合にも、自身のセクシュアリティの否定がアイデンティティ喪失をもたらしていく様子が明白である。姉の恋人であったマヌエリートが死んだことを知り、心配したスザンナがマグダレーナを訪れたとき、マグダレーナは彼女に対し、父親からは「謝罪ではなく修復が欲しかった」(116)、「私をもう一度、元通りにして欲しかった」(116)と積年の恨みを爆発させる。そんな彼女はロビンソンを決して許すことが

97

できないばかりか、そうした彼を一度は咎めたにもかかわらず最終的には放免した彼女の母親にも向かい、彼女を彼の「情婦」(119)と蔑み、激しく非難する。しかも彼女は、スザンナの助けや慰めに対しても、「私に命を与えた男を軽蔑する」(123)という「習慣」(123)を断つことはできないと拒絶し、一層孤立を深めていく。

こうして自ら孤独に陥っていくマグダレーナの姿を、批評家ジューンは、「彼女が、彼女自身の肉体に損傷を加えている点で」(608)、彼女の「アイデンティティ喪失」(608)は明らかであると述べる。すなわち、マグダレーナが父親への「復讐」として自身のセクシュアリティを否定したことは、父権的暴力と同様の暴力を自身に与えている点で、皮肉にも、彼女の最も嫌悪する父権制に自ら加担することになる。そして、そのことが彼女のアイデンティティ喪失をもたらすという、出口の無い罠に彼女を追い込んでいく。それゆえバードも、マグダレーナの死について言及するとき、「特に傷付いた者にとって、許すことの大切さ」(721)を主張するのである。

これらのことから、ウォーカーは、女性が自身のセクシュアリティを否定することを、女性の解放とは対極と見なしていることは疑いえない。事実、ウォーカーは*FS*についてのインタビューの中でも、女性がその重大さを認識せぬうちに父権制へ共謀・加担してしまう危険性を、次のように述べている。

> When I was working on my last novel, *Possessing the Secret of Joy*, I realized that sexuality is the place where life has definitely fallen into the pit for women. The only way we'll ever change that is by affirming, celebrating, and acknowledging sexuality in our daily lives. ("Alice Walker: On Finding Your Bliss" 228)

ここでウォーカーが言及している『喜びの秘密をもつこと』(*Possessing the Secret of Joy*) では、イギリスの侵略に際し、アフリカ人女性のタシ (Tashi) が、白人植民者による抑圧と搾取からオリンカ民族の一員として

の自尊心を保つために、伝統的慣習であるFGMを進んで受ける姿が描かれる。しかし、自身の文化的アイデンティティの印だと信じた彼女の身体の傷は、実際には植民地支配への抵抗力を奪うだけでなく、FGMを民族団結の手段として植民地主義への抵抗に利用しようとする、父権的な自民族中心主義への共謀・加担の証左になったことを悟り、タシは窮境に陥る。このようなタシの姿は、社会的文脈や抵抗する対象は異なっても、同様に人種と性の二重の抑圧下に置かれ、自己を喪失するマグダレーナに重なる。ウォーカーは、FSで再び、黒人女性の身体の傷と社会の複雑な父権的支配構造との深い関わりを示しているだけではない。彼女はさらに、その傷により、父権制社会の中ではどの女性も陥りかねない、父権的暴力への共謀・加担という自己喪失の罠を象徴したのであろう。

　このように、CPとFS両作品に描かれる女性達は、家庭内の父権的暴力に抵抗しようと自身のセクシュアリティを否定することで、逆に父権制に絡め取られ、自己を喪失する。しかもこの自己犠牲により、彼女達は自身の痛みにますます囚われ、周りからも孤立していくのである。ウォーカーは、父権制を女性がアイデンティティを確立する上での最大の障害と捉えている。したがって、父権的暴力に着目することは、ウォーカーが憂慮する女性の「痛み」を一層浮き彫りにすると考えられるのである。

第2節　父権制に抵抗する女性の〈痛みの共感〉

　CPとFSには、父権的暴力を体験した女性の痛みが共通に描かれている。その中でも、特にセリーには自身の痛みに麻痺している様子、またマグダレーナには自身の痛みに囚われて抜け出せない様子がうかがえた。このような二人に共通しているのは、両者が共に孤独であるという点である。家族や友人からも孤立している彼女達は、個人の力の限界から諦めや無力感を抱きやすいだけでなく、出口の無い、独り善がりの思考に陥りがちであり、自身を客観的に眺める視点を持てないでいる。したがって、彼女達が自身の痛みを乗り越え、自己を肯定するためには、客観的な視点を

もたらしてくれる他者とのつながり、とりわけ父権的暴力によって壊されてきた女性同士のつながりが重要であるに違いない。

それゆえ、これまでのCPの先行研究で主に論じられてきたのは、その痛みを乗り越える手段としての、セリーと周りの女性達とのセクシュアル・ノンセクシュアルなつながりや、そうした女性の連帯がセリーの自己肯定に果たす役割であった。それらの批評からいくつか代表的な女性登場人物の捉え方を挙げてみると、例えば、キング＝コック・チャン（King-Kok Cheung）は、セリーに「強さ」(166)を与えている「女性のネットワーク」(166)に注目し、ソフィア（Sofia）の「性的・人種差別的抑圧への抵抗」(167)と、シュグの言葉に「備わっている武器」(167)が、セリーの行動モデルになっていると主張する。また、ジェイムズ・C・ホール（James C. Hall）は、「ソフィアの抵抗が、セリーの自己省察の動機になっている」(91)と述べ、キルティングを通して二人の関係が「女性のつながり」(91)へと発展している点を重視する。そして、セリーに「彼女自身のセクシュアリティ」(92)を喚起し、彼女の「自我の目覚め」(92)に重要な役割を果たすシュグは、「徹底的に」(92)セリーの視点に変化を与えたと強調する。シュグの果たすこうした役割についての同様の指摘は、リンジー・タッカー（Lindsey Tucker）の批評にも見られるが、彼女はさらに、シュグが「移動可能性と、セクシュアリティに常に関わる自己解放性」(85)を備えている点にも着目している。

これらに加え、女性同士のつながりをセリーの成長のプロセスという視点から包括的に論じている先行研究では、アヤナ・カランジャ（Ayana Karanja）が代表格であろう。彼女は、強い意志を持つソフィアを、セリーと正反対に配置された「女性の傷付き易さに対するアンチテーゼ」(129)と捉え、またシュグを、セリーが「自己発見」(132)するのを助け、彼女に「自尊心」(132)を持たせる導き役であると捉え、両者がそれぞれ果たす重要な役割に注目するだけではない。彼女はさらに、セリーの歩む成長のステップを「セパレーション、イニシエーション、インコーポレーション」(131)という三段階に分け、第一段階は、母の死やネッティとの別離によっ

て彼女がコミュニティを失う段階、次にシュグに導かれて「自己の内面像」（132）を認識する段階、そして「成人した女性の不可侵性に入る」（133）、女性としての自己を確立する段階というように、セリーの精神的な成長を通時的に分析している。

　一方、FSの最近の先行研究でも、女性の友情やレズビアン関係は注目されている。例えばジューンは、自己破壊的なマグダレーナとは対照的な生き方をするスザンナと、彼女を導く役割を担っている女性登場人物達との関係を取り上げ、スザンナが父親の暴力に立ち向かう手段を、積極的に「異性愛や同性愛の関係を探求すること」（611-12）に見出していくと解釈する。ジューンはまた、スザンナがポーリーン（Pauline）との肉体関係を通して、「父権制や異性愛を標準とする支配体制」（612）の外側に、「癒しの方法」（612）を発見していると指摘し、さらにスザンナとアイリーン（Irene）の関係を「深く精神的な姉妹関係」（612）と捉え、この小説の「中心的な人間関係」（612）と位置付けている。一方、マグダレーナの孤立については、マグダレーナは父権制や父親への憎悪だけでなく、「彼女自身の自己憎悪とも闘わなければならない」（609）と述べるに止まっている。

　言い換えるなら、両作品についてのこれらの先行研究は、女性の連帯が女性主人公の成長に重要であることを一致して主張してきた。しかし両作品を通し、直接的に父権的暴力を受けたセリーとマグダレーナを比較するような研究、特に両者に必要な、自己を肯定するための内面の成長のプロセスや、その中で彼女達が他者に及ぼす影響力については、これまでほとんど注目されていない。そこで、それらを分析することは、ウォーカーが女性同士のつながりに求めるものを一層明らかにするように思える。

　まず初期の段階では、セリーもマグダレーナも、双方が共に父権的な価値観をそのまま受容し、他の女性との友情を自ら壊している点には注意を払う必要がある。例えばCPのセリーは、アルバートの息子ハーポ（Harpo）が妻のソフィアを思い通りにすることができないと悩むときに、「彼女は全然私みたいに振る舞わない」（35）と、夫に従おうとはしないソフィアに嫉妬し、ハーポにソフィアをぶつよう勧めさえする。この出来事につい

ては、ルース・D・ウェストン（Ruth D. Weston）がセリーを「有罪」(155)であると主張しているように、父権的暴力に加担するようなセリーの行動は、女性同士のつながりを壊すという意味で、エルスリーも述べる「セリーの裏切り」(Elsley 166) であると考えられる。一方、*FS*のマグダレーナも、父親に直接暴力を受けた自分とそうでないスザンナとを比較し、「あなたは愛されていたのに、私は愛されていなかった」(122) と嫉妬に駆られ、彼女をなだめようとするスザンナの腕に噛み付き、彼女を深く傷付ける。しかし、セリーとマグダレーナがその後に取る行動は、二人の進む道の明らかな違いを見せ、それが破滅と救いという異なる結果を双方にもたらしていく。

その過程において、セリーは怒るソフィアに向き合うとき、「ソフィアの心に対して罪を犯したこと」(39) を自ら認めている。

> I say it cause I'm a fool, I say. I say it cause I'm jealous of you. I say it cause you do what I can't.
> What that? she say.
> Fight. I say.
> She stand there a long time, like what I said took the wind out her jaws. She mad before, sad now. (40)

セリーは、「私、本当に恥ずかしい」(40) と、ソフィアを深く傷付けた自分を客観的に眺め、その「道義的責任」(Weston 156) に思い当たる。彼女はソフィアと自分とを比較し、男性の暴力に対して抗議してこなかったことを素直に認め、「自分の人生に対する責任」(Weston 156) に気付きもする。注目すべきは、このとき彼女は自身の痛みだけに囚われるのではなく、ソフィアの苦しみや痛みにも目を向けていることである。このようなセリーの姿がソフィアの激しい怒りを静め、彼女の共感を呼び起こしていく。それゆえ、この出来事は、セリーの内面の成長と女性同士のつながりを考察するうえで大変重要である。

第 2 章　女性のセクシュアリティを否定する家庭内暴力への挑戦

　一方、マグダレーナは、スザンナの「私達お互いに癒し合えるかもしれないわ」(123) という歩み寄りに対し、その返答を手紙に書く中で、「私はあなたに対する姉妹の感情の全てをうまく殺すことができた」(170)、「私はあなたに我慢はできたけど、決して愛することはなかった」(170) と告げたうえに、「意気地なし」(170) と罵倒し、最後まで自分を客観視できないでいる。彼女は自身の肉体と精神を傷付けるだけでなく、自分とは異なる生き方をする妹まで傷付け、ますます父権的暴力の連鎖に嵌まり込んでいく。この、マグダレーナの他者の痛みを認めようとはしない自己中心性こそが、スザンナとの決裂や、その後の孤独死へと向かう大きな要因となっている。

　したがって、セリーとマグダレーナの人生の分岐点をもたらすものは、相手に対する〈痛みの共感〉があるかどうかなのである。そして、この〈痛みの共感〉が決して一方通行なものではなく互恵的であることは、さらに重要であるに違いない。例えばソフィアが、「私、これまでずっと闘ってこなきゃならなかった」(40) と話すとき、セリーは家庭内で父親や男兄弟の暴力に立ち向かってきた、ソフィアの心の強さと痛みを理解する。それに呼応するように、ソフィアも、「正直に言うと、あんたは私の母さんを思い出させるんだ」(41) とセリーの痛みに共感し、教会の父権的な教義にもただ黙従しているだけの、言わば厭世的な彼女を、「天国のことは後で考えるのよ」(42) と、現実に引き戻す。その後、相互に共感し合えるようになった二人は、「姉妹の選択」(58) というキルトのパターンを選び、キルトを共に製作する行為を通して女性同士のつながりを深めていく。ソフィアとの関係が、セリーに「自身の人生決定権への最初の歩み」(Elsley 167) という前向きな姿勢を促すのは、両者のつながりが対等なものであり、互いに支え合えているからこそと言える。

　CPではさらに、セリーとシュグの関係にも、〈痛みの共感〉による互恵的な関係がうかがえる。両者が育んでいく親密な関係に着目するバーバラ・クリスチャンは、「実際、この二人の女性達は互いに滋養を与え合っている」(194) と述べ、シュグだけが一方的にセリーを導いているのでは

103

ないことを示唆している。そして、この〈痛みの共感〉から始まる彼女達のレズビアン関係が、セリーのセクシュアリティを目覚めさせ、彼女の自己解放へとつながる、自己の実存を認識させるものとなる。セリーが自分の性器を見て、「これが私のもの」(78) と言えるとき、彼女は自分の身体がこれまで他者に所有されていたことに、初めて気付いたに違いない。

それゆえセリーは、その後、彼女の中に芽吹いた自尊心を破壊しかねない大きな父権的暴力に出合うとき、対抗的暴力とは異なる、女性同士の団結力で対抗することができる。例えば、アルバートがネッティの手紙を何年も隠し続けていたことをシュグが突き止めたとき、セリーは初め、彼に対して激しい殺意を抱くものの、自分を愛してくれているシュグを悲しませないために、「剃刀ではなく縫い針」(147) を手に持ち替え、その殺意を創造力へと百八十度転換させられる。このときセリーは、アルバートの暴力に対し、「女性と結び付けられていたがゆえに貶められてきた」(Tucker 87) 糸紡ぎや裁縫や編み物を、自分の創造力を生み出す手段へ、そしてそれを父権制に対する対抗力へと発展させるのである。この場面は、父権制に対する反動的な対抗暴力を自ら放棄したという意味で、セリーの内面の飛躍的な成長を示している。ウォーカーは、かつてスミソニアン博物館を訪れたとき、創造力という暴力を凌駕する力を、展示された名もない先祖の黒人女性のキルトに見出している ("In Search of Our Mothers' Gardens" 239) が、それをこのセリーの成長した姿にも反映させたのであろう。この後、セリーはさらに、周りの抑圧されている女性達とも共に助け合い、支え合いながら、その互恵関係を広げていく。

一方、女性同士の〈痛みの共感〉は、FSのスザンナの精神的成長においても重要な役割を果たしている。スザンナは父親から直接的な暴力を受けてはいないものの、当初はその生き方に、父権的暴力の間接的な影響が色濃くうかがえる。スザンナはマグダレーナが父親に打たれる姿を部屋の鍵穴からのぞき見して以来、彼女に同情し、彼女に操られるままに「復讐」に協力する。そして彼女もまた、マグダレーナのように父親の愛情を拒絶し、彼の死に際しても冷淡な反応しか示せないでいる。このとき、彼

第2章　女性のセクシュアリティを否定する家庭内暴力への挑戦

女は彼の娘であることを自ら否定することによって自己を喪失しているのだが、その重大さには全く気付いていない。

　しかしその転機は、彼女が夫ペトロス（Petros）と共に彼の故郷のギリシャの村へ行き、孤独に生きるアイリーンと出会ったときに訪れる。彼女は、ペトロスがアイリーンの生活に冷淡で無関心であるとき、単に彼に反発を感じるだけではなく、彼の態度に「偽善的なもの」（137）、すなわち性差別主義があることに初めて気付く。それまでのスザンナは、結婚生活の中で、彼と自分との共通点や彼の女性観について深く考えることはなかった。ところが彼女は、アイリーンへの共感をきっかけに自己を客観的に見つめることができ、父権主義的な視点を変えることができないペトロスと決別し、他の女性とのつながりを自ら求めていく。

　その過程で、まずスザンナは、労働者階級出身のアフリカ系アメリカ人、ポーリーンの子ども時代の痛みを知るとき、彼女に強い共感を示す。ポーリーンの両親は貧困の中で、15歳の彼女一人に五人の幼い兄弟姉妹の面倒を全て背負わせていた。しかも彼らは、彼らの友人の男性に彼女をレイプさせ、妊娠させることにより、物理的にも彼女を家庭に縛り付けようとさえしたのである。それはまさに、彼女の人生を奪い、家族全員の奴隷にしたことに他ならなかった。しかしポーリーンが、ある女性と「驚くほど、お互いに栄養を与え合う性質」（132）を持つ関係を築いたとスザンナに打ち明ける言葉に明らかなように、彼女は女性同士の連帯により、夫との父権的なセックスからついに解放され、やがて経済的にも自立する。そのうえ、そうした経験を通して、ポーリーンは「男達も罠に嵌められている」（107）というような、父権制を広い視野から見る視点をも身に付けることができた。

　ところで、このポーリーンの言葉は、一見彼女が父権的暴力から完全に解放され、寛容を身に付けたことを示しているようにも見える。スザンナにとっても、当初ポーリーンの自立した生き方は、彼女に父親ロビンソンの痛みへと目を向けさせ、彼を拒絶してきた自身を見つめ直すきっかけをもたらしもした。実際、父親に対するスザンナの心の変化は、マグダレーナの手紙を読みながら過去を振り返る場面に明らかである。

105

"I do not care for any," she heard Magdalena's maturing voice, as it had sounded that long-ago day in the car. She saw again the green-apple jellybeans, fresh and bright in her father's outstretched palm. Saw herself refusing to raise her hand or her eyes to return his warm look. Saw and then felt herself betray her own love. (170)

　スザンナは、彼女の大好きな味のキャンディを差し出す父親の愛情を拒んだのは、マグダレーナにコントロールされていたからだけではなく、彼女自身の意志でもあったことを悟る。そして、自身の内にある「父親に感じる無条件の愛」(170) を否定していたことに気付く彼女は、父親との関係を断ったことの意味を初めて理解し、自身の不寛容がもたらした結果を深く後悔する。それはすなわち、彼女が自身の行為への自己責任に目覚めたことを意味している。
　しかしながら、こうしたスザンナの変化とは対照的に、ポーリーンがスザンナの裕福な少女時代に嫉妬し、自身の痛みの方を重要視し、彼女の痛みに全く共感を示そうとしない姿勢は、〈痛みの共感〉による互恵性を崩している。二人の関係には〈痛みの共感〉の一方通行という力関係の差が見て取れるが、言い換えるなら、それはマグダレーナとスザンナの姉妹関係の焼き直しに他ならない。結局、ポーリーンの目指す女性の自立とは、父親や夫に対抗するための権力への傾倒であり、父権制を存続させるために男性が築いてきた社会の階層制を、自らも登ろうとする野心的なものなのである。したがって〈痛みの共感〉による互恵関係を崩すような彼女の態度は、彼女自身が父権的価値観に絡め取られていく点で、父権制への加担と見なせる。ウォーカーはこうした両者の不平等な関係を通し、同性愛という、一見女性同士のつながりに見えるものの中にも、支配・被支配の罠が潜むことを描き出してもいる。
　対照的に、スザンナとアイリーンの関係には、ポーリーンとの関係には芽生えなかった完全な互恵的性質が見出せる。ギリシャの村で、スザンナは、「窓にかかる鮮やかな赤いカーテン」(53) にアイリーンの「人生への

第2章　女性のセクシュアリティを否定する家庭内暴力への挑戦

渇望」(57) を読み取る。そしてスザンナは、レイプされた母親から「小人」(48) のような矮小な身体に生まれたことで地域の人々に疎外され、60年以上も教会の裏でひっそりと暮らし続けるアイリーンを夫の反対を押し切って訪れたとき、彼女を孤独から解放する役割を果たす。その一方で、メディアを通して「世界で起きていること」(55) を日々観察し、全ての人々が不幸な子ども時代を送っていることを悟っているアイリーンは、スザンナの痛みにも深い共感を示す。それにより、スザンナは初めて自己を肯定できるのである。

　さらにアイリーンは、スザンナとポーリーンの不均衡な関係にも気付き、ポーリーンの中に暴力的な支配欲を読み取り、スザンナを絶望から救い出す役割も果たしている。その存在自体を「彼女の母親の罪に対する神の罰」(52) と非難されているアイリーンは、母娘二代に渡る父権制の犠牲者と言ってよい。それにもかかわらず、彼女は父権的暴力に囚われたり、父権制への加担に陥ったりすることはない。それは、彼女が自身の痛みだけに囚われず、スザンナを対等に受け入れ、さらに両者の〈痛みの共感〉を、互恵作用をもたらすものへと高められるからであろう。

　こうして眺めてみると、互恵的な〈痛みの共感〉には、女性が孤独に陥る危険を回避させる強い力が確認できる。それゆえ自身を肯定できた女性は、自己アイデンティティを確立するために、父親や男性と対峙する準備を整えられる。CPにおいて、セリーはシュグと一緒にテネシーに行くことを決意し、アルバートに、「私は貧しくて、黒くて、醜いかもしれないし料理もできない」(207) けれど、「私はここに生きているんだ」(207) と宣言する。この言葉は、父権制からの〈奴隷解放宣言〉と見なせる。また、FSのスザンナが「おお、スザンナ」をよく彼女に歌っていた父との思い出をアイリーンに語るとき、「彼の肌は黒くて目も濃い色だった。彼の笑顔は魅力的で優しかった」(178) と認められるのも、彼女が自立し、父親と対等の自己アイデンティティを確立できたからに違いない。

　このように、ウォーカーは女性の自尊心を育む女性同士の〈痛みの共感〉こそを、対父権的な抵抗力と見なしているだけではない。それを健全に育

て、発展させるために、父権制に内在する二項対立的関係から解放された女性同士の平等な関係性もまた、重要視していたと考えられる。

第3節　父権制に挑戦する男性の〈痛みの共感〉

　女性達に自己喪失を引き起こす父権制は、実は男性にとっても諸刃の剣と言えるものである。というのも、CPのアルバートとFSのロビンソンは父権制を体現した典型的な人物であるが、彼らが〈男らしさ〉という社会のジェンダー規範に囚われれば囚われるほど、それが彼らに孤独と恐れを引き起こしているように見えるからである。両作品の先行研究では、これまでにも、男性が父権的価値観に囚われ、彼ら自身が父権制の犠牲者であることに気付けない状況をウォーカーが描いていることはしばしば指摘されてきた。例えばそうしたCPの批評家では、「アルバートは父権制の命ずるところにしたがっているので、彼もまた父権的な家族システムの犠牲者である」(89) と述べるタッカーや、セリーが家を出て以来アルバートが抱えるようになる問題を、「名もなく形も無い恐れ」(133) や「表現できない恐れ」(133) と解釈し、彼の苦悩に目を向けているカランジャが挙げられる。またFSの批評家では、ジューンが、「原理主義的な父権制イデオロギーの構築物」(615) から逃れられない多くの男性の葛藤を体現した人物として、ロビンソンに注目する。

　しかし、従来のCP研究は、父権制からの男性主人公の解放を、女性の連帯に示された新しい価値観を男性が受け入れる姿勢、あるいは女性の連帯の中に示された女性の価値観を男性が受け入れ、変化すると捉えるような、いずれも女性主人公を中心とする観点からのものである。そしてさらに言えば、これらの女性主導型の批評は、大きく3つに分けられる。その中でもまず、社会的に規定されたジェンダーロールを解体しようとするウォーカーの視点を読み取る批評家では、ヘンリー・ルイス・ゲイツ・Jr. (Henry Louis Gates, Jr.) が挙げられる。彼は、支配者の役割から解放された男性の姿を、「女性の生来の強さと男女平等を尊重する男性達」(254)

第 2 章　女性のセクシュアリティを否定する家庭内暴力への挑戦

と表現し、セリーとネッティの家が男性を「包含する」(254) ようになると主張する。またウォールは、女性によって啓蒙された男性の姿に着目し、「生来の生物学的なジェンダーの特徴が疑問視され」(265)、「肉体に結びつけられていた基準が解体されている」(265) と述べる。チャンもこれらの批評に歩調を合わせ、セリーは「一般的に男らしさや女らしさだと思われている概念に明らかに挑戦している」(170) と述べ、彼女は「改心したアルバート」(169) に縫物を教え、彼女の作るパンツは、それを着用する人々を「ジェンダーに特定された役割から解放する」(169) と強調する。

　もっとも、前述の意見とは異なる立場を示すタッカーのような批評家もいる。タッカーの場合は、同じ女性主導型でも、セリーの家を「今や適切に女性化された家」(93) と捉え、「女性の絆」が男性を「受容し、解放し、そして祝う」(93) と主張するだけでなく、解放されたセリーの神も「より女性的な形態」(92) であると見なすなど、ジェンダーの枠組みを抜け出せずにいる。さらに、女性主導による男性解放を極端に捉えるベル・フックス (bell hooks) のような批評家は、「アルバートは、変化のプロセスの中で完全に去勢されなければならない」(289) とジェンダーの枠組みを強く保持しており、解放されたアルバートは「『女性の』態度を身に付ける」(291) と述べる一方、セリーのユニセックスなパンツの製作については、「男根崇拝の象徴的な表象を通して、女性が力に近付くことを可能にする」(291)、資本主義に基いた「男根崇拝の男性的な経済」(291) への参入と見なし、それをセリーの権力への接近と捉えて批判する。

　言い換えるなら、これまでの批評は、女性の連帯を中心にジェンダーロールの境界があいまいになる場に焦点を絞り、そこに男女平等の視点を獲得した男性像を主張したり、あるいは男性の〈女性化〉を指摘したり、さらには女性の〈男性化〉のような、女性の権力への野心さえ主張してきたのである。しかし、女性の自己解放に対して男性の自己解放を付随的に論じてきたこれらの批評は、〈痛みの共感〉による女性同士の親密な関係が女性の内面に自尊心や自己肯定感を育んでいくように、男性同士のつながりが彼らの内面に大きな影響を与えている点を見過ごしている。実際、*CP*

109

にもFSにも、父権制の罠から抜け出す道として、男性同士の連帯が女性同士の連帯と並行して描かれている。したがって、ウォーカーが描く黒人男性の可能性を読み解こうとすれば、父権制の継承を象徴する父と息子の関係に変化が現れる場面には、もっと注目する必要があるであろう。

　例えばアルバートは、家庭内の絶対的支配者を理想的な男性像とする、白人支配社会の父権的イデオロギーに強く影響されてきた。それゆえに、その価値観を受け継ぐ彼の息子ハーポもまた、愛するソフィアと結婚して幸せな日々を送っているにもかかわらず、誰にも臆せず自己を主張する妻に次第に不満を抱くようになる。それで、彼はソフィアを自分に従属させる方法を父親に相談するが、その返答は性差別主義者の典型と言えるものである。

> You ever hit her? Mr._ast.
> Harpo look down at his hands. Naw suh, he say low, embarrass.
> Well how you spect to make her mind? Wives is like children. You have to let 'em know who got the upper hand. Nothing can do better than a good sound beating. (35)

　父と息子のこの会話から読み取れるものは、男は家庭において絶対的支配者でなければならず、またそうでなければ男ではないという明白な二項対立的価値観である。この絶対者の価値観がハーポに深く浸透していくとき、彼の中で男女平等意識の強いソフィアは彼を脅かす存在へと変わり、「3年が過ぎても、彼はまだ口笛を吹いて歌っている」(36) と描写されていた幸せな結婚生活は、妻への暴力によって破綻する。すなわち父権制の下では、父と娘の関係だけではなく、父と息子の関係も支配者と被支配者のそれに他ならない。ハーポは絶対者である父親を恐れるあまり、彼の支配的な言動に傷付きはしても決して逆らうことができず、自身の幸福にすら懐疑的になり、次第に自己を喪失していく。

　一方、アルバート自身も彼の父親に屈従したことは、彼の反対を押し

第2章　女性のセクシュアリティを否定する家庭内暴力への挑戦

切ってまで恋人シュグと結婚しようという意志を貫けなかった点にうかがえる。その反対理由とは、シュグの父親が誰かが特定できないからというものであったが、アルバートはそのことで父親に逆らえなかった自分を、「誰もシュグのために闘わない」(48) と密かに責め続けている。この言葉から、シュグに「私が愛した彼に、一体何が起きたんだろう？」(121) と言わせるほど彼がセリーに暴力的になり、誰も信頼しなくなった背景には、彼が父権的価値観に押し潰されてシュグへの愛を貫けなかったことへの後悔や、それに伴う痛みがあることが読み取れる。しかし彼は苦しみながらも、その後も父権的価値観に囚われ続ける。しかも、彼はそれに自分だけが翻弄されるのではなく、次世代のハーポにもその過ちを繰り返させているのである。

　ところで、従来の研究ではハーポを自立心に欠ける男性と捉えがちであり、彼の自発的な変化についてはほとんど言及されていない。また彼の人物造形についても、ウォーカー作品の男性描写に注目しているアーナ・ケリー (Erna Kelly) が、「時には意志が弱く、間違った選択もするけれど、時には意志が強く、正しいこともする」178) と両義的に解釈している他には、「道化」(hooks 288) など、肯定的な評価はほとんど無い。しかし、彼がまずは自分の店を繁盛させるためとはいえ、周りの人々と協力し合いながら人間関係を深め、やがて病気の末娘ヘンリエッタ (Henrietta) のソフィア譲りの頑固さを心から愛するようになる様子には、彼の人間としての大きな成長が認められる。

　事実、ウォーカーは、スティーヴン・スピルバーグと共に1984年に*CP*の映画を製作する際に、ハーポの性格について以下のように述べている。

> Harpo, like his father before him, and largely *because* of his father, thinks of women as a subservient race. Yet it is precisely Sofia's non-subservient nature that he fell for. He is a very slender young man when they marry, but by the story's end is quite portly. Since his father remains small and slender, Harpo, because of his size,

111

begins to look like the father and his father like the son. And this mirrors their inner development; for Harpo matures and begins to become a real human being before his father does. (*The Same River Twice* 53)

　ハーポは性差別的な考えを受け継いではいるが、もともとは「ソフィアの抵抗の精神」を愛して結婚したことにうかがえるように、ウォーカーはハーポに、人間としての可能性を託していたのである。ウォーカーが彼を肯定的に描いていたことは、彼の身体のサイズにも象徴的に示されているわけだが、それはまた、アルバートよりも柔軟な彼の内面描写にも明らかである。

　ハーポは自分から先にアルバートの痛みに共感を示せるような、父親を超えゆく精神的成長を見せる。アルバートは、家を出て行こうとするセリーに支配力を振りかざして威嚇したとき、「あんたを呪ってやる」(206)という激しい言葉の抵抗に出合い、結局彼女に逃げられる。その結果、彼は家庭内で権力を失った自身に深く絶望し、夜毎恐怖に震えることしかできない。だがハーポは、ソフィアとの関係で失敗した経験から、女性に対して支配的にしか振る舞えない父親の苦悩を理解し、彼を腕に抱き、朝まで添い寝してやるのである。父親の恐怖や孤独を和らげようと自ら一歩を踏み出すこのハーポの姿は、父権的な父子関係を逆転させ、二項対立的価値観を脱却しようとするものと言える。

　さらにハーポは、アルバートに、それまで隠してきたネッティの手紙を全てセリーに返させる。この場面では、彼は女性を抑圧する行為からアルバートを解放することで、彼の健康を回復する役割も果たしている。こうして、ハーポは父親の痛みに共感を示せるとき、彼自身も初めて支配的な父権的価値観から解放され、ソフィアに対しても「お前の決めてきたこと全てを、俺は大切に思う」(282)と言えるまでになる。その一方で、ハーポの助けによって自身の恐怖の原因を特定でき、父権的価値観から解放されたアルバートも、シュグがセリーの下を去ったときには、「俺、彼女が

第2章　女性のセクシュアリティを否定する家庭内暴力への挑戦

あんたから去って本当に可哀そうだと思うよ。彼女が俺の下から去ったときに感じたことを覚えているから」(271) と言えるほど、セリーの悲しみに共感し、女性の視点にも立てる人間へと変容する。これらの場面では、父と息子の互恵的な関係が、女性に対する新しい関わり方へと明らかに広がっている。

このように、CPでは、男性同士の〈痛みの共感〉が支配的な父子関係を覆す第一歩として、すなわちヒエラルキーの無い、対等な兄弟愛を育む関係として示されるだけではない。彼らはその互恵的な関係を土台に、男性同士の〈痛みの共感〉を、女性の痛みに対する共感へと連鎖的に発展させていくのである。

同様の状況は、FSのロビンソンと彼の娘マグダレーナの恋人であったマヌエリートとの間にもうかがえる。ロビンソンは脳卒中で死んだ後も、マグダレーナに暴力を振るったことを深く悔み、「償い」(83) をしたいと願い続けるが、その方法を一人ではなかなか見出せず、孤独にこの世をさ迷い続ける。そうした彼の目の前で、マヌエリートはマグダレーナと再会した直後に轢死する。彼は死んだ後、すぐにロビンソンに出会うわけだが、彼がロビンソンのさ迷う姿に全く動揺することなく、むしろ当然のこととして受け止める様子は注目に値する。このとき、彼はすでにロビンソンのさ迷う姿が父権的な過ちに起因することを見抜いており、その共感から二人の関係は始まるのである。

その過程の中で、マヌエリートがロビンソンに伝える、ムンド族に伝わる死者の使命には、男性が父権的な過ちを償うための具体的な方法が示される。

> The dead are required to finish two tasks before all is over with them: one is to guide back to the path someone you left behind who is lost, because of your folly; the other is to host a ceremony so that you and others you have hurt may face eternity reconciled and complete. (148)

ここには、死者としてのロビンソンの使命が、彼の愚かな行為で傷付けてしまったマグダレーナの所へ赴き、彼女を癒し、和解を果たすことであると暗示されている。さらにマヌエリートの、「他者を傷付けることは避けられない恐怖であり、同じように傷付けられることも避けられない恐怖」(148) であるという言葉には、マグダレーナとの恋仲を裂いた彼を責めるのではなく、彼女を傷付けた罪に恐れを抱き、苦悩するロビンソンに対する深い理解と共感がうかがえる。

　ところで、FSではこうした父と義理の息子の関係が二人の死後に始まっている点が、CPのハーポとアルバートの現世に根差した人間関係とは随分異なっている。これは批評家ジューンが指摘するように、ウォーカーが父権的イデオロギーが依然として社会を覆っていることに「切迫した危機感」(June 618) を抱き、それをより強調するプロットであると考えられる。しかしそれはまた、父と娘の関係が現世で修復され、両者が和解することが困難な現実をウォーカーが直視している証左であるとも考えられる。実際、1984年のエッセイの中でも、ウォーカーは、「私と父との関係で一番残念なのは、私達の関係が彼の死後まで好転しなかったことです」("Father" 9) と述べている。彼女は、夢に現れる彼女の父親とは「精神的に良好な間柄」(10) であると述べ、現在では彼と完全に和解している様子をうかがわせているが、彼女は自分の辛い経験があるからこそ、父親と娘が良好な関係を一刻も早く回復することを願い、このような物語を創作したのではないだろうか。

　さらに、ここで押さえておくべきことは、FSでは、登場人物達が死んだ後にもこの世での人間関係を断ち切ることなく続けている点である。ロビンソンとマグダレーナの和解が死後に完結することからも、「死者は死んだ瞬間に消滅するのではなく、話し続ける」(150) というムンドの世界観を、ウォーカーは自然なことと捉えている可能性もある。彼女は、FSに関するインタビューの中で、「ムンドの文化では、あなたが生きている間に引き起こした混乱は、何であろうと、あなたは死後に戻ってきてそれに対処しなければならない」("Alice Walker: On Finding Your Bliss" 231)

第2章　女性のセクシュアリティを否定する家庭内暴力への挑戦

と述べているが、この言葉は、彼女が、他者を傷付ける行為に対する責任を、個人の生死を超えても果たすべき重いものと見ていることを強くうかがわせる。いずれにせよ、作品のプロットとしてムンド族を創作し、人の死後にまで暴力の責任を追及する姿勢を示した*FS*の世界観は、*CP*の現世に根差した人の成長の場を、時空を超えた領域にまで展開させる壮大なものである。

　このような世界観の中で、マヌエリートはロビンソンに対し、「教師および仲介の存在」（Byrd 721）としての先導的な役割を果たしている。しかし、ムンドの言い伝えでは「真実の愛はそれ自体を完結させる」（151）のであるから、すでにマグダレーナとの真実の愛を成就させたマヌエリートは、永遠に消えてもよいと思われる。それにもかかわらず、マヌエリートがロビンソンの案内役として、彼の「冒険」（111）という、精神の旅の媒介役を務めるのは、彼が、父権制がロビンソンにもたらした痛みに深く共感するからに他ならない。そこには、彼がロビンソンの痛みを彼自身のものと捉えていく、重要な視点が読み取れる。そしてそれはまた、マヌエリート自身にも自分の誤った行為によって他者を傷付けた経験があるからこそなのである。

　マヌエリートには、ヴェトナム戦争中に軍の命令により、ある少女の目の前で彼女の両親を銃殺した忘れられない過去がある。心を深く傷付けられたこの幼い少女は、自尊心を喪失し、売春婦にまで身を落とし、やがてエイズに侵されて孤独に死んでいくが、その姿は自ら自己を破滅させていったマグダレーナと明らかに重なる。すなわちロビンソンがマグダレーナに負う使命は、マヌエリート自身が、この少女を「完全な」（148）心の状態に戻すために担っている使命と同一視できるのである。ところで、先行研究ではジューンが、父権制とアメリカの軍国主義を重ねるウォーカーの視点を、マグダレーナの強い戦争抗議の姿勢に読み取っている。ジューンは、「マグダレーナが戦争に怒って抗議するとき、彼女は自分が経験した、異性愛を基準とする父権的暴力と、マヌエリートに降りかかった軍国主義の暴力との類似を明らかにしている」（610）と述べ、*FS*における父権制と

戦争の密接な関連を指摘する。軍国主義とは、人間の個性を奪い、個人を抑圧し、どんな命令にも従属させ、それ以外の生き方を一切認めないという点で、父権制に深く根差した価値観である。このことからも、二人の男性が犯した暴力は、父権的イデオロギーによって女性を抑圧し、人間としての尊厳を奪ったという点で通底している。

　さらにマヌエリートに関して言えば、彼が戦争によって傷付いた自分の身体を初めは誇りにしていたことは、自傷行為によって父権制に進んで加担したマグダレーナの姿に重なるものである。傷付いたマグダレーナの身体と同様に、戦争による爆弾でばらばらに吹き飛ばされ、針金でつなぎ合わされ、「弱々しいぼろ布」（96）のようになったマヌエリートの身体には、父権的暴力の痕跡が痛々しく刻まれている。それはまさに、彼女の傷と彼の傷の原因が父権制への加担という同根のものであることを強く示唆している。言い換えるなら、男性も女性と同様に、父権制の犠牲者として扱われている。

　それゆえ、マヌエリートが自身の痛みとロビンソンの痛みとを同一視し、共に死者の使命を果たしていく姿には、男性自身が父権制の罠を抜け出す道が示されていると言っても過言ではないであろう。その結果、ロビンソンは暴力に対する自己責任を認識し、マグダレーナの痛みに共感することもでき、またマヌエリートも彼を許し、父と娘の和解の手助けをする。ここには*CP*と同様の、男性同士の互恵的な連帯が女性との和解へと発展する形を見出すことができる。

　このような和解の連鎖の出発点が男性同士の〈痛みの共感〉であり、そういう意味においても、ウォーカーが男性の自己責任というものを重要視しているのは明らかである。ウォーカーは*CP*と*FS*において、男性同士が互いの痛みに共感し、自己責任に目覚め、それを女性の痛みの理解へと発展させる過程を詳細に示し、男性にとっても、互いの〈痛みの共感〉こそが父権制からの解放の鍵であることを明らかにしたのである。

第2章　女性のセクシュアリティを否定する家庭内暴力への挑戦

第4節　父権制を克服するウォーカーの宗教観

　ウォーカーが提唱したウーマニズムはとても良く知られており、これまでにも多くの批評家が、その言葉から、ウォーカーは父権制に対して黒人女性の伝統に根差した、「女性的な」価値観を重要視していると主張してきた。しかし、*CP*と*FS*における女性と男性の自己解放のプロセスを、各々の視点から眺めて明らかになったように、このような主張はウォーカーの主張を半分しか理解していない。一方、批評家のドロア・アベンド＝デヴィッド（Dror Abend-David）は、*CP*に描かれている未来の女性像を、「男性支配でも女性支配でもなく」(19)、互いを対等に人として認め合う姿であると述べている。そうした点では、男性の自己解放を女性主導型の視点から読むチャンも、セリーとアルバートが一緒に縫物をしている姿を、彼らは「『女性的な』活動に従事しているのではない」(171) と主張し、「男女は両者共、異なった生き方を生み出したり、その人自身の運命を創り出したりすることを許されている」(171) と捉えている。チャンは、アルバートとハーポを〈女性化された男性〉と捉えるのではなく、「彼ら自身が決定する男性に、自由になることができる」(173) と、ジェンダーロールに縛られない男性像として評価する。これらの批評のように、身体的な性の違いを否定はしないが、どちらかの性を偏重することもなく、登場人物が自身の生を、自由に、多様な形に創造する様子に目を向けるならば、ウォーカーがジェンダーの規範を解体し、二分法的なジェンダーロールを超える展望を切り拓こうとしていたことが、より的確に理解できるように思える。

　真の男女平等を目指すウォーカーにとって、父権制を乗り越える思想は、二項対立的価値観を超えるものでなくてはならない。それゆえ、彼女の宗教観や世界観もまた、一神教の〈唯一絶対神　対　人間〉というヒエラルキーを超えるものとなる。12歳でメソディスト教会と決別し、「もちろん私は、自然を超える神がいるなんて信じません」("From an Interview" 265) と主張するウォーカーの姿勢は、シュグの説く「全てのものの一部である、全

117

然離れていないっていうあの感じ。もし木を伐ればあたしの腕から血が流れるだろうってわかった」(195-96) という言葉にも明らかに反映されている。

　自身と万物とが一体となった体験をした結果、人間も含めた万物の存在を神と捉えるようになったシュグは、「神は男でも女でもない、**それなのよ**」(195 強調原著) とセリーに伝える。このとき初めて、セリーの中で社会的ヒエラルキーが崩壊し、彼女はそれが単に人為的な作りものにすぎなかったことに気付く。

> Trying to chase that old white man out of my head. I been so busy thinking bout him I never truly notice nothing God make. Not a blade of corn (how it do that?) not the color purple (where it come from?) Not the little wildflowers. Nothing. (197)

セリーは自己を客観的に眺めるだけではなく、身の回りに存在するあらゆるものの存在に目を向け、自身の「目が開いた」(197) ことを感じ取る。神が「それ」という無性の三人称代名詞で呼ばれるとき、神は「今まで、貧しい黒人女性に耳を傾けること」(192) のなかった絶対的な白人の男性支配者から、彼女と共に生き、共に「素敵なものを分かち合う」(196)、身近な同等の存在へと変容する。彼女の中で人為的な社会的ヒエラルキーが消失し、「全てのものの一部である感覚」を会得する姿は、彼女が父なる唯一神への隷属を求める二項対立的思考から離れ、神が自身にも内在することを悟った瞬間を象徴するものである。

　この覚醒はさらに、セリーに寛容をもたらすものにもなる。彼女がアルバートに対し、「彼はシュグを愛している」(260) から「私は彼を憎んではいない」(260) とアルバートを受け入れる場面では、他者を許し、その人を本来の姿のまま認めようとする、人間関係における視点の豊かな広がりがうかがえる。そして、セリーがアルバートへの憎悪から完全に解放されたことは、彼女がこれまでの呼称であった「Mr._」を排して、「アルバー

ト」(284) と本名で呼ぶようになる姿に明らかであり、それはまた対等となった二人の新たな関係を反映するものと言える。

　*CP*における神の解釈については、ホールが、「シュグは最も過激に、擬人化された神の概念を完全に拒絶する」(94) と述べ、キリスト教における神の解釈を解体しようとする、ウォーカーの戦略に着目する。また、ノーマ・J・グレゴリー (Norma J. Gregory) も、「遍在し、全能である」(369) 神はシュグによって「神秘性を取り除かれ」(369)、セリーを精神的な束縛から解放すると説明し、セリーと神とのより現実的で対等な関係を読み取ろうとする。さらにステーシー・リン・ハンキンソン (Stacie Lynn Hankinson) は、*CP*の登場人物の姿勢にウォーカーの汎神論的観念を指摘する。ハンキンソンは、「セリーの、神に対する一神教的な考え方（あるいは伝統的なキリスト教信仰）から、より汎神論的な見地への改宗」(320) は、父権制の下で抑圧されていた感情から、「他者とつながる感覚と自己受容」(320-21) への転換であると述べ、セリーが到達した神の解釈を、「階層的構造を重んじるようなどんな感覚をも、許さない概念」(327) と主張する。

　ウォーカーの宗教観を「汎神論」という特定の宗教概念に結びつけることは、ある種の限定をもたらす危険はあるとしても、超越的な神を引き下ろして万物に神を見出すこの汎宇宙論的概念は、一神教のキリスト教よりも、万物の存在をより平等な視点から捉えようとする神の解釈であることは間違いない。また、個々が独立しながらも、互いに対等につながり合う万物の有り様は、ウォーカーが目指した、より豊かな創造力と精神的成長の可能性を内包した人間関係を育み、父権制に対する母権制のようなイデオロギーの対立も超えた状態であることは疑いえない。

　ところで、このような宗教観はウォーカーが支配・被支配のイデオロギーを超越するために提示したものであるにもかかわらず、まだ人種主義を完全には乗り越えられない批評も散見される。例えばウォールは、脱構築されたセリーの神を、「自然界の全てにあまねく行き渡ってゆける」(266) ものと捉え、その平等な性質を認めているものの、*CP*の最後の場面で、互いを祝うためにアメリカの独立記念日に集まる黒人家族の団結を、黒人

の「共通の敵」(269) である白人を排除した「条件付きの」(269) ものであると述べ、テクストの調和と不調和の混在を指摘する (269-70)。ウォールは、セリーのナラティヴの焦点が、黒人家庭のジェンダーの問題から白人社会の支配構造と黒人の団結という対立に移っていると見なしているわけだが、その主な根拠をソフィアと市長の娘エレノア・ジェイン (Eleanor Jane) との決裂に置いている。

　ウォールの言うように、白人が黒人とは「異なる歴史を祝う」(Wall 269) ことで黒人の歴史を否定してきたことを、ウォーカーが問題視しているのは確かである。だがウォールの解釈は、ウォーカーが黒人女性と白人女性との連帯の可能性を段階的に示している点を見落としている。当初、エレノア・ジェインは、決して彼女の息子には黒人を差別するようなことはさせないと宣言しておきながら、ソフィアが彼を、彼女が望むようには受け入れないとき、「私が知っている黒人女達はみんな子どもを愛するわ。あんたの感じ方は変よ」(265) と、ソフィアに黒人女性のステレオタイプの一つである、〈マミー〉の役を押し付けようとする。しかし彼女は、ソフィアが彼女の父親から受けた暴力の実状を知ってからは、病気のヘンリエッタの世話を自主的に申し出るし、ソフィアもそのような彼女の変化を受け入れていく。ウォーカーが黒人女性と白人女性の間にも〈痛みの共感〉を描き、両者の互恵関係に、人種を超える連帯の可能性を託していたのは明らかである。

　ウォーカーの人種や性別を超えた宗教観は、同様に*FS*にも描かれているが、それは*CP*とは対照的に、男性主人公の立場から示される。ロビンソンは、キリスト教の牧師になる前の無神論者であったときに、ムンド族に尋ねたいと思っていた疑問を思い出す。それは、「どうしたら、白人男性よりももっと良い方法で生きられるのか。どうしたら他の人々を排除しないような方法で生きられるのか」(113) という、人間の実存に深く根差すものである。白人の侵略によって常に絶滅の危機にさらされながらも、今日まで生き延びてきたムンドの一人であるマヌエリートは、一神教を超える視点を持つことの重要性を、「未来の大聖堂は自然になるだろう」(193)

第2章　女性のセクシュアリティを否定する家庭内暴力への挑戦

という言葉で暗示する。

　しかもマヌエリートは、ロビンソンにムンドの「物語」が内包する人間の可能性、すなわち人間の持つ創造力の意味を次のように説いている。

> No one among the Mundo believes there is anyone on earth who truly knows anything about why we are here, Señor. Even to have an idea about it would require a very big brain. A computer. That is why, instead of ideas, the Mundo have stories. (193)

人の存在理由は、柔軟性を持たない、不変の、限界を持つ知識とは異なる「物語」によって明らかになるというムンドの考え方は、「目に見えるものだけを真実だと信じる」(112) 白人の支配的価値観を超え、より広い視野から世界の人々や自然との共生の道を探求するものである。理性や知識の限界を知り、人間の創造力を大切にするその視点には、木や風を人と「近しい親類」(161) と見なす、人間と万物を平等に捉える視点に加え、人の柔軟な精神の働きも包含される。それは、人の思想や生き方についての選択の幅を拡げ、人間の多様性を肯定するものである。このような考えを前にして、ユダヤ・キリスト教体系による父権的価値観は、「異教徒」(22) と軽蔑され、その価値観を「冒涜的」(22) だと否定されてきた、ムンドの自然と一体となった宗教観の前に瓦解し、ロビンソンはついに自己を解放できる。

　さらに、こうした宗教観が男女の性別に全く左右されないことは、ロビンソンがマグダレーナのセクシュアリティを祝福する儀式の場面に明らかである。ムンドの文化では、男女が初めて性愛行為を行う前に、互いの両親からそれぞれの耳、目、鼻、口と「命が始まる場所」(162) を、「尊敬の念に満ちた」(163) キスで祝福される。これは身体的な性の違いを認めつつ、両者を平等に肯定する姿勢である。しかし、この儀式こそがムンドの村を侵略しようとやって来た白人達に嫌悪感を抱かせ、村人を虐殺させた最大の要因であった。ムンドの男女平等の価値観は、男性が女性に対し

121

て支配力を誇示するキリスト教の父権的価値観とは対極のものであるがゆえに、彼らから危険視されたのである。このことには、架空の過去の歴史でありながら、現在の重要な問題が提起されているように見える。

というのも、ウォーカーは*FS*のインタビューの中で、女性のセクシュアリティを父権制を脅かす危険なものと見なす考え方が、現在の様々な社会問題を引き起こしていると述べ、それを解決するために、特に父親が娘のセクシュアリティを祝福する必要を主張しているからである。

> As women, I believe we'd especially like to be blessed by our fathers. In that blessing, we'd like the father to know everything about us, just like when we were born, and to love us still. We want them to love what we love and bless what we bless. The only way to show that clearly was to have him witness the sexuality of his children. ("Alice Walker: On Finding Your Bliss" 231)

ウォーカーはロビンソンを通し、娘にも性的な情熱や感情があることを父親が認めようとしないことが、父親から愛されたいと願う彼女達の気持ちを深く傷付けていることを訴えていたのである。そして彼女は、そうした父親の無理解の理由を父権的システムに帰している。彼女は、このシステムの下では、男性は結婚前に多数の異性と性的関係を持つことを〈男らしさ〉の象徴として父親から奨励されるのに対し、女性は女性であるがゆえに、「性的情熱や性に興味を抱いている」(232) ことを父親に否定されると説明する。

したがって、月と男性との関係を示すムンドの言い伝えには、こうした性差別主義を払拭したいとする、ウォーカーの強い願いが込められていたように思える。ムンドの男女は、月が新月から次第に姿を現し、三日月になるときに性行為を始めるが、それは、痩せた土地や貧困から沢山の子どもの養育は不可能と知る彼らの生きる知恵でもある。そして彼らは、このことを「月は永遠に女性であるが、少しの間だけ男性にもなる」(210) と

第 2 章　女性のセクシュアリティを否定する家庭内暴力への挑戦

解釈し、月と男性の一時のつながりという、彼らの物語を創造する。夜空に浮かぶ三日月は、恋人の所へ行く男女を見守り、「父の微笑みに照らされて！」(210) と歌う恋人達を祝福する父親の姿であるという。これは、ウォーカーが理想とする、娘をありのままに愛する父親像を象徴したものであろう。

それゆえ、父権的価値観こそ彼の自己解放にとっての障害であると悟ったロビンソンが、マグダレーナに向かい、「私の名は父だ……私が愛する娘のあなたを見守っている父である」(212) と宣言するとき、彼が獲得した新しいアイデンティティとしての「父」が、従来の絶対的な父ではなく、娘を人として対等に尊重し、女性のセクシュアリティを肯定する、精神的に解放された自由な人間を意味するのは明らかである。

このように、CPには主に女性主人公の立場から、そしてFSには主に男性主人公の立場から、それぞれ汎宇宙論的概念が説かれていることを照らし合わせてみると、ウォーカーが男女の苦しみを根源的には同一視していることが浮き彫りになる。男性も女性も共に同源の苦しみを抱えている存在であれば、互いに対する復讐や憎悪は無意味である。ウォーカーはこのような宗教観に、人間の多様なあり方を肯定する、創造力を生み出す力を見ていたに違いない。

おわりに

　CPとFSを比較対照することは、両作品に共通した、父権制への抵抗力となる女性達の〈痛みの共感〉の役割を一層明確にするだけではない。CPでは女性同士の〈痛みの共感〉が前面に出ているが、FSでは男性同士の〈痛みの共感〉もより重要視されていることに気付けば、CP批評でこれまで見過ごされがちであったハーポの役割も鮮明になる。また、そうした分析からは、ウォーカーが女性だけではなく男性にも目を向け、男女の苦しみを根源的に同一であると見なしていたことや、男女共に父権制から解放される状態を目指していたことにも、確信が持てるようになる。そし

て、そうした理解のうえにこそ、西欧の父権制を維持・強化してきた一神教の神の絶対性に対して打ち立てられたウォーカーの宗教観の真髄を、深く捉えられるに違いない。

第3章

FGM廃絶へ向かって

―『喜びの秘密をもつこと』における
「普遍的自己アイデンティティ」獲得の重要性―

第1節　FGMを強いるアフリカが深めてゆく父権制

　『喜びの秘密をもつこと』（*Possessing the Secret of Joy*, 1992、以下*SJ*）では、アフリカのオリンカで力強く日々を生きる女性主人公タシの運命が、ある日、祖国をイギリスの植民地にされ、人々が全てを失う中で急速に変化していく様子が描かれる。彼女は、村の人々が土地や財産や社会的地位を奪われ、「物乞いの地位」（22）にまで貶められた挙げ句、特に、身体の弱い老人や子ども達が飢餓状態に陥り、ただ死を待つしかないという自民族絶滅の危機を目の当たりにする。そしてこの祖国を失うという強い危機感が、自身の身の振り方を早急に決定せねばならない切迫した状況へと、彼女を一気に追い詰めていく。

　ウォーカーはこうした出来事の舞台として、架空の国オリンカをアフリカに設定し、実際に多くのアフリカ諸国が西洋の統治下に置かれることによって経験した、過酷な植民地主義の現実を、主に一人のアフリカ人女性タシの主観的な視点を通し、彼女の心に寄り添い、共感しながら描こうとしているように見える。その際ウォーカーは、植民地闘争の緊張状態の中、本来は分離不可能であるはずの民族的アイデンティティ（集団、所属性を示すもの）と自身のアイデンティティ（個、自主性を示すもの）の間で引き裂かれる、多くのアフリカ人女性の葛藤をタシに体現させている。それは、女性が前者を主張しようとしてFGMを受け入れることが、結果的に、後者を自ら否定することになってしまうというアポリアである。しかし、自

己の統一性を失い、自己を崩壊させていく女性達の窮状を、ウォーカーは単に悲劇として扱っているのではない。彼女は同時に、そうした女性達が自らの窮状を、逆に自己を解放する力へと変容させる、不屈の姿勢を注意深く描いていく。

オリンカの独立闘争の中で極めて目を引くのは、民族的アイデンティティを最も体現するものとして、FGMに〈新しい〉価値を見出すようになるタシの劇的な心の変化である。その背景には、実は、これまでの彼女の思考様式を修正するように強く動機づける単純明快な政治思想と、彼女を抵抗勢力側へ急速に動員していく強い求心力が、大きな役割を果たしている。すなわち、タシが自らFGMを肯定するようになる理由とは、スザナ・ヴェガ (Susana Vega) が指摘しているように、「彼女の人々への、彼女の部族への、そして彼らの大いに崇拝されているリーダーへの忠誠」(22) という、自民族中心主義に巻き込まれるからに他ならない。

タシを取り巻くこうした急進的運動は、19世紀末から20世紀初頭にかけて西洋列強によって展開された大規模なアフリカ進出と植民地化の結果、アフリカ諸国の内部で実際に起きたことである。したがって、ウォーカーがタシの陥る状況をオリンカの植民地闘争に重ねて描くのは、十分に歴史的事実に即していると言え、決して虚構とは言えない緊迫感や焦燥感を伴っている。例えばスーダンにおいても、人々がFGMを精神的な支えにし、それ自体を植民地主義への抵抗と見なすようになっていくオリンカと同様な状況があったことは、民族学者M・マズハラル・イスラム (M. Mazharul Islam) とM・モスレー・ウディン (M. Mosleh Uddin) の共同研究の中にも明らかである。

> In 1946, during the era of British colonial rule in Sudan, the news that a law banning infibulation was about to be proclaimed sent many parents rushing to midwives to have their daughters infibulated in case it should become impossible later on. When some midwives were arrested for performing circumcision, anticolonial

protests broke out. The British colonial government, fearing a massive nationalist revolt such as those that had occurred in Egypt and Kenya, eventually let the law go unenforced. (Islam and Uddin 75)

ここにうかがえるのは、イギリスの植民地政府によって推し進められる、スーダンの人々の白人への同化政策が、逆に彼らを一層伝統回帰の姿勢へ向かわせていったという、その激しい反動だけではない。一触即発の植民地の不安定な状況下で、FGMが彼らの民族的ナショナリズムの道具になり、結果的にFGMが助長されることになったという、歴史的事実である。

　西洋列強が支配する植民地において、白人支配者に周縁化されていく現地の人々の手に最終的に残されるものは、*SJ*の中でも示唆されているように、自身の「黒い肌のみ」(24) である。それゆえ、黒人達の間に、白人にとっては軽蔑すべき価値の無い彼らの黒い身体を、逆に彼らの抵抗の象徴として捉え直すようなイデオロギーが生まれるのは必然であろう。例えば、それが成人儀礼として顔に刻み込む瘢痕やFGMという、人々の健康を脅かしたり、女性の主体性を奪ったりする有害なものであっても、民族が離散してもどこにおいても持続可能な彼らの伝統として、再評価されたり強化されたりもする。言い換えるなら、顔に刻まれる瘢痕やFGMが暴力的な伝統であるかどうかはさておき、植民地支配への抵抗という政治的文脈の中に民族的アイデンティティを守るための伝統的慣習の強化・促進という側面があればこそ、それらに一層の正当性と強制性が付加されていくのである。

　しかし、こうした形の植民地抵抗運動は、西洋の父権的支配から自国の父権制を守ろうとする、対抗的な父権主義に他ならない。実際*SJ*にも、オリンカの民族的アイデンティティ高揚の背景に、西洋VSアフリカ、白人VS黒人という、白人支配への対抗的な二項対立的価値観が描かれているだけではなく、民族の父権的イデオロギーの強化が明らかに見て取れる。例えば、オリンカ独立運動のリーダーは、植民地政府によって捕えられた

127

獄中から、「我々は、我々の純粋な文化と伝統に帰らねばならない。我々は昔からの慣習をおろそかにしてはならない」(117) や、「オリンカの男の誰も（中略）、割礼を受けていない女と結婚しようなどとは思わないだろう」(122) というメッセージを人々へ発信する。そこにはFGMの擁護だけではなく、FGMを受けていない女性を民族の一員としては認めないという、単純かつ明白な父権的排他性が示されている。すなわち彼は、民族離散に追い詰められたオリンカの人々にとってもまだ実行可能であるFGMを、民族の自決権の象徴と見なす。そして、民族主義的イデオロギーを強調しながら、FGMを人々の団結に利用し、それに頼るよう、意図的に彼らを誘導していくのである。

このようなFGMを巡る政治の駆引きは、ケニアの独立運動のリーダーであったケニヤッタも実際に行ったことである。彼の政策に込められた意図について、ガーナ出身で、30年以上に渡って国際的なFGM廃絶運動に取り組み、〈FGM廃絶の母〉と呼ばれ、2014年に亡くなったエフア・ドルケノー（Efua Dorkenoo）は、ウォーカーとの対談の中で次のように述べ、女性を利用する彼の便宜主義的姿勢を批判していた。「彼は政治家だったので、植民地主義者に対して人々を動員するために、この伝統が反体制運動に関わる道具として利用できる、重要な争点であると気付いたのです」(WM 248)。このドルケノーの言葉からは、政治家としてのケニヤッタが、FGMを民族的特徴と見なしていたからというだけではなく、FGMに人々を団結させる手段としての新しい利用価値を見出していった様子がうかがえる。

ところで、ケニヤッタは『ケニア山のふもと』の中で、植民地主義者による森林の伐採や土地の没収で混乱しきったギクユの現状を、次のように述べている。「宗教的な儀礼や神聖な伝統は、もはやギクユの共同社会のどこにも見られない。道徳律はじつにかんたんに破壊されている。団結した部族の道徳のかわりに、いまは、人類学的な読者がすぐに気づかれるように、この道徳をかきみだす影響や法令や刑罰が荒れくるっているためであり、それらの総合された結果として、ギクユは彼らの固有の道徳が完全

に破壊されたということのほかには、してよいことと悪いこと、しなければならないこととしてはならないこと、なにをし、なにを信じたらよいかが判らなくなっているのである」(204)。事実、人々の生活が第二次大戦後もますます悪化の一途を辿り、部族の団結が崩壊寸前までいった植民地状況を考慮すれば、ぎりぎりまで追い詰められたケニヤッタは、もはやFGMを強要することでしか人々を強く団結させられなかったとも言えないだろうか。というのも、同書には1930年に英国下院にFGMに関する質疑が提出され、事件の調査のために設立された委員会が開かれたとき、彼はギクユの見解を説明したとあるが、最良の問題解決法は法律の強制によるのではなく教育によることであり、変化する状況に対応した慣習を当事者の民衆自身が自由に選択することで意見が一致したと、冷静に述べているからである (114)。彼はまた、1931年に児童福祉基金の援助の下にジュネーブで開かれたアフリカの子どもに関する会議についても、どの慣習を残し、どの慣習を廃止するかを、民衆自身が選択できるよう教育することが大切だとする全体の一致した意見があったと記してもいる (114)。これらの記述からは、彼がギクユ文化におけるFGMの心理的重要性を尊重してはいても、日々変わりゆく状況の中で、アフリカの次世代の未来についてまだ客観的に判断していた様子が伝わってくる。

しかしドルケノーは、こうしたFGM増加の背景には、前述の理由の他に、もう一つの理由として、男性による女性の支配があることも忘れずに強調する (249)。彼女は、植民地支配からの独立が最優先に考えられ、FGMが女性に引き起こす問題が後回しにされていく状況に、女性の立場を考慮しない強い性差別主義があることを見抜いている。一方、それに呼応するように、ウォーカーは、アメリカ合衆国における黒人解放運動においても、黒人女性は黒人男性と共に闘かったが、黒人男性が社会に一定の地位を回復するやいなや、再び「社会の階層の底辺へ追い払われる」(250)状況があったと述べ、アフリカとの共通性を指摘している。この反応からは、ウォーカーがドルケノーの視点に同意するだけではなく、独立運動や解放運動の陰で、人種主義と性差別主義という二重の苦痛を強いられる、全世界的な

女性達の苦しみを確認する様子がうかがえる。批評家ヴェガは、*SJ*において、女性の身体が国家や民族のアイデンティティ維持に利用されていく描写に注目し、ウォーカーは「新植民地主義への関与と批判される危険を冒して、女性の権利を主張している」(20) と指摘するが、彼女はウォーカーのグローバルなウーマニズムの視点を、そのテクストに読み取っているのである。

*SJ*では、FGMの強化によってリーダーの求心力が高まる様子が、少女時代にキリスト教の洗礼を受け、FGMの危険性を聞かされ、それを逃れていたタシの、急激な内面の変化を通して示される。その際ウォーカーは、同族内で強まる父権的排他主義が、タシにとって集団への所属感を失うという大きな脅威になっていく実情を描くだけではない。人々に唯一残された、「オリンカの伝統の決定的特徴」(64) を、自ら進んで自分の身体に刻むことこそが白人支配に対する勇気であるとさえ思い込むに至る、タシの追い詰められた心情を描いてみせる。これにより、民族的父権制による外圧が一人の感受性豊かな正義感の強い女性を、FGM否定の価値観から肯定へと大きく転換させる様が、手に取るように見て取れるのである。

事実、彼女の友人のアフリカ系アメリカ人、オリヴィア（Olivia）の言葉には、タシが積極的にFGMを受け入れる様子がはっきりと示されている。

> *I told her [Tashi] nobody in America or Europe cuts off pieces of themselves. And anyway, she should have had it when she was eleven, if she was going to have it. She's too old for it now....Tashi was happy that the initiation ceremony isn't done in Europe and America, said Olivia. That makes it even more valuable to her.* (v)

オリヴィアは、タシがFGMの適齢期とされる年齢を超え、すでに大人の身体であるにもかかわらず、命の危険を冒してまでも積極的にそれを受けようとする決意の裏に、FGMが西洋にはないオリンカ独自の慣習である

から正しいものだと肯定するようになる、タシの心の変化を読み取っている。ジョン・グリューサー（John Gruesser）は、タシの村の人々が貧窮する中で、タシがFGMを「真正なものと見るようになり、またそれゆえに反植民地主義の儀式と見なすようになる」(126) と、オリヴィアの観点を踏まえて指摘する。これは、タシが西洋との〈異質性〉に、正当性や正義を求めることと同義と言える。タシがこの〈異質性〉に囚われていく姿には、コミュニティを破壊した西洋植民地主義に抵抗するために、FGMにしか民族の希望を見出しえないアフリカの女性達の窮境が重ねられており、植民地主義と民族的ナショナリズムという二つの父権制の狭間に捕えられていく彼女達の現実が、生々しく伝わってくる。

　しかし、タシはそのような自分を決して犠牲者として見ようとはしない。それどころか、彼女は植民地闘争の反乱軍に加わって闘う、「完全な女性。完全なアフリカ人。完全なオリンカ人」(64) という無敵の女達に自分を重ね、革命戦士としての自分を心に描く。すなわちタシの心の中では、闘う女達は「恐ろしく勇敢で、恐ろしく革命的で自由な」(64) 理想の存在となり、そうした女達との一体感を抱くことで、彼女はむしろ村の集団の一員としての所属感を能動的に見出していく。実際、タシが民族的ナショナリズムを自身に取り込んでいくときに行うこのような極端な自己統制は、一見すると、主体的にFGMを選択している点で、彼女に自己決定権があるようにさえも感じられるのである。

　しかし、その行為は結局、女性の身体を彼女の意志とは無関係に政治化しようとする、父権的な企みに嵌ることに他ならない。グリューサーと同様にタシの変化に着目するマキシン・サンプル（Maxine Sample）は、タシが「男性への女性の性的な従属を制度化するような伝統を、理想化するような文化的ナショナリズムを信奉する」(170) と述べ、タシの行動を問題視しているが、オリンカの民族的ナショナリズムは、男性への女性の永続的な従属を強いる父権的イデオロギーとまさに表裏一体である。しかも問題はそれだけではない。女性がFGMによって自身を傷付けること、すなわち自主的に自己を犠牲にする行為は、それによりかえって自身を見失

いかねない大きな危険を孕んでいる。

　こうした民族的ナショナリズムを隠れ蓑にしたFGMは、その施術後になって初めて、女性戦士という理想的な自己像が単なる幻想にすぎなかったと悟るタシの姿に、ありありとその正体を現す。彼女が、施術者マリッサに「市場用に縛られた鶏のよう」(45) だった両足の縛めを解かれたとき、以前は「誇り高い歩き方」(65) であったのに、今や足を引き摺る歩き方しかできなくなって深く絶望する様子は、この慣習の正体が紛れもない女性への暴力であることを証明している。このように、ウォーカーは、身体の自由を喪失したタシの姿を性暴力の〈犠牲者〉として赤裸々に描き、女性の身体と自尊心とが不可分であることを切々と訴えているのである。

　しかもタシが受けたFGMは、彼女が女性であるがゆえに、一層大きな苦痛をもたらすようなものなのである。

> It now took a quarter of an hour for her to pee. Her menstrual periods lasted ten days. She was incapacitated by cramps nearly half the month. There were premenstrual cramps: cramps caused by the near impossibility of flow passing through so tiny an aperture as M'Lissa had left, after fastening together the raw sides of Tashi's vagina with a couple of thorns and inserting a straw so that in healing, the traumatized flesh might not grow together, shutting the opening completely; cramps caused by the residual flow that could not find its way out, was not reabsorbed into her body, and had nowhere to go. There was the odor, too, of soured blood, which no amount of scrubbing, until we got to America, ever washed off. (65)

　この描写から読み取れるように、タシが受けたFGMは、施術方法が数種類ある中で最も過酷と言われている陰部封鎖、またはファラオニック (pharaonic) と呼ばれるものである。ウォーカーは精神分析医ジーン・シ

第 3 章　FGM 廃絶へ向かって

ノダ・ボレン（Jean Shinoda Bolen）とチリの小説家イサベル・アジェンデ（Isabel Allende）と行った対談の中で、*SJ*のFGMの描写について、「人々がしみじみと感じられるような、そして全く逃げることができないような形に（中略）、しかしまた誰をもおびえさせることのない形に」(95) 表現したかったと述べている。それを裏付けるように、上に引用した印象的な描写は、タシの劇的に変化した日常生活について、オリヴィアの客観的な視点から事実のみを列挙するものであり、タシ自身の声は全く聞こえてこない。しかし、そのことがかえって内面に押し殺された彼女の苦痛を一層読者に生々しく想像させ、彼女への共感を掻き立てる大きな効果を生んでいる。そしてそれゆえに、FGMの犠牲になる女性達の現実から決して目を逸らさないでほしいという、ウォーカーの必死の訴えがひしひしと伝わってくる。

　ところで、このようなウォーカーの心からの訴えに反し、彼女が*SJ*でFGMの中でも特にこの型を取り上げたことを、センセーションを掻き立てる西洋フェミニストの優越主義的態度であると批判する批評家が多いのは事実である。しかしその一方で、肯定的に評価している批評家もいることを挙げておきたい。そうした批評家の中でも代表格は、トービィ・レヴィン（Tobe Levin）であろう。

　FGM廃絶に精力的に取り組むアクティヴィストでもあるレヴィンは、タシの陰部封鎖の描写について、「人種差別的な嘲りではなく、共感」(*Waging Empathy* 45) を誘う「タシの苦しい体験のドラマ」(45) であると主張し、実際に世界中で同じ型の施術を受けた人々の国際連合が示す統計をもとに、タシの体験が、決して少数の人々の特殊なものではないことを明らかにしている。例えば、1992年の統計では、スーダンにおける女性の89パーセントの9,220,400人、ソマリアでは98パーセントの女性の3,773,000人、そしてヨーロッパやオーストラリア、カナダ、アメリカ合衆国などへの数千人の移民が陰部封鎖を受けており、その数は2012年でもほとんど変化が見られないうえに、陰部封鎖は現在むしろ広がりを見せており、エチオピアなどではその需要が高まっているとさえ言われている

133

(*Waging* 45)。

　そうした現実を知ったうえで、タシに体現されたFGMの犠牲になるこれらの少なからぬ数の女性達の苦悩を思うとき、決して看過できないのは、レヴィンがウォーカーと共に主張したいと強調する、「程度が重い切除であろうと軽い切除であろうと、それらがどちらも同じ理由のために行われるということ」(*Waging* 45) という点である。その「同じ理由」とは、FGMを行う民族の社会的文脈を研究するフランシス・A・アルトハウス (Frances A. Althaus) が明確に指摘するように、FGMは、男性が「父権的な権威と、女性のセクシュアリティと出生率の支配」(131) を維持するために行われるものに他ならない、というものである。

　したがって、ウォーカーがSJで陰部封鎖を受ける女性を描いたからといって、彼女には、タシを自分とは異なる〈他者〉として客体化したり、それ以外の型の施術を受ける女性の苦悩を軽視したりする意図など全く無かったことは明らかである。むしろ、彼女が常に世界中の全ての抑圧されている女性の解放を願ってきたことを考え合わせれば、FGMを存続させている父権制の批判こそが彼女の真意であったことは疑いえない。

　さらに注目すべきは、アルトハウスが、FGMを行う社会は多種多様であるものの、それらの社会においては、ほとんどの少女達の未来は「労働の供給源や子ども達を産み出す者」(131) に限定されていると分析している点である。FGMを存続させている社会ではどこにおいても、その施術方法や文化的背景には関わりなく、共通して、少女には自己決定権が与えられていないのである。この実態に鑑みると、タシがFGMを受け入れたことは、結果的に社会が与えるそうした従属的な女性の役割を自ら肯定し、知らず知らずのうちに社会や政治への能動的な参加を放棄したことを意味している。それは彼女が心から望んでいた、男性と対等な植民地主義への〈抵抗者〉としての役割を完全に否定するものであり、男女平等の対極に位置するものと言える。

　しかしウォーカーは、植民地における父権制構造の根深さを、FGMの調査を進めるうちにますます痛感していったに違いない。というのも、タ

第 3 章　FGM 廃絶へ向かって

シが信奉した民族的ナショナリズムの実態がこうした父権的抑圧であることに、タシ自身が全く気付けないことによる非常に深刻な問題が、徐々に明らかになるからである。例えば、タシは後にアメリカで、アフリカ系アメリカ人の女性精神分析医レイ（Raye）の診察を受けるとき、「伝統が与えた傷により、私は戦えなくなった」（122）と自身を振り返っている。この言葉には、自分を不具にした正体、すなわち父権的暴力に対する自然で健全な憤りではなく、施術されても戦える女性もいるのに自分は戦うことができなかったという、不自然な自己批判が多分に含まれている。彼女は、FGM を受けてから年月が流れても、まだ「伝統」という言葉を選び、その正当性を信じようとする。ここには、民族的ナショナリズムが FGM と結びついたとき、それが女性の内面に複雑な影響を及ぼすことがまざまざと映し出されているのである。

　事実タシの感じ方は、彼女の施術を客観視できる位置にいるオリヴィアと比較してみても、その違いが顕著である。オリヴィアは、タシの施術後にすぐ、彼女から以前の快活さが失われ、消極的になったことに気付いている。「タシの魂に致命的な一撃が加えられたのは、誰の目にも明らかでした」（66）という言葉には、彼女が FGM のすさまじい暴力性を肌で感じ取ったことが明確に示される。それに対してタシは、家からほとんど出ずに自身の中に閉じこもり、自身が陥った状況を客観的に捉えられないばかりではない。彼女は自分の手足を切断したいと思うような「奇妙な衝動」（51）を感じ、実際に自傷行為にまで及んでいるように、完全に自己を否定していく。言い換えれば、オリヴィアはタシの施術を FGM として、すなわち女性への暴力として明確に認識できているが、タシはまだそれを成人した女性を示す、伝統的な「女性のイニシエーション」（119）や「割礼」（119）と見なし、本質的には肯定しているのである。

　こうしたタシの視点は、ウォーカーが語る自身の幼少時の体験と重なり合うものである。というのも、ウォーカーは WM の中で、彼女の兄が撃った空気銃の銅の弾丸によって片目を失明したとき、その傷を彼女自身の責任にされたために、家庭や地域から「抑圧されている」（267）と感じたこ

135

とを振り返っているからである。彼女はこの体験から、父権制の中で生きる女性は誰でも、女性自身が受けた傷を単に彼女の「アクシデント」(16)として軽視されるばかりか、女性自身がそれに対して責めを負い、自己を否定するようになる可能性があることを悟ったのだという。

そしてそれは、FGMの犠牲になる女性も同様であると、ウォーカーは次のように主張する。

> I was not surprised to learn, while doing research for my book *Possessing the Secret of Joy*, that woman are blamed for their own sexual mutilation. Their genitalia are unclean, it is said. Monstrous. The activity of unmutilated female vulva frightens men and destroys crops. When erect, the clitoris challenges male authority. It must be destroyed. (*WM* 18)

FGMによる傷は、ウォーカーが兄によって負わされた傷と同様に、彼女が「父権的な傷」(*WM* 17) と呼ぶものである。すなわち女性にFGMを強いる社会では、初めから男性の責任を完全に免責しており、女性の性器が「汚れている」からFGMを受けなければならないと女性にその原因を帰し、FGMがもたらす苦悩を正当なものとして女性に課す、女性にとって逃げ場のない構造を作り出している。

しかも、そうした構造の中では、FGMによって女性がいくら苦痛を感じても、それが女性自身に原因があると見なされて施されている以上、その痛みは否定されなければならないという思考様式に女性を追い詰めていく。その結果、女性が感じる痛みは、男性が感じる痛みよりも「より小さい」(*WM* 267) ものと見なされ、「最小化」(*WM* 267) される。実際、女性の痛みを軽んずるこのような考え方は、女性が痛みを〈楽しんでいる〉とさえ見なすような拡大解釈さえも許しかねない。すなわちFGMは、女性の痛みの表現を徹底的なタブーにし、女性に自己を否定させることによって生き長らえているのである。

第3章　FGM廃絶へ向かって

　タシの自己否定も、このような自己検閲を強いる、閉じられた仕組みの中で引き起こされている。彼女の受けた痛みは、祖国独立を目指すために民族の父権制が強化される陰で、卑小なものとして無視されるだけではなく、彼女自身によっても否定されていく。実際、彼女はアダム（Adam）と結婚してアメリカに渡り、息子ベニー（Benny）を産み育て、40代半ばになってもまだ尚、FGMによるトラウマを孤独に心に抱え続けるが、自身の苦しみをレイに打ち明けようとするときには、「私に……いえ、私のためになされたことに関して言うと」(118)と話し始めるような、自身の痛みとは裏腹な表現をする。レヴィンはこの場面について、タシはFGMを批判できない、「アンビバレンス」(*Waging* 52)を示していると指摘するが、傷付きながらも、FGMの暴力性を批判することをためらい、自身の痛みを口に出せないタシは、彼女の抱えるトラウマの複雑さを一層強調する。それは決して一過性のものではなく、長期に渡って女性の肉体と精神をさいなみ続ける、「父権的な傷」がもたらした自己喪失という名の後遺症に他ならない。

　その一方で、こうしてタシが自己の存在を自ら弱めていくとき、それに反比例するように彼女の心の中で高められていくのが、オリンカのリーダーの存在である。タシは彼を「イエス・キリスト」(117)や「神のような存在」(117)になぞらえ、「私達のリーダーは、私達のために死んだのよ。私達の独立のために。私達の自由のために。その現実の前に、どうして私は私の取るに足らない人生など話せるでしょうか」(116)と、レイに語っている。タシがリーダーを批判なく受容し、神格化するのは、彼女に所属感をもたらした民族的ナショナリズムを正当化したいという気持ちからである。そして、そうすることで、FGMが彼女にもたらした苦痛に耐えようとする。こうした言動は、抑圧される側が自身を慰めるための論理的帰結とも言えるであろう。しかしウォーカーは、タシの信奉するこの自民族中心主義を通し、皮肉にも彼女がより一層自己否定へと向かう様を描き出しているのである。

　タシが自己否定に陥ったり自傷行為を犯したりする場面にうかがえる

137

ように、ウォーカーは、女性に際限なく犠牲を強いるようなナショナリズムを、真に西洋植民地主義に抵抗できる力とは決して見なしてはいない。それは、植民地抵抗運動の拠点となった山中のムベレ・キャンプ（the Mbele camp）において、タシが憧れたような、オリンカの人々の解放のために闘う勇敢な女性戦士など存在していないことにも明らかである。女達はキャンプにやってきたとき、「料理や掃除、そして性的に食い物にされること、つまり彼女達が故郷でやっていたことと全く同じことを期待されている」(243) と知り、散り散りにキャンプを去っていくのである。「まさに、キャンプそれ自体にこそ解放が必要だった」(243) というマリッサの言葉からも、女性をどこまでも抑圧するような民族的ナショナリズムが、アフリカの真の独立にはつながらないとウォーカーが考えていたことは間違いない。

　タシを追い詰めた民族的ナショナリズムにおいては、キャンプに残された男達もまた、次第に闘いの目的すらも見失っていく。例えば、対外的には、彼らの闘いは白人の植民地主義に対するものである。それにもにもかかわらず、彼らはそのキャンプに、アフリカの人々を追い出して造園した、茶の広大なプランテーションを営む白人所有者の息子を入れ、その茶を持ち込ませ、彼自身の小屋さえも所有することを許す。このことは、白人と黒人の男達が密かに互いに共通する利害でつながっていることや、少数の男性仲間が権力を握るような、新たな父権的ヒエラルキーがキャンプ内に構築されている様子をうかがわせる。さらに、黒人の男達はその白人の茶を喜んで味わう。こうした彼らの姿からは、彼らが民族の誇りすらすでに見失っている様子も読み取れる。したがって、オリンカ独立後、新大統領は新政府への不満を表す者達を弾圧し、強力な独裁政権を樹立していくが、そのような政治の腐敗の元は、女性にFGMを強要し、利用していく民族的ナショナリズムにすでに内包されていたと言える。

　このように、植民地支配からの独立闘争の中でオリンカの父権制はむしろ強まり、父権的不正の横行につれて男女の連帯も崩壊し、人々は民族の誇りまでも見失っていく。タシが、かつて中絶した自分の娘の再来と見な

すようになるオリンカの娘ムバティ（Mbati）は、「独立は植民地主義が行ったのと同様に、確実に私達を殺している」（154）と新政府を陰で批判する。タシが祖国の未来を託したムバティのこの言葉は、アフリカの真の独立には、女性差別の撤廃やFGMの廃絶が絶対に欠かせないという、ウォーカーの強い信念を反映しているのである。

第2節　キリスト教とアフリカの父権制に共通する性差別主義

　タシは、ムベレ・キャンプに彼女を迎えに来た、幼なじみのアフリカ系アメリカ人の恋人アダムの結婚の申し出を受け入れ、彼と彼の家族と共にアメリカへ渡る。祖国オリンカとは全く政治形態の異なる、民主主義の国で始められるアダムとの結婚生活には、タシの自己喪失を回復させるための新しい可能性が提示されているように見える。

　タシは、夫アダムが牧師としてサンフランシスコで「進歩的な奉仕活動」（275）を開始する姿に、オリンカのキリスト教伝道師であった彼の父親や周りの黒人牧師達よりも、より進歩的な考え方を認める。アダムの教会の信徒として熱心に彼の活動を広める手助けをするタシの姿からは、夫の教会に自身の所属感や新しい役割を見出すことでFGMによる肉体的・精神的トラウマから解放されたいと願う、彼女の切実な思いが伝わってくる。

　実際アフリカ系アメリカ人の牧師として、アダムが彼の住む地域に新しく広めようとするのは、「兄弟愛の言葉であり、神が彼の息子、イエス・キリストに注ぐ愛を基礎とする」（275）ものである。言い換えれば、彼は、西洋帝国主義・植民地主義によって進められた奴隷制を支援し、正当化する役割を果たしてきた白人の人種差別的なキリスト教ではなく、純粋にイエス自身の言葉や行為そのものに立ち返り、人種を超えた平等な人類救済思想を独自に探求しようとする。アリソン・R・バックマン（Alyson R. Buckman）は、このようなアダムの姿勢には、「支配構造に対する解釈に、革命的変化をもたらす力」（91）があると主張する。実際、アダムのこうしたリベラルな思想には、人道に基づいた西洋の善意と、アフリカの女性

139

との新しい形の結び付きが見て取れる。それゆえタシも、「私はイエスを心から愛する者であり、これまでもいつもそうだった」(275) と改めて自覚するのである。

　しかし、アダムは人種差別や奴隷制を強く否定はするものの、その視点には重大な欠陥がある。ウォーカーは、二人の意見の食い違いから結婚生活にほころびが生じる様子を通し、アダムの人類救済思想に偏りがあることを徐々に明らかにしていく。その偏った視点とは、ウォーカーが*WM*の中で奴隷制に関する西洋史の記述に関して述べていることと符合するものである。ウォーカーはその記述のあり方に、白人男性中心の西洋社会がアフリカ人女性の存在を無視・軽視し続けていることが示されていると主張している。それについて少し見ておきたい。

　ウォーカーはセネガル共和国のゴレ島に残されている奴隷の家（House of Slaves）を訪れたときに、アフリカ系アメリカ人の女性シンガーソングライター、トレーシー・チャップマン（Tracy Chapman）と行った対談の中で、西洋史から完全に抜け落ちているアフリカ人女性に対する視点について、次のように述べる。

> Nowhere have I seen any mention of the fact that women who were enslaved along the coast of Africa—and who came out through this particular house where we are now, for instance—were probably mutilated and infibulated. So we have to imagine what that was like for those women. Not only were they subjected to all of the cruelties that everyone else was subjected to, but in addition they had been stitched shut, so that every bodily function through the vulva had to be horrendous. (*WM* 346)

アフリカ西部の沿岸から西インド諸島やアメリカへ航行した奴隷船には、商品として黒人男性だけではなく、黒人女性も同様に積載されていた。それにもかかわらず、西洋史では奴隷貿易における奴隷達の経験に関し、そ

第3章　FGM廃絶へ向かって

のほとんどが黒人男性のものを「強調」(347)しており、「まるで男性のみが奴隷にされたよう」(347)であるとウォーカーは指摘する。すなわちそれは、中間航路において、FGMを受けた身体で数か月を船倉で過ごすことを強いられた多くのアフリカ人女性の存在や体験が、意図的に闇に葬られてきたことを意味している。西洋史の奴隷貿易の解説に女奴隷の記録が不在であることは、奴隷制が支配者側の父権的視点のみから書かれていることを如実に示す。ウォーカーは、彼女達固有の体験が軽視されたり無視されたりしていることに憤りを感じているだけではなく、黒人女性の歴史そのものが忘れられていくことに強い危機感を抱いているように見える。

　ウォーカーは、「300年前に、性器を切除され、陰部を封鎖され、この奴隷の家を通って行ったのは、私だったかもしれないのです」(*WM* 350)と述べ、そうしたアフリカ人女性の歴史からの抹殺を当事者の問題として捉えようとする。ウォーカーがこのように、西洋史にほとんど記述されていない女奴隷に特に注目するのは、先祖の黒人男性だけではなく、彼らよりもより一層虐げられてきた先祖の黒人女性を、決して忘れ去ってはならないという固い信念の表れからであろう。

　したがって、ウォーカーがポーラ・ギディングス (Paula Giddings) と*SJ*に関する対談の中で行った、アフリカの問題への〈干渉者〉であるという世間からの批判に対する反論には、前述したことと同様の、アフリカ人女性の経験を彼女自身のものとして捉えようとする一貫した姿勢が認められる。彼女は、彼女の曾々々々祖母が「捕えられたということに加え、船体に押し込められ、鰯のように詰め込まれ、競売台に並べられ、彼女の子ども達が売られるのに加え、レイプされ、このようなあらゆることに加え、彼女は性器を切除されていたかもしれないのです」(87)という言葉により、FGMを単に他者の慣習として差異化したり無関心になったりはできない理由を主張し、自分を〈干渉者〉とするような批判をきっぱりと退けている。そして、ウォーカーはさらに同様の理由から、奴隷制度がFGMを受けていたアフリカの女性達に、より一層大きな困難や苦痛を与えていた可能性に目を向ける必要を訴えている。ウォーカーは、男女を均等に扱うと

141

き、初めて先祖の黒人女性の正確な姿を西洋史の中に蘇らせることができ、顧みられることのなかった彼女達の包括的な歴史を再構築できると考えているに違いない。

アフリカ系アメリカ人であるウォーカーにとって、FGMの廃絶に取り組むことは、先祖のアフリカ人女性を黙殺してきた西洋の人種差別的かつ性差別的な様々な組織的制度と決して切り離せるものではない。このような彼女の姿勢から読み取れるのは、西洋の優越主義的視点や文化相対主義的視点からアフリカの女性達を他者化することのみを彼女が批判しているのではないということである。彼女は、西洋史に体現されているような性差別主義により、今後二度とFGMによる女性達の痛みが卑小化されたり無視されたりするようなことがあってはならないと、強く警告しているのである。

そしてまさに、ウォーカーのこうした信念は、*SJ*のタシとアダムの間に見られる問題の深い底流をなしている。この、黒人女性への視点を欠落させた白人男性中心の考え方がアダムにも深く浸透していることは、彼がタシに示す、父権的な優越的態度に顕著にうかがえる。5年間、日曜日ごとに、アダムが「兄弟愛」について説く言葉に耳を傾けてきたタシが、ついにイエスの受けた苦しみだけではなく、「私自身の受けた苦しみ、拷問者達の圧倒的な力や凶器を前にして、恐怖にすくんでいる女性達や幼い少女達の苦しみ」(275)についても会衆に話してほしいと訴えるとき、彼はそれを拒み、彼女の信頼と期待を裏切る。

> One sermon, I begged him. One discussion with your followers about what was done to me.
> He said the congregation would be embarrassed to discuss something so private and that, in any case, he would be ashamed to do so. (276)

タシが祖国の女性に与えられている苦痛を懸命に主張する理由は、男性で

第3章　FGM廃絶へ向かって

あるイエスの苦痛のみが注目されることに対して、アダムの会衆の一人として疎外感を抱いているからだけではない。「誰も覚えてさえいない時代に起きていることではなく、たった今、毎日、地球上の多くの国々で」(276)多くの幼い少女や女性が「磔刑に処せられている」(276)という、切迫した思いを抱いているからに他ならない。

　実際、日々どこかの国で、多くの無力な女性がFGMという圧倒的な性暴力に屈し、苦痛を味わっているという現実は、タシが主張するように決して「個人的な」(276)問題に止まるようなものではない。「命の樹」(276)である女性の実存の危機であり、周りの人々の理解や協力の重要性、また示威行動の必要が急務な課題である。しかし、アダムの「兄弟愛」には女性の苦しみが欠落しており、それが及ぶ範囲には明らかに限界が見て取れる。しかも、彼のそのような態度は、タシの心の中に芽生えた最初の痛みの表現への欲求を無惨にも摘み取っている。アダムは西洋の知識を持ち、FGMを受けた直後に現れたタシの明らかな変化を見て、それがオリンカの父権的暴力であることを明確に認識できているにもかかわらず、女性を抑圧し、利用する、誤った形の民族的ナショナリズムの犠牲になったタシの苦しみと、同様に人々の誤った行いの犠牲になったイエスの磔刑の苦しみとを同一視することができないという、深い性差別意識を示すのである。

　このように、女性に男性と同等の権利を認められないアダムの姿は、彼が性差別主義的な白人男性と同じ視点をすでに内面に取り込んでいることを強くうかがわせる。バックマンによるアダムの評価については先にも述べたが、彼は確かに、アダムの説く独自のイエス・キリストの人類救済思想に内在する力を認めてはいる。しかし彼はその一方で、アダムが「その可能性を拒否し、女性を沈黙させ、無力な状態に留めようとする力と共謀していく」(91)と述べ、彼の思想と実際の態度との乖離を指摘してもいる。すなわち、アダムは傷付いたタシを保護することはできても、彼女に自主的な発言権は認めないという限界を示す。そのような彼の態度は、従来のキリスト教が内包している、男性の女性に対する温情主義的な優越性を繰り返し示すものでしかない。

こうした、女性の発言を認めないようなキリスト教の不寛容は、ウォーカーが幼少時代の経験から後になって気付いたことでもある。『私達が愛するものは何でも救われる』(*Anything We Love Can Be Saved*、以下 *Anything*) というエッセイ集の中で、幼い頃メソディスト派の教会に通っていたウォーカーは、毎週土曜日には彼女の母親の後に付いて歩き、彼女を真似ながら一緒に教会の掃除をしたことを振り返っている。彼女の母親は、教会の中のあらゆるものを「ピカピカに輝かせる」(12) まで奉仕活動に熱心に取り組む敬虔な人であり、「労働者であり、妻であり、8人の子どもの母親であることに加え、その教会の母でもあった」(11) にもかかわらず、会衆の前で話すことは決して求められなかったという。

> Sister Walker, my mother, was thanked for making the church so beautiful, but this wise woman, who knew so many things about life and the mysteries of the heart, the spirit, and the soul, was never asked to speak to the congregation. If she and other "mothers" and "sisters" of the church had been asked to speak, if it had been taken for granted that they had vision and insight to match their labor and their love, would the church be alive today? (12)

ウォーカーは、教区の人々から発言を求められてしかるべき彼女の母親が、女性であるという理由だけでその素晴らしい能力を発揮する機会を奪われてきたことを非常に残念に感じているようである。そしてその背景に、「女性達は苦しんで当然であるとか、とにかく邪悪なのだ」(13) という、キリスト教のドグマがあることを指摘し、女性達に沈黙を強いるような偏見に満ちた見解が、彼女達を「完全に挫折」(15) させただけでなく、教会を中心とした地域社会の発展や活性化を妨げてきたのではないかと推察している。

　こうした女性に対する不寛容は*SJ*のアダムにも内在しており、タシに、「私の魂は、アダムのそばから離れた」(275) と感じさせているように、

第3章　FGM廃絶へ向かって

両者の心に亀裂をもたらし、キリスト教によるタシの救済の可能性を弱めていく。しかも彼が露呈する性差別主義は、教会内だけに止まるものではない。彼の性差別主義は、〈男性性〉というものを規定する白人支配社会の価値基準と密接に絡み合っているため、彼らの結婚生活にも大きな影響を及ぼし、夫婦の絆をも崩壊させていくのである。

　もちろん、アダムとタシの結婚生活が最初から苦難に満ちていることは、想像に難くない。ウォーカーは、「自ら招いたFGMによる社会全体の傷から、男性も決して免れているわけではない」(*Anything* 142)と述べ、女性だけではなく、アフリカの男性も間接的に苦しんでいる点に目を向けている。事実、アダムも、オリンカの父権制の負の影響を受け、苦悩し続ける。バックマンは、「女性が性差別主義の犠牲者という意味では、男性は犠牲者ではない」(91)ものの、多くの男性が、彼らの母親や姉妹、娘達が直面する性暴力の「派生的な結果」(92)を経験していると、問題の根深さを主張する。タシの身体を植民地化される場として注目しているバックマンは、アダムもまた抑圧のシステムに傷付いており、タシの辛い経験が彼自身の実存にも深い影響を及ぼしていると説明する(92)。

　実際、アダムとタシの結婚生活は、「彼が私に触れる度に、私から血が流れた。彼が私に近付く度に、私はしりごみした」(60)という描写に見られるような、タシの身体を毎回傷付け、彼自身をも傷付けるようなものとして示される。それは決して人間同士の親密な結合を実現できない不幸なものである。互いに性的欲求を満たすことができない生活の中で、妊娠したことをタシから告げられるとき、アダムが諦めと皮肉を込めてそれを聖母マリアの「無原罪の宿り」(60)になぞらえる場面は、家族の絆を深めることのできない二人の悲劇をすでに予兆しているようにも見える。しかし、彼らの結婚生活を破綻させる決定的な要因が、アダム自身が囚われている〈男性性〉の価値基準であることは、決して見逃されてよいものではない。

　それは、タシがベニーを出産するとき、彼女の身体が多くの医師や看護婦、医学生達の「見世物」(61)になり、「彼らの想像を超える生きもの」(60)

145

として好奇の対象にされる場面にうかがえる。病院の医療関係者のこうした態度は、アフリカ人の彼女を完全に客体化し、人間としての尊厳を認めようとしない人種主義や、西洋中心主義に根差した傲慢さを示すものに他ならない。しかもタシの担当医は、彼女の通常ではない分娩に際して彼自身が味わった恐怖を隠そうと、「あの穴」(61) と呼ぶものしか持たないタシが子を宿し、4キログラムもある男の子を産んだことを冗談にしさえする。その無神経な言葉は、当然タシを傷付けるものであるが、同時にアダムをも深く傷付けるものとなる。そのときの彼の反応は、注目に値する。

> Adam stood beside the bed, too embarrassed to speak. He coughed whenever he was embarrassed or nervous; now he cleared his throat repeatedly. With my free hand, I reached for him. He moved closer, but did not touch me; the sound in his throat causing my own to close. After a moment, I withdrew my hand. (57-8)

この場面において、アダムは白人医師の言葉を、妻と満足のいく肉体関係を持つことができない彼自身を暗に揶揄されたものと受け取り、男として侮辱を受けたと感じている。すなわち黒人男性である彼は、白人男性中心の価値基準の中で、家庭において十分な性的能力を示せないことを彼の〈男性性〉を疑われたことに等しいと敏感に感じ取り、典型的な過剰反応を示すのである。それゆえ、彼はその恥辱に耐えようと必死に葛藤するあまり、ベニーを一方の手に抱いているタシの、もう片方の手に込められた彼への慰めを拒絶する。換言すれば、彼はタシに対する病院関係者の人種主義を知りつつも、彼女に寄り添い、共に立ち上がるよりは、彼の〈男性性〉を否定するような辱めをもたらした彼女を暗に責めており、何よりも男性としての自分の体面を優先させてしまうのである。

アダムに拒絶されたタシは、その直後、「固い床に何かが粉々に砕けた大きな音」(59) を独り聞く。それは「鳴り響くような静寂」(59) と表現されるように、実際に音が発生したわけではない。しかしこのオキシモロ

第3章 FGM廃絶へ向かって

ンは、タシの悲痛な思いを切々と伝える効果を上げ、夫婦間の絆が完全に切れたことを示唆している。そしてまた同時に、この場面は彼女とアダムとの間だけではなく、ベニーと白人医師も含めた四人の、辛うじて保たれていた互いの緊張のバランスが崩れたことをもうかがわせる。これら三人の大人達は、互いに病室において時間と場所を共有しながらも、様々な価値観による心理的抑圧やイデオロギーに翻弄されており、誰もが互いに誰とも心を通わし合えない、コミュニケーション不能に陥った人間社会の悲劇を象徴しているのである。

ところで、この、言葉を超えたタシの感情について、レヴィンがFGMとホロコーストとの類似点から考察していることはとても興味深い。彼女は、「語りえないもの」(Waging 51) に対し、言葉は「不十分で、激しい苦痛を共有するには不相応で、傷付いた者を尊重するには不可能な」(51) ものであると指摘する。ショアー（大虐殺）の対象とされた人々は、「しばしばその痛みを隠す」(51) 傾向があるが、ショアーを生き延びた者を親に持つ子どもは、親の「口に出しては語られないもの」(51) を決して知ることができないがゆえに、心理的に親と引き離され、親の「感情の硬直」(51) に深く苦しむという。レヴィンは、このような「語りえないもの」を、ウォーカーはオキシモロンで表現しているのだと主張する (51)。

ウォーカーはFGMがタシにもたらした直接的な痛みだけではなく、それが彼女や彼女の周りに連鎖的に引き起こしていく二重、三重の苦痛を、もはや言葉では表象不能なものと深く認識していたに違いない。それゆえウォーカーは、タシに、彼女が聞いた「鳴り響くような静寂」を、オリンカで育った彼女だけしか解読しえない、彼女の本能に刷り込まれた「猿達の叫び」(59) にもなぞらえさせている。猿の鳴き声は、猿と関わろうとしない人間にとっては全く理解不能な、猿同士の間だけで意思疎通を図る手段であるだけに、ウォーカーがタシの「語りえないもの」を単純に一般化することを避けているのは明らかである。だがウォーカーは、それをタシだけが意味内容を知り得るシニフィアン（記号表現）として示すことにより、FGMを受けた者の人間としての尊厳が絶対に守られるべきである

147

ことを、より一層強調したかったのではないだろうか。

　もちろん、もしタシがアダムと結婚せずにムベレ・キャンプに留まり続けたならば、彼女はオリンカの女達に強いられた、男性に従属的な役割を死ぬまで果たすことになっていたであろう。しかし、先に引用した病院での場面にうかがえるように、アダムを抑圧する〈男性性〉の価値基準もまた、西洋の結婚制度に深く根差した父権的特徴である。それは、タシがFGMを受ける以前にアダムと共に体験した、精神と肉体の「平等な」(32) 結び付きによる「最上の喜び」(32) を否定するものであり、本質的にはアフリカの父権制と全く変わらない。アダムが、タシとの対等な関係によって知った喜びやその大切さを心の奥では認めていながらも、結局、西洋の父権的価値観に自ら囚われていく様子は、彼自身もまた西洋父権制の犠牲者であることを強く印象付けている。

　このように、アメリカ社会のヒエラルキーの底辺に属する黒人達が社会の主流とされる価値観の犠牲になっていく様子は、ウォーカーが『カラーパープル』の男性主人公ミスター (Mr._) の自己喪失を通しても示していたように、彼女が特に意識して注意深く描くものである。ウォーカーが、幼少期に自分の目に負った傷を「父権的な傷」と見なしていることはすでに述べたが、彼女がさらに、彼女の両親の自己喪失について以下のように考察しているのは、SJの理解を深めるうえで大変示唆に富んでいる。

> Their [Her parents'] only entertainment at the end of an exhausting six-day week was the "picture show." There they consumed racist and sexist propaganda, via the "shoot-'em-ups" my mother loved, which taught them to despise Indians and Africans as a matter of course. To distrust Asians. To protect and respect only white women; to admire and fear only white men; and to become unable to actually see themselves—for the duration of the film, at least—at all. Theirs was in fact *a psychic mutilation*. (*WM* 17 筆者強調)

第3章　FGM廃絶へ向かって

ウォーカーの両親が、彼女の兄にクリスマスプレゼントとして与えた空気銃は、社会に広く浸透している白人男性の男性性を具現した男根、すなわち白人至上主義の象徴に他ならない。ウォーカーは、社会から周縁化された閉鎖的なプランテーションの中で、常に抑圧されていた彼女の両親が、知らず知らずのうちに白人の価値観を内面に取り込み、家庭内で最も幼かった少女への抑圧を正当化する視点を育んだのだと考えている。そして、ウォーカーはそれを、彼女の両親が本来の姿を見失った状態であると捉え、彼らが搾取されるだけでなく、精神的にも「切除」を受けていたのだと理解するのである。

　したがって、アダムが自分の教会でFGMについて語ることを拒み、タシの信頼を裏切ったのに加え、さらに病院でタシを拒絶した行為は、彼が本来の自己を見失い、「精神の切除」を受けた状態を示していると考えられる。彼がタシとの満たされない結婚生活から、オリンカで知り合ったフランス人の女性リセット（Lisette）に救いと慰めを求め、やがて恋人関係になることも、その派生的結果であろう。彼らの関係は当然タシを苦しめ、アダムにだけでなくリセットへの反発心をも掻き立てているが、その発端は彼が二人の結婚生活から逃避したことであるから、彼の責任はリセットよりも重い。彼の行為は、父権的システムの下で生きる男性の人間的弱さからのものとはいえ、やはりタシへの背信行為であることに変わりはない。

　レイはアダムに対し、タシを精神的に追い詰め、不感症にさせているのは彼の不誠実さであると諭す。その際彼女は、比喩的な意味で、彼の背信行為をタシに対する「精神的な割礼（psychological circumcision）」（169）であると見なし、アメリカでは多くの女性がそうした状態にあると告げる。もちろん、彼女はこの「割礼」という語を、それに伴う宗教的な意味を込めて肯定的には用いていないので、切除という行為自体を指したものであるのは間違いない。すなわちレイは、西洋の男性は女性の肉体を直接切除はしないものの、女性の精神を切除していることを見破るのである。この言葉は西洋の父権制の核心に迫るものとして、*SJ*のテクストにウォーカー独自の、ウーマニストの視点を切り拓くものと言えるであろう。

一方、レイのこの言葉に対するアダムの反応には、自分の責任を全く認識していなかった様子がはっきりと見て取れる。

> Psychological mutilation? she asks, pensively.
> I tell her I don't know. It had never occurred to me to think of Tash's suffering as being on a continuum of pain. I had thought of what was done to her as something singular, absolute. (169)

この場面からは、アダムがタシの苦悩をFGMのみが引き起こしたものとして単一の原因に帰していたことが明らかである。しかし、彼女の苦しみは「一度だけ起きた、絶対的なもの」などではなく、連続的に与えられ続けているものであり、それに加担していた彼の責任は重い。
　したがって、タシに絶え間なく降りかかる苦悩は、一義的にはFGMに起因することは間違いないが、二義的には夫アダムの性差別主義にあったと言える。そして、その性差別主義は、キリスト教のドグマに深く根差すものである。ウォーカーはアダムを通し、キリスト教が女性への差別性を内在させている限りアフリカの父権制と同質であると、明確に主張している。しかしその一方で、ウォーカーは、人種主義だけではなく、性差別主義をも払拭したキリスト教に、すなわち男女平等を基調にしたイエスの人類救済思想に、アフリカの女性と連帯できる可能性を見出そうとしていたのではないだろうか。

第3節　西洋フェミニズムに内在する人種主義

　アダムの人類救済思想と並行し、タシをFGMのトラウマから救済する新しい可能性として提示されているのは、彼女とアダムの妹オリヴィアとの友情である。オリンカで両者が互いに育んでいく絆は、アフリカとアメリカという国の違いを超えた、同じ黒人女性としての、女性同士の強い信頼関係に基づいたもののように思える。

第3章　FGM廃絶へ向かって

　オリヴィアに与えられた性格的特徴は、彼女とアダムがキリスト教の伝道師一家の子どもとしてオリンカの村に到着したときのことを、二人が互いに回想する場面にうかがえる。ちょうどその日の朝、タシの姉がFGMによって命を落としたことから、タシは母親の後ろで声を出さずに静かに泣いていたのである。目立たないように隠れていたにもかかわらず、その少女の泣き顔が深く心に残っているオリヴィアは、「まあ、覚えていないの、アダム？私達がタシに会ったとき、彼女は泣いていたじゃないの！」(14)と、タシの悲しみを忘れている兄をたしなめる。この言葉からは、子ども時代のタシに関して明るい面しか思い出せないアダムとは異なり、オリヴィアの人の心を気遣う、感受性の細やかさや優しい性質が読み取れる。
　こうしたアフリカ系アメリカ人のオリヴィアの性質には、これまで黒人女性を女性解放運動から排除してきた、中産階級の白人女性中心の西洋フェミニズムとは異なる、黒人女性同士の共感に根差した西洋とアフリカの平等な連帯が期待されているように見える。事実、アダムの「僕は他人に共感できる人間になるために、いつもオリヴィアを頼ってきた」(266)という言葉からも、ウォーカーは性差別主義を拭い切れない男性の彼と対比させ、女性のオリヴィアの持つ共感能力を意識的に強調しているように思われる。そして、それは特に、オリヴィアのFGMに対する知識や捉え方とも密接に関連付けられている。
　ドルケノーが、FGMに関するウォーカーとの対談の中で、「性器切除は、健康への影響を伴う、本質的に社会的な慣習なのです」(*WM* 244)と言及しているように、FGMにはそれを存続させている集団の社会的背景が深く関わっている。しかし、このことはFGM廃絶運動の中でしばしば見落とされがちであった。この点についてドルケノーは、「一般的に、人々は健康的側面からそれに対処してきましたが、もしその根本、つまりそれが社会的に意味することを見ようとしなければ、私達は決してそれに対処することは出来ないだろうと私は感じています」(244)と、廃絶運動の問題点を指摘している。この言葉には、FGMの廃絶に取り組むとき、健康面の教育にばかり注目していると、FGMの本質にある父権的な問題の解決

151

を疎かにした一面的な対応しか取れず、根本的な解決には至らないことが示唆されている。
　実際FGMを行う社会において、しばしば女性の健康は顕著に損なわれ、様々な合併症が生じているにもかかわらず、FGMは変わらず実施され続けている。アルトハウスはこうした憂慮すべき事態を、女性の健康問題からだけではなく、別な観点から次のように説明する。

> First, it is unclear how frequently such problems occur, for few data exist and those that are available come from small studies or are based on self-reports. Second, in societies in which few women remain uncircumcised, problems arising from female circumcision are likely to be seen as a normal part of a woman's life and may not even be associated with circumcision. The most important reasons, however, probably lie in the social and economic conditions of women's lives. (131)

　この分析からは、外部からの情報が遮断された閉鎖的な社会では、男性だけではなく女性でさえも、FGMによる健康の損失を「通常の」こととして捉えがちであり、FGMが女性自身にもたらしている健康被害に気付きにくい実態があることがうかがえる。それゆえ、こうしたFGMの有害な影響を可視化し、より多くの人々がFGMと健康とのつながりを認識し、情報を共有していく必要があるのは言うまでもない。しかし、健康の損失という現象面の背後には、女性が社会的、経済的に男性へ依存せざるをえない状況を作り出す父権的システムが強く作用している。したがって、FGMを根絶するためには、何よりもこうした社会的状況を踏まえ、女性が自活できるように多方面から支援することが不可欠であることがわかる。
　*SJ*では、まず、ウォーカーはこうしたFGM廃絶運動が抱える問題点を、オリヴィアの視点を通して解決しているように見える。実際、オリヴィア

第3章　FGM廃絶へ向かって

はオリンカの村に住みながらも、両親や叔母のネッティー (Nettie) から西洋の教育を受けているので、女性の成人儀礼と見なされるFGMに、女性の健康を損なう危険性があることや、衛生的ではない一つの道具で多数の少女が切除されることにより、彼女達が細菌に感染する可能性を知っている。しかも、彼女はタシとは異なり、その慣習が男性による女性への暴力であるという、客観的な視点もすでに身に付けている。このように、FGMが意味する社会的文脈も明確に認識しているオリヴィアは、西洋の知識と男女平等の精神を兼ね備えた、黒人の西洋フェミニストである。それゆえ、タシと親友である彼女は、互いに対等な立場で、かつ科学的・論理的立場からFGMを受けないようタシを思い止まらせ、経済的自立を促すことができる、まさに適任者の資質を備えているかに見える。

　しかし、村が平和なときには固かったように見えていたタシとオリヴィアの友情は、イギリスの植民地政策が強硬に展開されていく中、突然終わりを迎える。というのも、タシが民族的ナショナリズムへ傾倒し、FGMを進んで受けようとするとき、オリヴィアはタシの心情を全く理解できず、その行為をやめるよう説得する言葉を持たない一方、そのようなオリヴィアを、タシが自分とは異なる〈他者〉と見なすようになるからである。タシにとっては、オリヴィアがただ、自分達の友情や、彼女の恋人アダムの気持ちを訴えながらFGMに反対することこそが、彼女が自分とは異なり、オリンカ社会には所属していない〈他者〉であることを証明するものに他ならない。それゆえにタシは真っ向からオリヴィアに反発する。

　　All I care about is the struggle for our people, I said. You are a foreigner. Any day you like, you and your family can ship yourselves back home.
　　Jesus, she said, exasperated.
　　Also a foreigner, I sneered. I finally looked her in the eye. I hated the way her hair was done.
　　Who are you and your people never to accept us as we are?

153

Never to imitate any of our ways? It is always we who have to
　　　change. (22-23)

　この場面で、タシがオリヴィアを「よそ者」と見なす様子にうかがえるように、タシはオリヴィアと自分の所属する場所の違いをはっきりと意識しているだけではない。彼女は、オリヴィアと自分との間に不平等があることに改めて気付き、そのことへの不満を露にする。それに対し、キリスト教伝道師の家族、すなわち西洋社会に帰属しているオリヴィアは、これまでタシと同等であると信じてきた彼女自身と、実際の彼女の立場が自己矛盾を起こしていることには気付いていない。言い換えれば、彼女は自分の立場が〈植民地主義者〉と同質であることを全く自覚できていない。それゆえにオリヴィアがFGMを受けないようにタシに嘆願する言葉は、タシにとっては〈植民地主義者〉のそれに他ならず、彼女の決意をかえって強めるような、逆効果を生んでしまうのである。
　バックマンは、アフリカ系アメリカ人のキリスト教伝道師の家族がタシの村に持ち込んだ宗教、衣服、教育、性欲、美などの有形無形の様々なものに彼らの道徳観が表され、それらが村人にとっては彼らの存在と同様に、「植民地化の手段」(91) となっていると指摘する。そしてそのことを洞察する村人の姿を通し、ウォーカーは白人対黒人という「安易な二項対立を避け」(91)、社会の支配構造の複雑さを描き出していると主張する。このことは、植民地主義に協力している立場を認識できず、タシの前でナイーブな面をさらけ出すオリヴィアの姿に最も顕著である。事実、西洋列強に植民地化されているのはアフリカ人のタシだけではない。アフリカ系アメリカ人であるオリヴィアもまた、白人に植民地化された被植民者の子孫なのである。ところがそのオリヴィアが、今度はタシに対して支配的な〈植民地主義者〉の顔をのぞかせる。ウォーカーは、こうした無自覚がアフリカに引き起こす複雑な問題にも、深く切り込んでいる。
　ところで、オリヴィアが知らず知らずのうちにタシに取っている優越的な態度は、植民地主義という大きな父権的構造の枠組みの中で生じる、従

第3章　FGM廃絶へ向かって

属的な悪と見なせるものである。それはオリヴィアが自ら意図したものではないにせよ、それに無自覚であることがタシの心を深く傷付けることには変わりない。このことから、彼女が西洋植民地主義に間接的に加担しているのは明らかである。そして、オリヴィアがタシを引き留めるために発する、「アメリカやヨーロッパでは、誰も自分自身の身体を切り取ったりはしない」(v) という言葉にも、彼女の西洋中心主義的価値観は際立って見える。もっとも、オリヴィアのこうした姿勢は、〈他者〉に対する貪欲な支配欲というよりは、無神経であるとはいえ、親友をFGMから救済しようとする、純粋な気持ちの方が強いように思われる。実際、彼女はタシとアダムが結婚し、アメリカで幸せになることを心から願っている。それゆえ、オリヴィアの過ちは、FGM廃絶運動の中で西洋フェミニストに対してしばしば指摘されてきた、西洋の人権意識をアフリカよりも優れたものと捉える、人種主義に根差した視点であると考えられる。

　オリヴィアに重ね書きされた、こうした西洋フェミニストの典型的な過ちは、FGM廃絶運動を巡って起きてきた様々な問題を正確に映し出している。すなわちオリヴィアには、アダムと同様に、タシへの対応に関して反面教師的な役割が与えられているのである。ウォーカーは、西洋中心の優越意識を完全に払拭できていないオリヴィアの姿を通し、西洋とアフリカの女性が真に連帯するためには、互いに対等であることがいかに大切であるかを強調したかったに相違ない。それは他者の尊厳に深く関わる問題であるからこそ、両者の連帯には決して欠くことのできない重要な視点なのである。

　さらにウォーカーは、オリヴィアが人種主義から解放される必要を、タシの彼女への反論を通して入念に示していく。タシは、「私達を私達として決して受け入れようとしない」(23)、「私達があんたみたいになるように」(23)、「あんたは私達を変えたがる」(23) とオリヴィアを強い言葉で非難する。このときタシは、彼女の民族的アイデンティティを考慮しようとしないオリヴィアに、オリンカの文化から何かを学ぼうとする姿勢が全くないことを見抜いている。例えば、オリヴィアの髪型はいつも二つに分けて

編んだお下げ髪をうなじのところで交差させたもので、彼女は一度として、オリンカの女性の伝統的な「トウモロコシの穂列が扇状に広がった髪型」(22)、すなわち彼女達の生活基盤である穀物畑を模したスタイルを試したことはない。また、アフリカの気候には不釣り合いな、高い襟の付いた長いドレスをいつも着ている彼女の姿は、オリンカの自然に根差した宗教に対し、キリスト教に根差した、西洋淑女の典型的な道徳観を体現している。このようなオリヴィアの態度には、オリンカの文化への寛容性よりも、二項対立的な物の見方が際立っているだけではない。彼女の本来属するべき文化を絶対に受け入れようとしないその頑固さは、アフリカの伝統文化を蔑む姿勢によって裏打ちされたものと推察されるのである。

　こうした両者の違いをタシが決定的に理解するのは、「オチョマ」(21) という鳥の鳴き声を聞き、その意味するものを彼女だけが認識する場面においてである。このときタシは、「友人同士が永遠に別れるとき、常に鳴く鳥がいる。でもキリスト教の伝道師達はこのことを決して信じない」(21) と独白し、二人の友情に絶望する。彼女は、二人の違いが、文化や宗教の違いなど個々の具体的な事例に留まるものでなく、二人の間に横たわる、埋め難い心理的距離に起因することを深く実感しているのである。

　タシはオリヴィアに対する信頼を喪失した結果、彼女をついに見限る。

> You are black, but you are not like us. We look at you and your people with pity, I said. You barely have your own black skin, and it is fading.
> I said this because her skin was mahogany while mine was ebony. In happier times I had thought only of how beautiful our arms looked when we, admiring our grass bracelets, held them up together. (23)

ここでタシが、オリヴィアの赤褐色の腕と自分の黒檀色の腕には草の葉で編んだブレスレットが美しく映えていたことを回想しているように、以前

第3章　FGM廃絶へ向かって

は肌の色の対比も、女性同士の信頼と団結を象徴するものとして彼女には肯定的に捉えられていた。しかしFGMを受けようとするタシの深い祖国愛を理解しようとはせず、ただ一方的に反対するオリヴィアは、「私は、私の心の姉妹に背を向け、彼女の打ちひしがれた顔から急いで立ち去った」(24) とタシに言わせているように、もはや互いに理解し合える存在ではない。そしてこの友情の決裂こそが、FGMを受けるタシの決意を強化させ、ムベレ・キャンプへ向かわせてしまったと言えるのである。

　ウォーカーは、『戦士の刻印』を共同製作したプラティバ・パーマー (Pratibha Parmar) との対談の中で、西洋社会に生きる女性が、まず彼女自身を客観的に眺める必要性を以下のように主張する。

> If you live in a culture like ours, which now wants women who are very thin, very white, very blond, with very big breasts, a lot of women have breast implants, they have bleached skin, they have bleached hair. They try to be the ideal woman for some nonspecific but very powerful man. So it's really about shaping a woman in the image that men think they want. And every country in the world is busily doing that. (*WM* 276)

ウォーカーは、男性の求める女性の理想像に適合させるために、女性を不必要で危険な施術に駆り立てている西洋社会もまた、アフリカと程度の差こそあれその根本は同質であり、「女性への攻撃は全世界的に行われている」(276) と主張する。すなわちウォーカーは、西洋の女性はまだ父権制から解放されていないどころか、それに気付きさえもしない状況に置かれていることを示唆しており、まず彼女達がそうした父権制の持つ普遍的な欺瞞を見抜く必要を訴えているのである。

　このことからウォーカーは、西洋の女性に対し、自国の父権制から自身を解放するためにも、アフリカの女性と連帯して闘うという視点を持つ必要を求めていたのは明らかである。また、それゆえ彼女は、そうした平

157

等な視点に立たない限り、西洋フェミニズムがFGM廃絶の真の支援になることはないと考えていたに違いない。レヴィンは、*SJ*が「女性達の身体から女性達自身を追い出そうとする、全世界的な動きを擬人化している」(*Waging* 49) と述べ、その理由については、「クリトリスは所有の換喩であり、その切除は徹底的な植民地主義と追放を意味しているからである」(*Waging* 49) と、テクストに含意された、アフリカだけではなく西洋社会の女性をも含む、ウォーカーのグローバルな視野を捉えている。

　タシがFGMを受けた理由は、一義的には民族的ナショナリズムが背景にあり、二義的にはオリヴィアの人種主義が後押ししたことはすでに見たが、FGMの施術後にタシの孤独がさらに深まっていく場面には、当事者の尊厳を守ることがどれほど重要な意味を持つのかが、オリヴィアの態度を通して一層強調されているように見える。というのも、タシと再び向き合うオリヴィアには、彼女自身が自己を喪失しているがゆえに、タシの抵抗を真に理解できない様子が詳細に描写されているからである。

　それはまず、オリヴィアが西洋の医療器具によってタシを物理的に助けることはできても、精神面では支えることはできない様子に顕著に見て取れる。オリヴィアは、タシがFGMを受けた後、事実上引き籠りのような生活を送るようになるとき、親身になって彼女の身体の傷を癒す手助けをする。オリヴィアの、「アメリカで、私達は傷の背部の汚れを取り除くという問題を解決した」(67) という言葉に読み取れるように、彼女はタシの傷口を医療用のスポイトで清潔に保つことにより、彼女が普通の日常生活を取り戻せるよう懸命に支援する。友人の抱える身体的困難に手を差し伸べ、共に解決しようとするオリヴィアの行為は西洋の善と言えるものであり、その行為自体はとても尊い。しかし、後にタシが処刑される日が近付いても、彼女がマリッサを殺害した真の理由をオリヴィアに明かせない場面では、彼女がオリヴィアに対して心からの信頼を喪失したままであることを強くうかがわせる。

　タシがオリヴィアに深い感謝の気持ちを持ってはいても、心底から信頼感を抱けないのは、オリヴィアが白人支配社会の価値観の中で、自己を喪

失しているからに他ならない。オリヴィアがタシに対して優越的に振る舞った自身の過ちに気付けないことは、祖先を奴隷にし、現在も尚彼女を支配・抑圧し続けているアメリカの白人至上主義に対し、彼女が闘う視点を持ちえないでいることと決して無関係ではない。このことが、逆説的に、彼女がオリンカの父権制に対するタシの最後の抵抗を真に理解できない理由を裏付けてもいる。

　一方、オリヴィアとは異なり、タシが父権的抑圧に対して抵抗の精神を示せることは、彼女が幼い頃から「物語を話すことへの情熱」(27)を心に抱いてきたこととも深く関連しているように思われる。例えば、彼女はマリッサの殺害容疑でオリンカの法廷に立つとき、「あなた方は、私が喪失したものを知る勇気がありますか」(35)と思いの丈をぶつける。そして、裁判官や弁護士、聴衆のほとんどが故意に無関心を装うのに対し、彼女は自ら創作した物語をその場で語り始めている。この、タシが物語を語る意味について、ジェネヴァ・コブ・ムーア（Geneva Cobb Moore）は、タシは植民地主義によって「彼女の文化が疲弊させられていくとき、彼女が示す文化的な尊大さではもはや折り合いをつけることができず、『物語を話すことへの情熱』を発展させ、狂気に陥っていく」(114)と指摘する。言い換えれば、ムーアはタシの物語を彼女の狂気と同一線上に捉えているのである。

　確かにタシは、自分には「現実を避け、空想と物語の世界に逃げる長年の傾向」(132)があると、レイの前で自己を分析してもいる。しかし、タシにとって物語を語ることは、単なる現実逃避以上の意味を持っているのではないだろうか。というのも、彼女は法廷で、「私の空想の生活。もしそれがなかったら私は存在することが怖い。タシである私は、一体誰なんだろう、アメリカで『エヴリン』ジョンソンに改名した私は？」(36)と、物語の重要性を改めて認識し、懸命にアフリカ人としての自己アイデンティティを保とうと独り葛藤するからである。しかも彼女は、レイと話しながら、「物語は、真実を表すただの仮面なんじゃないかしら？」(132)と、その役割を深く突き詰めてもいる。すなわちタシは、物語が現実を別

159

の形で表現する手段であることを発見し、そのことを自身の言葉で定義できる。したがって彼女の「物語を話すことへの情熱」とは、植民地主義やFGMという彼女を狂気に陥れるような過酷な現実に対し、むしろそうなることを避けて自己を保つための、彼女独自の創造力という抵抗力として捉える方が、より彼女の心に添っているように思えるのである。

しかし、タシのこうした抵抗が法廷で全く理解されないことは、彼女が話し始めると自制心を失った人物と見なされ、法廷中が笑いに包まれる様子に明白である。だがタシは、民族の誇りであるマリッサを殺した犯罪者として一方的に裁かれる状況で、単に孤立させられているだけではない。傍聴席に座っているオリヴィアが、彼女の物語を聞いて微笑みを浮かべるのを見たとき、一層深い孤独を味わっている。

> "Even Olivia, when I cast a glance at her, was smiling. Oh, Tashi, her look seemed to say, even here, on trial for your life, you are still making things up!" (35-36)

この場面でタシは、オリヴィアの表情から、オリヴィアが彼女の物語を単なる現実逃避としてしか受け止めていないことをはっきりと知る。すなわち、「物語を話すこと（storytelling）」は「嘘をつくこと」という意味も示唆するように、オリヴィアはタシの物語を抵抗手段としては全く認識できず、嘘と見なして卑小化しているのである。狂気とは対極にある、物語の中に隠されたタシの本心を理解しようとせず、むしろ否定するようなこのオリヴィアの姿は、父権制に対してタシと共に立ち上がるという基本的な視点を欠くものである。ウォーカーはここに、抵抗者ではないオリヴィアと抵抗者であろうとするタシとの、本質的な違いを見せたかったに違いない。そしてそれにより、自己アイデンティティの確立と抵抗の精神とが不可分であることを強調したかったのであろう。FGMの当事者のアイデンティティを尊重することは、まさに、彼女達の抵抗を理解し、共感することに他ならず、それなくしてFGM廃絶支援はありえないのである。

第 3 章　FGM 廃絶へ向かって

　ウォーカーは、従来の西洋フェミニストが犯してきた、アフリカに対する人種主義に根差した優越意識という典型的な過ちをオリヴィアに重ねて描くことにより、世界に遍在する父権制から、西洋フェミニスト自身も自分自身を解放するという視点を持つことの重要性を示した。そしてそこには、アフリカの女性と真の連帯を築くために、互いのアイデンティティを尊重し合い、共に対等な立場で、共に父権制に立ち向かう視点を西洋フェミニズムに求めていた、ウォーカーの地球を俯瞰する視座を読み取ることができるのである。

第 4 節　西洋をアフリカとつなぐ「普遍的自己アイデンティティ」

　ウォーカーが希求するような西洋とアフリカの真に対等な絆は、スイスのチューリッヒ湖畔に住む、精神分析医の白人男性ムゼー（Mzee）とタシが互いに育んでいく信頼関係を通して具現される。ムゼーは講演で世界中のどの国々を訪れても、「ヨーロッパは諸悪の母である」(85) と堂々と公言できるほど、西洋史を客観的に捉えられる視点を持っている。また、彼がケニアを訪れた際に、現地の人々が、「オールド・マン」(85) という意味の「ムゼー」という語で親しみを込めて彼を呼ぶようになった経緯からも、彼が内省的思考を深め、寛容と忍耐を学び、西洋の優越主義的視点を克服するべく努力してきた人物であることが見て取れる。ウォーカーは、こうしたムゼーの自己変革に努める真摯な姿勢に、タシに対する救済の役割と同時に、西洋人としての自己アイデンティティを超えた、より広い意味での自己解放を期待しているように見える。
　ところで、ムゼーという人物に付与されている、スイス人の精神分析医という特徴から容易に想像されるのは、まさに実在したスイスの心理学者・精神医学者のカール・グスタフ・ユング（Carl Gustav Jung, 1875-1961）であろう。事実、ウォーカーは *SJ* の表紙に、ユングが自ら彫刻を施したとして知られる立方体の石に、彼女の右手がそっと触れている様子を描いた絵を載せており、この小説とユングとの関連を強く暗示している。

161

ウォーカーがエッセイの中で、このユングの石を「変容と超越を象徴する石」(*Anything* 121) と解釈していることからも、ユングの心理学や精神分析法に対する彼女の肯定的な視点が読み取れるが、彼女が*SJ*を執筆する直前の1990年に、実際にスイスの彼の研究所や生前の家を訪れている様子からは、ユング自身に対する彼女の並々ならぬ深い尊敬と思慕の念がうかがえる。そのときの訪問について、彼女は次のように回想している。

> I knew this was the last journey I had to make before beginning to write *Possessing the Secret of Joy,* a story whose subject frankly frightened me. An unpopular story. Even a taboo one. An ancient story. A modern story. A story in which I would call on Jung's spirit to help me confront one of the most physically and psychologically destructive practices of our time (and of thousands of years before our time), a practice that undermines the collective health and wholeness of great number of people in Africa, the Middle East, and the Far East and is rapidly finding a toehold in the Western world: the genital mutilation of women and girls. (*Anything* 121)

ウォーカーは、実際にユングに会うことはできないにしても、彼が残したものに触れたり、目にしたりすることにより、FGMと対峙する覚悟を新たにしたのであろう。ここで彼女が十分認識しているように、西洋の小説でFGMという主題に取り組むことは、数千年に及ぶ人類のタブーへの新たな挑戦と言えるだけではない。彼女には、西洋とFGMを実施する国双方の人々による、文化相対主義的視点からの激しい批判や、文学と政治的アクティヴィズムの関係に絡む問題の浮上も当然予測されるものであったはずである。

　しかし、全ての抑圧される者の権利のためにペンで闘うアメリカ黒人作家の伝統を継承するウォーカーにとって、この問題を無視したり避けて通ったりすることは自分自身に対する裏切りに思えたに違いない。ウォー

第 3 章　FGM廃絶へ向かって

カーの次の言葉は、*SJ*創作に託した彼女のそうした思いを、全て言い尽くしているようにも見える。

> I believe with all my heart that there is at least one little baby girl born somewhere on the planet today who will not know the pain of genital mutilation because of my work. And that in this one instance, at least, the pen will prove mightier than the circumciser's knife. Her little beloved face will be the light that shines on me. (*WM* 25)

　ウォーカーは、*SJ*によってFGMから逃れられる少女が一人でも現れることを切実に願っている。このことから、彼女が*SJ*を西洋とアフリカとの懸け橋にしたいと考えていたことも伝わってくる。実際、ユングを想起させる西洋の精神分析医ムゼーが肯定的に描かれている場面では、彼は西洋とアフリカの新しい懸け橋になっている。

　先行研究でも、*SJ*のテクストへのユング心理学の影響を指摘する者は多い。しかし、テクストにおけるユングの心理学や精神分析の役割だけではなく、ユング自身の人生とムゼーの人生との関連性にも注目しているグリューサーは、「タシが自分の子ども時代の記憶に立ち向かえるように、彼女の悪夢の意味を読み取れるように、そして彼女自身の痛みを認められるように支援するのは、他ならぬスイスの精神分析医カール・ユングである」(117)と述べ、テクスト全体を通し、「そびえ立つような存在として」(117)現れる彼の重要性を指摘する。グリューサーの、ムゼーとユングに関する詳細な比較分析によれば、ムゼーにはユングを想起させるというよりも、ユングその人であると言えるほど類似した点があるようである。

　それらはおそらく、ウォーカーが意図的に描いたことに違いない。というのも、彼女はユングとムゼーの密接な関係についてインタビューなどで再三触れており、ムゼーという登場人物に込めた特別な思いを繰り返し強調しているからである。例えば、2008年に再出版された*SJ*のために書き下

ろした序文の中で、ウォーカーは*SJ*の創作当時、多くの心理学者や精神科医の「英知や恩寵」(xi) を求めたことを改めて振り返り、「そのうちの一人、カール・ユング博士が、ムゼー、つまりタシを少しずつ優しく導いていく『オールド・マン』として小説に登場しました」(xi) と述べている。そして彼女は、2009年のルドルフ・P・バード（Rudolph P. Byrd）との対談の中でも、「彼の著作を最初に読んで以来、彼は気の合った仲間であると感じています。だから私は『喜びの秘密をもつこと』に登場人物として組み入れたのです」(321) と、再びユングに言及している。

　ムゼーがタシと出会う場面は、一般的に医者と患者という立場から想像されるような、上下関係が作り出す緊張状態とは無縁の、穏やかで優しい思いやりに満ちたものとして描かれる。そして、タシの彼への信頼が、次第に彼女の閉じていた心を開かせ、彼女に自分の過去と向き合う勇気を与えていく。とりわけ、彼がタシに接するときの態度は、彼女がこれまでに出会った他の白人男性の精神分析医や白人の医者とは、明らかに異なっている。彼らは皆、個人としてのタシを見ようとはせず、ただ皮膚の色のみで黒人と一括りにして診察したり、アフリカの神々の像や部族の織物を陳列した治療室に彼女を通し、異国の珍しい品物と同様に、彼女を客体化・相対化するような対応を取ったり (10-11)、自分とは異なる人種の彼女を、「彼の専門職の、より偉大な栄光のために」(11) 利用したりするが、ムゼーは彼女の尊厳を無視するような、人種主義的態度を決して取ることはない。そのうえ彼は、アダムのように女性差別主義的視点を持って彼女の発言を封じることもない。

　グリューサーによると、ユングが患者に接するときの態度もそのようなものであったらしい。グリューサーは、ユングが自分の夢の中で、ある女性患者に対する彼自身の見下すような態度を反省させられる体験をし、ユングが彼女にそのことを打ち明けたところ両者の関係が大いに改善したというエピソードを取り上げ、次のように主張する。「このエピソードは、ユングの精神分析法について多くのことを明らかにしているだけではなく、女性に対する自分の不公平な態度に気付き、それを改め、彼女を平等

な者として扱うようになる一人の男性を示している。そして、それは明らかに、*SJ*の主要な目的の一つと符合するものである」(119)。

　実際、ムゼーとタシとの関係においては、タシが変化していくのに伴い、彼もそれに連動して変化するような、彼自身も共に精神的な成長を見せる点が非常に特徴的である。例えば彼は、タシがまだ言葉によってではないものの、絵を通して自分の内面にあるものを表現し始めるとき、それを温かく見守るだけでなく、その絵が次第に大きくなって紙に収まらなくなるときには、彼の家の白い壁を提供する寛容さも示す。そして、タシが自身を脅かすものと見なす、「羽のある巨大な創造物」(78) を描き始めると、そうした彼女の行動を彼女自身の過去に対峙する姿として受け止め、深い理解を示しながらその完成を静かに待ち続ける。

　タシのこうした自己表現の芽生えは、FGMによるトラウマから彼女自身を解放する出発点になることから、非常に重要な意味を持っているが、ムゼー自身の精神分析法にも変化をもたらすものとなる。例えば、タシとアダムが、「あなたが最後の希望なんです」(53) とムゼーに全てを託そうとするのは、ムゼーこそが彼らの問題を解決してくれる唯一の存在だと望みをかけるからであるが、彼は逆に、「君達自身こそが、君達の最後の希望なんだよ」(53) と二人を励ます。その姿勢には、医師の彼が救済者なのではなく、むしろFGMの当事者であるタシの中にこそ、彼女自身を救済する力があると信じている様子がうかがえ、そこには彼の目指す、人間同士の信頼に基づいた新しい精神分析法への開眼が読み取れる。

　ムゼーがタシの自主性を最大限に尊重するのは、彼がタシの内面にある可能性を信じればこそである。実際、タシが不眠不休で貪欲に描き続ける絵は、彼女の心に封印されていた少女時代の記憶を少しずつ呼び覚ましていく。それは、彼女の姉デュラ（Dura）の切り取られた女性器を丸呑みにした、一羽の鶏の巨大画である。タシは絵を描きながら、施術者マリッサがその肉片を彼女の足の指の間に挟み、鶏に投げ与えていた様子をまざまざと思い出し、マリッサが「ちっぽけな、けがらわしい」(75) ものと嫌悪していたそれが、女性器であることをはっきりと理解する。そして鶏が

それを急いで丸呑みにする様子は、タシにとってまさに「耐えがたい瞬間」(74) であっただけではない。彼女は自分の描いた鶏を「けだもの」(80 強調原著) と呼んでいるように、この一連の出来事が、少女だった自分の心に強い恐怖を刻み込んだことを悟る。タシの絵はまた、痛みと恐怖から姉が上げた絶叫に引き続く、姉の死を象徴するものでもある。それゆえ、絵を通して姉の死に向き合うことは、姉の喪失によって味わった強い恐怖や悲しみを心に抑圧してきたことから自己を解放する、重要な役割を果たすのである。

　したがって、ムゼーのように、FGMの体験を思い起こせるよう当事者の女性を励まし、支援することは、非常に大切なことに違いない。事実、ウォーカーは、FGMを受けたときに少女の心に刻まれた記憶がもっと重んじられるべきだと考えている。それゆえ、その痛みを軽視・無視するばかりか、その痛みの記憶を否定さえするような当事者の女性に対しては、次のように強く反論する。

> Most women start out saying they forgot the pain. But when you ask, they say they would abolish it as tradition. And when you ask why, they always say because of the pain. So it's something that they have fooled themselves into thinking they have forgotten and they hope their daughters will have forgotten by the time they are their age. But of course they don't forget and the body does not forget. The body does not forget pain. (*WM* 347)

ウォーカーの言葉からは、FGMを実施する社会では、女性自らが自身の記憶を検閲しており、「痛みを忘れた」という言葉によって自身を欺き、自己を抑制している様子がうかがえる。だが実際、彼女達はいくら精神力によって痛みを否定しようとしても、身体がそれを記憶している以上、それが不可能であることを自ずと認めている。ウォーカーは、痛みを認めようとしない彼女達の自己矛盾を見抜くだけではない。こうした態度が、さ

第3章 FGM廃絶へ向かって

らに次世代の女性を犠牲にしていく現実を直視していく。

　タシの場合も、姉の死を忘れるよう周りの人々に強要され、それに黙従したことは、FGMによる痛みを自ら否定した行為に他ならない。それは、オリンカの父権社会において、女性達が痛みを忘却しようとするときの自己欺瞞的行為と同様であり、結局、姉と彼女自身に対する裏切りであった。しかし、彼女が自身のトラウマの原因を過去に遡って突き止められるとき、ムゼーはタシの少女時代の記憶を決して否定しようとはせず、彼女の痛みをそのまま受容する。こうした彼の態度がタシを絶望から救い出したことは、彼女が自分の気分の改善を、「計り知れないほど」(82) だと告げる言葉に明らかである。

　さらに、ムゼーに受容されて自己肯定感を抱くことができたタシは、「私の喉には巨石がひっかかっていた」(83) と述べているように、初めて自分の本来の声や自然な感情を意識する。そのタシが、「その巨石は一つの言葉だった」(83) と見定める場面は、真実を発することの重要性を彼女がついに認識したことをうかがわせる。それはデュラの死に対する、これまでとは全く異なる、彼女自身から生まれる新しい表現である。

> She'd simply died. She'd bled and bled and bled and then there was death. No one was responsible. No one to blame. Instead, I took a deep breath and exhaled it against the boulder blocking my throat: I remembered my sister Dura's *murder*. I said, exploding the boulder. (83)

この場面において、タシは初めて自分が見た真実を、自身の言葉でムゼーに語っている。タシは子どものとき、村から離れた場所で行われる姉の成人儀礼に密かに付いて行き、草むらの中に隠れながら、小屋の中から漏れる姉の最期の絶叫を聞いた。今や彼女はそれを、「姉デュラの殺人」という言葉で表現する。このように、姉の死を単なる死ではなく、「殺人」として捉え直せることは、姉に死をもたらした者の責任を明確にするという

意味で、彼女がFGMの真実へ近付く第一歩だと考えられる。
　タシにとって非常に重要な意味を持つこの出来事について、共同研究者であるリン・パイファー（Lynn Pifer）とトリシア・スラッサー（Tricia Slusser）は、「誰にも責任は無いという以前の考え」(53)とは異なり、タシが今や、デュラの殺人の責任をマリッサに帰していく様子を、抑圧された感情を解放するという意味で、「自然な自己表現」(53)と見なしている。そしてタシのこうした変化を、「過去から切り離された」(53)これまでの姿から、修復された一人の女性の姿として肯定する。サンプルも、「いったん彼女が、自分の苦痛の原因をはっきりと命名し、抑圧された感情を明るみに出すと、傷の治癒が始まる。二人の姉妹をつないでいるその継続する痛みをタシが認識することは、大切な最初の一歩である」(171)と高く評価する。
　ここでパイファーとスラッサー、またサンプルは、デュラの死をタシが「殺人」と定義したことを、〈名称付与〉と捉えているのであろう。この〈名称付与〉とは、『コロンビア大学現代文学・文化批評用語辞典』によれば、「名称を付与された者を支配する道具」(281)として、支配者側が支配の手段として利用する行為でもある。だがこの行為には、被支配者側が、自身に「力を与える自己定義の場として、すなわち、自分自身のアイデンティティを変更し、自己についての押しつけられた記述を退ける手段としても機能し得る」(282)面がある。パイファーらがタシの行為を〈名称付与〉と見なすとき、彼女の行為は明らかに後者の機能として受け止められている。したがってウォーカーは、こうしてタシが自己決定権を獲得する姿を、彼女の自己解放の出発点として明確に位置付けたと考えられる。
　これらのことから、医師と患者という垣根を越えてタシに寄り添い、彼女に姉の死を再定義できるほどの勇気を与え、自己喪失から立ち直れるよう支援したムゼーの姿勢を、ウォーカーが強く肯定していたのは間違いない。ウォーカーが対談の中で、FGMによって傷付いた者に寄り添う、〈証言者の役割〉の重要性について述べた考察は、その証左であると言える。

第 3 章　FGM 廃絶へ向かって

> And I think that there is power in that because if you have ever been hurt in privacy by anyone, and you have a sense that no one knows this, and this is something that is yours alone to bear, you know how hard that is, it's a double oppression. But if you have just one person, a teacher, or a friend, or whoever, who at least stands beside you in this role as someone who just knows, then whatever the hurt is is shared. ("Giving Birth, Finding Form" 115)

ウォーカーは上記の発言の前に、「もしあなたが、魂を破壊されたり、精神を押し潰されたりするようなひどいことが現実に起きている状況にいて、たとえあなたが何もできなかったとしても、あなたはそれについて証言することはできるのです」(115) と述べ、FGMの存在を知ったとき、それによって傷付いている人々を孤独にしないことこそが重要であると主張している。ウォーカーは、彼女達が支援を必要とするときに、証言者がこうした役割を果たすことによって彼女達を「二重の抑圧」に陥らせないことを、何よりも重要視する。それゆえウォーカーは、西洋の人々がアフリカの女性がFGMによって苦しんでいる事実を知るとき、まず彼女達の痛みを受け止めることこそがFGM廃絶には肝要であるというメッセージを、西洋の医師ムゼーの姿に込めたのであろう。

　そのムゼーが、タシに対して共感を示すだけでなく、さらに「タシになされたことに対して恐怖を感じる自分、でもそれを私にもなされたこととして認識する自分」(86) と、自身の内面を見つめながらタシと一体化していく場面は、強い感動を呼ぶ。このとき彼は、タシと自分とが分離していた状態から合一した状態になった瞬間をはっきりと自覚し、それを「普遍的自己アイデンティティ (universal self)」(86) と名付ける。このことは、彼が自己解放の最終段階に到達したことを明白に伝えると同時に、ウォーカーが*SJ*で訴えたかったことの本質と言えるほどの重要性を持っているに違いない。というのも、ウォーカーはこの、自己と他者を超越するような概念について、次のように述べているからである。

It is a serious thing that we are talking about being done to the human body. Wherever the human body is, we are one body, and that is why women faint when they hear about female genital mutilation being done to another woman. They know it's also their own body. (*WM* 272)

ウォーカーは、FGMについて初めて聞き知る女性の多くが示す反応を見て、人間の身体は自分自身のものだけではなく、自己と他者の境界を超えた、「一つの身体」であると確信したように見える。しかも、彼女はそれを女性だけが感じられるものと限定して捉えてはいない。男性のムゼーも、タシに起きたことに衝撃を感じた自己を、真に普遍的な自己として認識することができる。すなわちウォーカーは、ムゼー個人のみの精神的な広がりを描いているようには見えても、実は誰もが人種や性別を超えた、「普遍的自己アイデンティティ」を持てる可能性を、強く訴えていたのである。

ところで、こうしたムゼーの自己解放とは異なり、生前のユングの精神的成長には限界があったことは、ウォーカーの求める人間の成長を考察するうえで大変興味深い。グリューサーは、ユングの「黒人の心理について」という1913年に出版された論文や、様々な講演会での彼の発言、また他のユング批評家の研究を引用しながら、ユングがアフリカ系アメリカ人の中に、ヨーロッパ人と同様の、「普遍的無意識[1]の概念の証拠」(119)の存在を認め、それゆえに植民地主義の残酷さを認識しながらも、アフリカ人やアメリカ先住民を原始的と見なすような、植民地主義的思考様式を完全には払拭できなかった点を指摘する (119-20)。

ウォーカーがこうした事実を知っていたのかどうかは分からない。しかし、ウォーカーがムゼーにユングを重ねながら主張したかった最も重要な点は、人間は自己意志と努力によって自己を変革できるという、人間の可能性だったように思える。グリューサーが、ユングの限界を指摘しながらも、ウォーカーをユングに惹きつけたものは、「明らかに、セラピストとして、ヨーロッパ白人として、そして一人の人間として、彼自身とは異な

第3章　FGM廃絶へ向かって

る人々を理解し、共感しようとするユングの能力である」(120) と述べ、ムゼーに込めたウォーカーの真の意図を洞察しているのも、そうした観点に立つからである。

　ウォーカーはまず、ムゼーの自己変革の第一段階として、彼が人種主義を克服する様子を示した。それは、西洋植民地主義がアダムとタシに与えた苦痛を、彼が「筆舌に尽しがたいほどの苦痛」(86) と認識するだけではなく、「私は彼らの中に自身を見出している」(86) と言えるまで、その苦痛を自身のものと捉えていく様子にうかがえた。そしてさらに、ウォーカーは、FGMを知ったムゼーが性別を超えた自己と他者の一体感をタシに抱く姿に、人間の真の自己解放を体現させた。このように変容を遂げたムゼーは、ウォーカーが理想とする、全ての抑圧から解放された人間を象徴する人物像になり得ている。そして、タシが姉の死を「殺人」と命名できたことは、まだマリッサという、施術者のみに対する批判の域を出ていないとはいえ、彼女がFGMという父権的暴力に立ち向かう、大きな一歩と見なせる。それゆえ、彼女にこうした視点をもたらしたムゼーの「普遍的自己アイデンティティ」に、ウォーカーがグローバルな連帯意識を託していたのは間違いない。

第5節　「普遍的自己アイデンティティ」とアメリカの民主主義のつながり

　ムゼーはタシの痛みを自身の痛みとして受容するとき、傍観者という〈自己〉と当事者という〈他者〉を超越した、FGMを自分になされたものと捉える「真に普遍的な自己」を獲得する。そして、彼が到達したこの概念を、今度はタシが内面に取り込んでいくとき、彼女はそれを着実に彼女独自のものへと発展させる。アメリカでの生活により、FGMの痛みを公にする大切さと方法を学んだタシが、祖国オリンカに戻り、周囲に沈黙を破るよう働きかけていく姿勢には、人間の自由と平等を信じる民主主義的思考の萌芽が明らかに認められる。

　タシはムゼーとの深い信頼関係の中でついに自己を回復することができ

171

たが、このことは逆に、もしムゼーに他者から学ぼうとする真摯な姿勢が無ければ、彼女が自身の痛みを表現できるような機会はおそらく訪れなかったであろうということを強く暗示してもいる。すなわち、タシの体験がとても貴重であることは、逆説的に、FGMの当事者である女性達が、自身の痛みを表現する場や機会を現実にはまだ十分に得られていないという窮状を反映すると同時に、そうした自己表現が彼女達にとっては必要不可欠であることを示唆してもいる。

　事実、タシは抑圧された感情を解放することによって、それまでの思考を転換させられたように、そうした経験はFGMを受けた女性が自己を回復するために踏むべき重要な段階として、次第に知られるようになってきている。例えば、ジャーナリストのウベール・プロロンジョ（Hubert Prolongeau）による、フランス人男性外科医ピエール・フォルデス（Pierre Foldes）の活動と現在の取り組みを記録した、『FGMを元通りに－クリトリスを再建する外科医ピエール・フォルデス－』（*Undoing FGM: Pierre Foldes, The Surgeon Who Restores Clitoris*）には、そのことが詳細に紹介されている。

　フォルデスは、FGMによって損傷を受けたクリトリスの再建術を考案し、現在、フランスでその手術を行いながら、同時にその技術を周りに広めているだけでなく、彼自身もFGMに反対するアクティヴィストとして積極的に活動してもいる。[2] 彼は、「治療の本当の意味は、耳を傾けることであり、彼女達が自分の苦痛を表現できるような、そして、もしそういう機会が無ければ沈黙させられてしまうようなことを、主張できるような会話に彼女達を引き入れることなのです」（228）と述べ、FGMの犠牲になった女性達にほとんど発言の機会が与えられていない、差別的現状を変えようと奮闘している。

　彼は、女性達に治療を行う前に、まず彼女達が彼の診療所を訪れた理由を自分の言葉で語れるよう、出来る限り時間を取るようにするという。彼が特に、彼女達の精神面や自主的な発言を重要視するのは、以下のような理由による。

第3章　FGM廃絶へ向かって

> They've endured extreme violence that must be expressed. Why? To conquer shame, to understand that something thought to be good is bad, and to escape fear of others' censure. Giving birth to the word is the primary pain. I can't do it for them. Afterwards, we can talk, but not until then. This consultation links before—denial, with afterward— recovery. (168-69)

　フォルデスは、当事者の女性が自己否定や罪の意識から口に出せなかったFGMの痛みについて、自ら表現することこそが精神と肉体の回復への第一歩だと考えている。実際、彼女達は自分がFGMを受けたことを認め、「私は切除されました。だからここに来たのです」(168) という言葉を口にすることができて初めて、能動的に治療に向かえるという。この言葉は、まさに彼女達が自身を否定していた段階から、自尊心を感じられる瞬間を象徴するものだと言える。

　女性の自己表現を尊重するフォルデスの上記の主張がタシの自己回復のプロセスと似通っていることは、大いに注目に値する。実際、彼は診療を通して多くの女性が置かれている状況を知った結果、FGMを「犯罪」(188) として明確に定義する。そして、その犯罪を可能にしている要因は、女性達が痛みを十分に表現できていないからだと考え、「全ては苦痛を伝達するという能力にかかっているのです」(188) と、当事者の声の重要性を強調する。この主張は、タシがオリンカ到着後に標語を書く場面ともつながることから、彼女の主体的な行動を考察するうえで大変示唆に富むものである。

　それはある日、タシがサンフランシスコの精神病院で、偶然『ニューズウィーク』の記事を目にしたことに端を発する。彼女はその記事から、マリッサがオリンカの習慣や伝統に忠実であり続け、独立戦争の際に傷病兵の看護にも貢献したことにより、国家の英雄的人物になっていることを知って大きな衝撃を受ける。というのも、タシは今やマリッサを犯罪者と

173

見なしているからである。このとき彼女は、故郷に戻り、マリッサと対峙することを決意する。だがそれは、国家への叛逆罪になることを承知のうえでの一人の女性の闘いに他ならない。事実、FGMを受けた女性が自身の痛みを公表することは、精神的に大きな重圧を被るだけでなく、同族からの排斥や命の危険さえも伴う行為なのである。フォルデス自身も、過激なイスラム教徒から死の脅迫や攻撃を受け、日々命の危険を感じながら治療をせざるをえない状況に置かれている。こうした現実の過酷さに鑑みると、タシの行動が彼女自身の命を賭けた勇気あるものであることは想像に難くない。

まずタシは、オリンカの空港に着陸するとき、様々な広告塔がアメリカの商品を騒々しく宣伝する様子を機体の窓から眺め、何であれ書き物が大衆へ訴えかける有効な手段となることに気付く。

> And I thought: Of course! This excrement is the reading matter of the masses. I am only one old and crazy woman, but I will fling myself against the billboards. I will compete. (109-10)

タシはアメリカで暮らす中で、自然に目に入る「標語やバッジ」(109) が人々の様々な主張を代弁していることに気付いてはいたが、そのときはまだ、自分とは関わりが無いものとしてただ眺めるだけであった。だがこの場面では、彼女はその公共性を自分とつなげて真に理解し、女性の痛みを公表する手段として、自身の闘いに利用しようと考える。パイファーとスラッサーはこのようなタシの姿勢について、「彼女は、反政府的意見の表明には危険が伴うことを理解しているが、信念を公言するために、その危険を冒すことを選ぶ」(53) と、その決意の固さを指摘する。

こうしたタシの闘いが、単に個人の自己主張という目的のためではないことは、彼女の精神的な成長を考えるうえで極めて重要な意味を持つ。タシが紙に大きな黒い文字で書く、「もしあなたが自分の痛みについてあなた自身に嘘をつくならば、あなたは、あなたがそれを楽しんでいたと主張

する者によって殺されるだろう」(108) という標語には、自分自身に対する強い自戒の念が読み取れるだけではない。タシはより広くオリンカの女性の窮状を考慮しており、この言葉を通し、彼女達に決して現状のまま沈黙していてはいけないという警告と、行動を促す強力なメッセージを発信しているのである。

　しかもこのメッセージは、単に女性は声を上げない限りどんな痛みにも耐えなければならないという、表面的な意味だけを指しているのではないであろう。父権制の下では、女性の沈黙や忍耐の姿勢は、女性とは痛みに苦痛を感じず、むしろ〈楽しむ〉者であるとさえ読み替えられもすることはすでに述べた通りであるが、まさにそれこそがFGMを正当化する側の論理である。パイファーとスラッサーは、そうした拡大解釈には男性支配を正当化する意図があると的確に指摘する (54)。それならば、そうした父権的欺瞞を打開する以外に女性の生きる道はない。それゆえ、タシがここで女性の沈黙を批判するのは、女性こそが父権的欺瞞を許し、女性の苦痛を永続させる者だと見抜いたからに違いない。すなわちタシの警告は、男性という〈支配者〉と女性という〈被支配者〉との共謀や、女性の父権制への加担を糾弾したものと読むことが可能である。ここには、アフリカの次世代の未来への、ウォーカーの強い危惧が反映されていると言っても過言ではないであろう。

　事実、ウォーカーは、FGMが母から娘へ、祖母から孫娘へというように、女性によって継続されている実態を、子どもの視点から裏切り行為として捉えている。

> But the mother's betrayal of the child is one of the cruelest aspects of it. Children place all their love and trust in their mothers. When you think of the depth of the betrayal of the child's trust, this is an emotional wounding, which will never go away. The sense of betrayal, the sense of not being able to trust anyone, will stay with the child as she grows up. (*WM* 274)

もっともウォーカーは、パーマーとの対談でも、母から娘へという方法で女性達がFGMを継続している理由を、「その主なものは、伝統の重みや、あまりに長く続いてきたので、彼女達がそれを変えることはできないという無力感だと思います」(349) と述べているように、FGMの責任を全て現在のアフリカの女性だけに帰すことはできないことは、十分に理解している。しかし、それでもウォーカーは、子ども達の愛情や信頼を裏切らないことを最も重視すべきだと捉えており、子ども達の未来のために、まず女性達が勇気を持って立ち上がることを切望しているように思われる。

　さらに、ウォーカーが女性同士の間ですらFGMの痛みを正直に共有できず、彼女達が連帯するのは容易ではないと認識していることも、タシに紙を売った文房具店の若い女性が、タシに対して法廷で不利な証言をする場面に表されている。彼女はタシの標語について尋ねられ、その内容を述べるように裁判官に要求されるとき、「もちろん、私は何のことかわかりませんでした」(108) という言葉によってタシを裏切る。このとき彼女は、自分自身に嘘をつくことに対するタシの警告を思い出し、一瞬のためらいを見せはする (108)。しかし、その一瞬のためらいは、彼女に沈黙を強いる外的抑圧に抗おうとする人間的欲求を垣間見せてはいるものの、命の危険や目先の保身が先に立つためにすぐに消失してしまうのである。

　ところで、女性が女性を裏切るようなこうした行為は、FGM廃絶運動の中でもしばしば起きており、運動を後退させる大きな要因になっているようである。それについて、マリ共和国出身のフェミニスト作家で政治家でもあるアワ・シアム (Awa Thiam) は、ウォーカーとの対談の中で次のように激しく非難する。「女性の権利のために努力している女性にとって、父権的イデオロギーに完全に同意する女性ほど、ひどい敵はいないのです」(*WM* 288)。シアムは、彼女達が女性の権利自体を西洋文明を象徴するものと見なし、原理主義的な伝統の価値を信奉する思考様式を持っていると批判する。そして、その状況を打開するためには、論理的な議論を通して女性達を啓発する必要があると強く訴えている。

タシの標語も、こうした二項対立的な思考様式に陥りがちな女性達を啓発する意味を含むものである。タシは、「アメリカでは、何でも主張したいことがあれば、人々は標語やバッジを作るんだよ。でもそれに対して、決して誰も彼らを逮捕したりはしないんだよ」(109) と先の文房具店の女性に述べている。その姿には、困難とは知りながらも、女性達に自己表現の大切さや正当性を訴えずにはおれなかった、彼女の切実な思いが感じられるだけではない。そこには、アフリカ 対 西洋という二項対立的価値観を超えて、アメリカの民主主義的手段に可能性を見出し、オリンカの女性同士の団結を通して女性の自己表現を実現させようとする、タシの新たな戦略が見て取れる。

　この、タシの内面に萌芽した民主主義的思考は、彼女が標語を書くときに背景の紙の色を選択し直す場面にもはっきりと読み取れる。最初は深く考えることなく白い厚紙を選んでいたタシは、その白い色を見た瞬間に「白は、今回は犯人じゃないわ。私達の旗の色を持ってきてちょうだい」(106) と、抗議の対象を白が象徴する白人社会や文化ではなく、植民地闘争によってイギリスから独立したオリンカであると明確にする。このときタシは、自分の祖国を、女性も政治に参加したり発言したりできるような、自由な国にしたいと心の底から願っていたに違いない。

　さらに、タシの中の民主主義的思考は、彼女がマリッサに会う場面で独自の形へと発展する。最初タシは、部族の年長者を敬う、慎み深い女の振りをしながらマリッサに近付く。一方マリッサは、そういうタシに対し、「私は私の死を、まるで鏡を覗き込んでいるようにはっきりと彼女の目に見ることができた」(209) と、明らかな殺意を感じ取る。タシの目の中に、控え目な態度とは裏腹な強い復讐心を見て取ったマリッサは、その目を「狂気の女性の目」(209) と解釈しさえする。しかしマリッサに対するタシの復讐は、彼女がタシの気を逸らそうとして投げかけた、「アメリカ人はどんなふうに見えるんだい？」(210) という、何気ない質問によって保留される。そしてこの問いかけこそが、タシにアメリカ人のアイデンティティとは何かを見極めさせる、重大な意味を持つものとなる。

177

I asked the question softly to myself, and looked M'Lissa in the eye. The answer surprised us both.
　　　An American, I said, sighing, but understanding my love of my adopted country perhaps for the first time: an American looks like a wounded person whose wound is hidden from others, and sometimes from herself. An American looks like me. (212-13)

　この場面でタシは、アメリカ人を「傷付いている人」と定義するだけではない。彼女はFGMを受け、オリンカから逃れるようにアメリカへ渡り、今も尚トラウマを抱え続けている自分を、移民や移住を余儀なくされた、様々な歴史的な傷を背負う個々のアメリカ人の姿に重ね合わせている。そうした彼らの痛みは、彼らのそれぞれに異なる外見的特徴に見出せるものではなく、隠された彼らの内面を見ようとするときにしか見出せないものである。それゆえ、タシが自分との共通点を彼らの中に見出し、アメリカに対する「愛」を深く実感する姿は、人間同士の深いつながりを感じ取れるようになった、彼女の精神的飛躍を示すものである。この、タシが感じる人間同士の一体感には、ウォーカーが「全てのものとの一体 (oneness)」という言葉に込める、個人を超えた一つの大きな命という重要な概念を読み取ることができる。
　タシの得たこの新しい認識は、西洋社会の人という点で自分とは異なる〈他者〉と捉えていたアメリカ人を、〈自己〉として捉えるものに他ならない。それはムゼーが獲得した「普遍的自己アイデンティティ」と本質を同じくするものである。しかし、全ての人々の自由と平等や、人権の尊重を掲げたアメリカの崇高な建国理念に深くつながる性質を持っているという点では、タシ独自のものだと見なせる。それゆえ、この後タシが取る行動は、アメリカで培った民主主義を基に、彼女の信じる「普遍的自己アイデンティティ」を具現化しようとする、新しい運動だと考えられるのである。
　タシのそうした新たな能動性は、マリッサに対して施術者としての責任

第3章　FGM廃絶へ向かって

を追及する場面に最も強く反映されている。タシはマリッサを看護するムバティに代わり、老いたマリッサの身体を洗う機会を得る。そして、彼女はそれまで、FGMの施術者としてのマリッサしか知らなかったが、マリッサの内股の、「靴底のように固くなったケロイド状の古傷」(217) に触れたとき、彼女にもFGMの深い痛みがあること、すなわち彼女も自分も抑圧される同じ性であることを悟る。しかし、タシはそれによってマリッサを許すわけではない。むしろ彼女は、マリッサがFGMの痛みを知っているにもかかわらず、オリンカ語で割礼を施す者を意味する、「ツンガ (tsunga)」(221) として生きるために、少女時代の彼女自身の痛みを意図的に忘れていることを、多くの少女達への裏切りと見なす。「何度も何度も、何百回も何千回も、あなたはその少女を見たはずですよ。あなたのナイフの前で泣き叫んだのは、その子じゃないですか」(223) というタシの悲痛な叫びは、少女時代のマリッサをも含む多くの少女達と一体となった、集合的な声にも聞こえる。言い換えるなら、このときのタシは、もはやマリッサに個人的な怒りや憎悪のみをぶつける復讐者ではなく、犠牲になった多くの少女のために、マリッサの同情や共感を求める代弁者になっている。

　だからこそ、この場面はタシとマリッサが対立する非常に緊迫したものではあっても、FGMによる共通の痛みを通して両者が和解し、一体となる可能性を最も期待させられる。事実、タシは、「泣きなさい」(223) とマリッサに迫り、少女達の痛みへの共感を強く要求する。しかし、それに対するマリッサの反応は、涙という人間的感情の発露を激しく求めるタシを、完全に裏切るものである。

> Cry, I said. Perhaps it will ease you.
> But I could see that, even now, she could not feel her pain enough to cry. She was like someone beaten into insensibility. Bitter, but otherwise emotionally inert. (223)

タシは、もはや泣くことさえできないマリッサを、人間としての感情を失っ

179

た、魂の抜け殻のように感じている。家族の女性が皆、先祖代々ツンガであったマリッサは、この伝統的役割を遂行するために、「私は感じないことを学んだ。人は感じないことを学ぶことができるんだ」(221) と主張する。この言葉には、彼女が自分の感情を押し殺さなければこれまで生き延びることはできなかったという、人間的な深い葛藤がうかがえる。だが彼女がタシにそう告げながらも、自身の痛みや少女達の痛みに対して麻痺し、今も尚無感覚であり続けていることは、彼女がすでに自己意志さえも放棄していることをうかがわせる。それは、長期に渡り、彼女が孤独の中で自己を抑制し続けた歳月の重みを物語るだけではない。マリッサが体現するものは、結局、西洋中心主義の視点から見た、典型的な施術者の枠を超えることはできていないのではないかとさえ感じさせられる。

　しかし、タシとのこの対峙の直後に描かれるマリッサの内的独白には、タシの「普遍的自己アイデンティティ」の概念が、彼女にも少なからぬ影響を与えたことが現れている。これまでマリッサは、自分がいつも「強く勇敢で」(226)、伝統に忠実であり、人々を「一つの民族にするために」(226) 奉仕してきたと、民族的アイデンティティを確立するために与えられた役割を遂行した自分を誇りにして生きてきた。しかし彼女は、「でも私達は、子ども達の拷問者以外の何者なんだろう？」(226) と自問し、深い心情を吐露している。そこには、これまで彼女が固く信じてきた伝統に対する戸惑いや、自己を批判する様子さえ見て取れる。ここにおいてマリッサは、彼女を糾弾するタシとの心の触れ合いによって初めて自己を見つめられる。このことから、彼女は典型的な施術者を超えた、複雑な感情を持つ人物像になり得ている。

　こうしたマリッサの描写は、ウォーカーがFGMの施術者を、孤独で弱い、一人の人間として捉えていることをよく示してもいる。ウォーカーは、ガンビアで一人の施術者と直接対談したときのことを、以下のように述べている。

　　I had sat there next to her, feeling a great deal of dread and anger and hostility, and there was a moment in which we looked into each other's eyes and I could see her humanity and feel that she was human being and that she had been tricked and indoctrinated and programmed into this line of work. At this point, I sensed the person behind the horrible activity that she is engaged in. (*WM* 348)

　ウォーカーは施術者の女性と実際に対面したとき、その施術行為からだけでは読み取れなかった彼女の「人間性」を、互いに視線を交わす中でより一層感じ取っている。自分が切除した少女達について、「彼女達は幸せで、みんな興奮しています」(307)、「子ども達はみんな健康です」(308) と述べるその女性は、ウォーカーにとって許しがたい人物だったであろう。しかし面談を通し、その施術者も自分と同様に抑圧されている人間なのだと実感できたがゆえに、ウォーカーは施術者もまた父権制の犠牲者であるという思いを確信したように見える。もちろん、*SJ*の執筆はこの対面の一年前のことであるから、ウォーカーは*SJ*執筆時にはすでに、FGMの当事者だけでなく、その施術者もまた父権制の犠牲者であるという視点は持っていたであろう。それゆえ彼女は、マリッサを絶対に理解できない〈他者〉としてではなく、痛みを持つ一人の人間として描き、そこに生き方を容易には変えられない人間の性や悲しみを投影させたかったに違いない。

　その一方で、ウォーカーはやはり、少女達の痛みを無視するマリッサの行為が許されるものではないことは主張したかったのではないだろうか。それは、ウォーカーがマリッサに最終的に救いをもたらしていないことにも明らかである。そして、それはまた、マリッサとタシとの相違点にも示されているように見える。というのも、両者の人生は、互いにFGMによる痛みを経験したという一点で交わることはあっても、その後に彼女達が選択する道は大きく分岐するからである。ヴェガがこの両者を分かつ点について、「二人を差異化するのは、一方は外の世界に対し沈黙を続けるのに対し、もう一方は女性嫌悪や抑圧に反対意見を述べることである。おそらくそれは、彼女のアメリカ合衆国との関係に影響を受けたものである」

181

(24)と指摘するように、タシはマリッサとは異なり、自ら沈黙を破る。そしてこの両者の違いこそが、FGMの犠牲者という立場からの脱却をタシに可能にさせもする。しかもタシの行動は、アメリカの民主主義と強く結びついているがゆえに、アフリカと西洋とをつなぐ新しい架け橋にもなりうるのである。

　ところでパーマーは、『戦士の刻印』の撮影でダカールを訪れたとき、自分の娘には絶対にFGMを受けさせないと決意する女性に出会う。その理由は、自分が切除されたときの痛みを決して忘れたことはないからというものである。パーマーは、一人の女性の「抵抗の精神」(*WM* 207)を目の当たりにし、ジェイムズ・ボールドウィン(James Baldwin)の、「犠牲者の置かれた状況をはっきり主張する犠牲者は、もはや犠牲者ではない、彼や彼女は脅威(a threat)なのである」(*WM* 207)という言葉を思い出している。それは、女性の痛みを伝えようと立ち上がるタシの闘う姿勢と明らかに重なるものであろう。

　ウォーカーもまた、自分の目の傷を「戦士の刻印」(*WM* 17)[3]に変容させた経験を持つ。

> It is true I am marked forever, like the woman who is robbed of her clitoris, but it is not, as it once was, the mark of a victim. What the woman warrior learns if she is injured as a child, before she can even comprehend that there is a war going on against her, is that you can fight back, even after you are injured. Your wound itself can be your guide. (*WM* 18)

この発言には、「犠牲者の刻印」を抵抗者としての「戦士の刻印」に変換できるのは、その女性自身の意志の力であるという、ウォーカーの揺るぎない信念が表明されている。

　したがって、タシが民主主義を祖国で自ら実践していく姿には、アフリカの変革は当然、外からもたらされたり、誰かが代わりに起こしたりする

ものではないことが明らかである。タシは西洋と連帯しつつも、あくまでFGMの当事者として立ち上がり、声を上げる。その不屈の精神に、ウォーカーはアフリカの女性に対する強い信頼と期待を込めていたに違いない。

第6節　タシに託されたウォーカーの希望

　タシは、祖国オリンカで、民主主義による「普遍的自己アイデンティティ」の具現化を目指すが、最終的にマリッサを殺害する。この事件は、個人的な復讐の成就としては予定調和と言える。しかしそれは、タシが個人の命を超えた人間同士の深いつながりである、「普遍的自己アイデンティティ」を求めることとはおよそ相容れないように見える。では、なぜ彼女はマリッサを殺さなければならなかったのであろうか。それを紐解く鍵は、タシがFGMの核心に迫るとき、マリッサと同様に、彼女自身も父権制の共謀者であったと認識する点にあるように思える。なぜなら、祖母の世代を体現するマリッサの死と、それに続くタシの死刑という劇的な事件は、オリンカの独立運動の流れの中で眺めると、オリンカの次世代の人々にとって非常に大きな意味を持っているからである。

　マリッサが施術された少女達に共感を抱けないのは、彼女がツンガとして生きるために、自主性を完全に放棄した生き方を選択したからに他ならない。しかしマリッサも、当初は男性中心の植民地解放運動に疑問を抱いていた。足が悪くなければ、ムベレ・キャンプから「私だって逃げ出しただろう」(243) という彼女の言葉は、彼女がツンガを一度やめようとしたことをうかがわせる。イギリスの植民地支配に対し、民族の生存と誇りを賭けた抵抗を象徴するキャンプ自体が、結局、女性にとっては男性へのさらなる従属を強いる場にすぎなかったことは、マリッサにとっても大きな失望であったことがわかる。彼女は、そこでは単にツンガとしての役割を求められていたにすぎず、キャンプを支配する男達によって騙され、利用されたのである。

　とはいえマリッサは、キャンプの方針に不満を抱きながらも、結局は逃

げ出さず、その役割を受け入れて遂行した。ヴェガは、「マリッサの敗北は、身体が不自由でなかったら出て行ったであろうと彼女自身で認めていながらも、出て行かなかったことである。彼女の足の不自由は、肉体的なものと精神的なものの両方なのである」(24) と、その不具の足が表象する二重性を説明し、マリッサが逃亡を実行するほどの強い意志を持たなかったことを批判する。すなわちマリッサの自己意志の放棄は、このキャンプにおいて決定付けられたと言える。

しかも、マリッサは自身の抵抗を諦めただけではなく、さらなる内面の弱さを露呈する。彼女はタシがキャンプを訪れたとき、キャンプの実態を知っているにもかかわらず勇敢な女戦士がいる振りをし、タシにFGMを施し、彼女を犠牲にすることに何の罪悪感も抱かなかったのである。そして、その気持ちは現在のタシを目の前にしても、全く変わることはない。対照的に、タシはマリッサがこうした事実を明かすとき、自分が受けたFGMに、個人を超えた政治的な意味を付加されていたことに大きな衝撃を受ける。

> They sent for me, you know, just as they sent for you. I was also sent a donkey to ride. They were constructing a traditional Olinkan village from which to fight, and therefore needed a *tsunga*.
> They sent for me?
> To give the *tsunga* something to do. To give the new community a symbol of its purpose.
> Which I became, I say, dumbstruck.
> Which you became, M'Lissa hisses. (243-44)

タシは、自分の身体が男性中心のコミュニティの象徴として必要とされ、利用されていたことを初めて知る。これまでタシは、FGMを受けたのは自分だけの問題であり、自分は他の少女達にそれを強いたのではないと、主観的に自分の立場を捉えているだけであった。しかしこの場面では、彼

第3章　FGM廃絶へ向かって

女はこれまでFGMの犠牲者だとばかり思い込んでいた自分もまた、知らず知らずのうちに父権制への共謀者という役割を果たしていたことを、すなわち自分もまたマリッサと同じ誤った立場にいたことを、客観的に悟る。ここに、ウォーカーは、FGMというものが決して個人的な選択ではありえず、常に公的なものであり、政治的な意味を持つことを明確に示してみせたのである。

　タシはさらに、独立運動のリーダーを批判するマリッサの言葉を通し、自身の行いを振り返る。マリッサは、彼が三人の女性に十一人の子どもを産ませたという事実を、「あの男の性器が完全であった何よりの証拠だ」(244)と批判し、彼がFGMを民族の誇りとして主張する裏で、女性の痛みを全く理解しようとしない、典型的な男性優位主義者であったことを明らかにする。タシは彼の真の姿を見ようとはせず、特別視し、盲目的に崇拝し、彼の主張をただ無批判に受け入れていたことに気付く。タシが受けたFGMが持っていた大きな公的影響を考慮するなら、それは個人的な過ちに回収できるものではない。自己判断力を失うことは、タシが求める女性の自己表現や権利を自ら放棄することと同義である。このとき彼女は、自分の行動に対する自己責任の大きさも思い知ったに違いない。

　しかし、マリッサの真の意図は、タシをこのように自己反省へと導くことではない。というのも、彼女がオリンカの父権制社会の中で女達が置かれている状況を説明する次の言葉は、女性が男性と共謀せざるをえない、真の理由を暴いているからである。

> Their biggest fear is that they will have to kill their sons, she says angrily. Even if they themselves almost died the first time a man broke into their bodies, they want to be told it was a minor hurt, the same that all women feel, that their daughters will barely notice, and cease, over time, to remember. If I tell them that, it makes it almost possible for them not to completely despise their sons. (245)

ここでマリッサは、痛みについて彼女の嘘を求めているのは、まさに女性達自身に他ならないと主張している。FGMを受けた女性達は、性行為のときに死ぬほどの痛みを感じるので、嘘によってでもそれを自ら否定しなければ、そうした痛みを将来別の女性に与えるかもしれない自分の息子を、あるいは自分の娘に痛みを与えるかもしれない義理の息子を、自身の手で殺してしまいかねない「恐れ」を抱いているというのである。このようなマリッサの解釈は、FGMを継続する女性達の隠された一面を生々しく伝えると共に、女性達の共謀の核心を突くものである。すなわち痛みに対する嘘は、父権制の下で彼女達が日々を生き延びるための戦略の面を持つがゆえに、彼女達にとっては必要悪になっているのである。そしてマリッサは、この実態を、女達が共謀者の生き方しかできない証拠として、タシに突きつけていく。
　ところで、ギディングスはウォーカーとの対談の中で、彼女の知るアメリカの女子学生が大学でレイプを受けたとき、彼女の痛みや悲しみを、大した問題ではないと卑小化するような反応を示した彼女の母親の態度について言及し、それをマリッサのこの、女達の「恐れ」と結び付けている。それに対し、ウォーカーは、「そうなのです。ひょっとしたらそれが、母親が息子を守る理由であり、あなたが話した学生のような娘達が犠牲にされる理由かもしれません。それはたとえ家に実際に息子がいなくても同様なのです」(89) という見解を示す。ウォーカーはFGMについて調査を進めるうちに、FGMを実施する社会だけではなく、父権制社会ではどこでも普遍的に、母親は自分の息子を憎悪しないために、娘の痛みを否定することによってしばしば共謀の役割を果たしてきたことに深く思い至ったに違いない。
　それゆえ、マリッサの先に引用した発言の裏にある重大な問題点は、彼女が嘘を求め続ける女達を軽蔑しながらも、そうした嘘が求められていることを口実に、彼女自身の罪を弁明している点にある。それは彼女自身の虚偽の行為を正当化することであるが、逆に言えば、彼女の自己喪失はそれほどまでに深い。しかも彼女は、タシの母ナファ（Nafa）の罪をタシに

告げることにより、彼女に父権制の共謀者として生きるよう、強要しようとさえする。

　事実、ナファは、彼女の娘デュラが血友病であることに気付いていながらも、娘の施術をマリッサに強く願い、娘の身体を押さえつける手伝いをした。このことはタシにとっては、マリッサだけではなく彼女の母親も一体となってデュラの殺人に加担したことを意味する。マリッサはこの事実を、タシとナファとの親密な親子関係を知っており、タシが自分の母親を批判することは不可能だと見抜いているからこそ、タシに暴露する。すなわち、このときマリッサは、タシがナファの罪を黙認するしかないことを確信しており、そうさせることにより、タシを自分と同等の共謀者の位置に留め置こうとするのである。タシは、デュラが死んだときのナファの深い悲しみや、彼女が毎日果てしない労働に従事する姿を子どもの頃から見ており、彼女の後ろに付いて歩くときは、「涙と血で私の足を染めるような気がした」(17)と述べるほど、母親への同情や愛情は深い。この母娘一体と言えるような固い絆は、「私は彼女の苦痛とあまりに一体だったので、いつも彼女の苦痛について考え、彼女の苦痛に取りつかれていたのは、まさに私だった」(274-75)という言葉からも、十分に伝わってくる。それゆえ、タシが母親を客観視したり、批判したりするのは、到底不可能であるとすら感じさせられる。

　ところが、そのようなタシに、さらにマリッサが「お前は狂っている、だがお前はまだ十分には狂っていない」(257)と、完全に狂気になるよう、すなわち自己意志を捨て、父権制に完全に敗北する生き方を選ぶよう迫るとき、タシはベッドに横たわっている彼女の顔に枕をかぶせ、窒息させる。この出来事は、マリッサが死もすぐ間近な老女であり、オリンカ社会においては取り替え可能なツンガの一人に過ぎないという点を考慮するなら、わざわざ殺す必要はないように見えるし、衝動的で感情的にさえも思える。山下はこの場面について、「タシはマリッサに同情を寄せながらも、彼女の行為そのものを許すわけにはいかないということで、殺したのである」(317)と解釈する。そして、共に父権制の犠牲者であることをタシが

認識しているにもかかわらずマリッサを殺害するという矛盾を、FGMによる彼女の人生の破壊や混乱に帰している (317)。だがやはり、この行為はタシのこれまでの心の成長に鑑みると非常に重要な意味を持っているに違いない。

というのも、この行為は、タシとナファとが一体であるからこそ、タシが犯罪の共謀者であった母の過ちから一線を画するために取ったものだと考えられるからである。タシは、デュラを殺したマリッサを殺害することにより、間接的に愛する母を断罪し、母の生き方と決別しようとしたのではないだろうか。このことは、タシが共謀という犯罪者の生き方を、今後、決して選ばないという宣言であるとも見なせる。それゆえ、それはたとえ死刑によって自らの命を失うことはわかっていても、否、命と引き換えにしても絶対に成し遂げなければならなかったとは言えまいか。

タシが母の世代の罪をこのような形で裁いたことは、人間同士の深いつながりという、タシが会得した「普遍的自己アイデンティティ」の、また別の実現のしかたとも考えられる。事実、タシは自分のことだけを考慮してはおらず、次世代の未来を若いムバティに確実に託している。タシがマリッサを、女性の父権的システムへの服従と、永続的な自主性否定の権化であると見なしていたのは明らかであり、彼女はこうした生き方こそが次世代の未来を奪い、人々の絆を断つものであると確信したのは間違いない。

ウォーカーがタシにこうした苦渋の決断をさせた背景には、FGMを廃絶するために、娘が母親の行動を客観的に捉えることが不可欠であるという、止むに止まれぬ思いがあったように思える。その思いは、ギディングスとの対談の中で、次のように述べるウォーカーの言葉にも強くうかがえる。

> It has been extremely difficult to blame our mothers for anything, because we can see so clearly what they've been up against. It almost killed me to see women in Kenya and other places who actually have grooves in their foreheads from carrying heavy loads.

How do you say, "Look what you're doing to me?" How do you criticize someone who has "made a way out of no way" for you? But we have to. For our own health, we have to examine the ways in which we've been harmed by our mothers' collaboration. (89)

ウォーカーは、母親に体現される前の世代の女性達が、艱難辛苦を超えて地域社会や次世代のために果たしてきた大きな役割を深く理解している。しかし、その中には父権制に協力してきた有害な面があったことは否定できない事実であり、ウォーカーはそれを直視すること以外に現状を変える道は無いと考えているのである。それゆえに彼女は、社会の変革は今の世代が果たさなければならない、次世代のための責務であると主張する。

　しかもタシの行為は、彼女がそれによってオリンカの法廷に立つという観点から眺めると、さらに広い意味を持つ。というのも、タシは父権制の牙城とも言える法廷で、表面的にはマリッサの殺害で裁かれているが、実は別の罪によって裁かれているからである。彼女は確かに、先祖の知識や知恵、伝統を体現した、「民族の偉大なる母」(163)を殺害した罪に問われてはいる。しかし、マリッサがいなくなったところで父権制の基盤は全く揺るがない。むしろタシの罪とは、アダムが証言台でタシの受けたFGMについて言及し、彼女を弁明しようとするときの、聴衆からの、「お前が持ち出そうとしているのは我々だけの問題だ。このタブーについて人前で話すことは許されない」(163)という、激しい怒りと拒絶反応に示されたものなのである。すなわちタシの〈真の罪〉とは、彼女が法廷に立つことにより、初めてFGMの痛みが公になることに他ならない。それは、男達がこれまで記してきた、男性中心の民族の歴史に対する大きな挑戦になりうるものである。

　それゆえタシの行為は、女性の自立を宣言し、男性中心の歴史を書き換えるための、革命的な一歩とも見なせる。バックマンは、「権力のシステムにおいて、他者は劣等であり、すぐに置き換えられる」(92)と、常に権力者に定義される側に置かれるアフリカ人や女性の存在と、権力者側と

の力の差異を認める。しかし彼はさらに、そのシステムは「イメージを作り出すプロセスと、沈黙を拒絶することによって崩すことが可能である。そしてその両方が革命的な行動に不可欠な要素であり、両方共がウォーカーのテクストに用いられている」(92) と主張し、タブーに挑戦するタシの行動主義の面に着目する。事実、タシの裁判はオリンカの歴史において、国を内部から変える起爆剤の役割を果たしているし、彼女を裁くはずの法廷は、逆に女性の痛みを明るみにさらすという、タシの抵抗を具現化する場に変わっている。

　しかし、それだけではない。タシが刑務所に入れられた直後にオリンカの女性達が立ち上がり、自主的な闘いを開始する場面では、タシの行為は明らかに真の革命につながっている。彼女達は精神的な拠り所であったマリッサを喪失したことよりも、法廷で女性の痛みを公言したタシの勇気に、より重要な意味を見出していく。そして、彼女達の闘いが武器を用いない、非暴力によるものであることは大いに注目に値する。国中から集まってきた女達は、文化擁護派の原理主義者や狂信的なイスラム教信者の暴力に対し、彼女達独自の方法で父権制への抵抗を示し始める。

> The women bring wildflowers, herbs, seeds, beads, ears of corn, anything they can claim as their own and that they can spare. They are mostly quiet. Sometimes they sing. It is when they sing that the men attack, even though the only song they all know and can sing together is the national anthem. (193)

オリンカの女達が、刑務所の中にいるタシから見える位置に、彼女達が常に身近に感じ続けてきた身の周りの様々なものを静かに捧げる様子は、彼女達が自身の文化が根差すべきもの、すなわち彼女達が考える民族的アイデンティティを勇気を持って示し始めたことをうかがわせる。そして、国歌を共に歌うという行為からは、独立の意味を根本から見直し、父権的暴力を許している祖国を民主的な国に変革したいと願う、彼女達の切実な思

いの強さも伝わってくる。彼女達がその際、男達に殴打され、皮膚が裂け、骨が砕けても応戦しようとしないのは、父権的な暴力を糾弾するための闘いという、この運動の本質を見抜いているからに他ならない。

　バックマンは、「マリッサが父権制への記念碑であったのに対し、タシは抑圧され、虐げられた、世界中の女性達の英雄的女性になる」(93) と主張する。タシ自身は決して英雄になるつもりはなかったに違いないが、女性同士の連帯を導く重要な役割を果たしている。だがその一方で、彼女達によるタシの命乞いが失敗し、死刑が確定する場面では、女性解放が決して容易なものではないという、容赦ない現実も示されている。しかし、たとえ死刑を受けはしても、タシはマリッサに体現される過去の世代と、ムバティに体現される未来の世代をつなぐ礎石を確実に築いている。しかも、それは決して父権的で因習的な世代交代ではなく、タシが心の底から願っていた、民主的で革命的な世代交代と言えるものである。

　タシの刑が執行されるときには、アダム、オリヴィア、ベニー、レイや、タシを支えてきた全ての人々が、「**抵抗こそ喜びの秘密である**」(281 強調原著) という横断幕を掲げる。この言葉は、アフリカの女性は抑圧に抵抗するからこそ人生に喜びを見出せるという、彼らの信念を表明しているだけではない。そこには、アフリカの新しい世代を支え、共に闘おうとする、西洋とアフリカの力強い連帯も象徴されている。このような人々の強い連帯意識について、ウォーカーはニカラグアの人々の言葉を引用しながら次のように述べている。

> They say that solidarity is the tenderness of the people and real revolution is about tenderness. The sharing of this tenderness is beautiful. If you can make one person's life free from a particular kind of pain, that's really enough. It may have ripples, it may go here, it may go there; there's no way of knowing. I think it is the nature of life to continue what is put into action. You may not be around to see where your action goes—people never are,

really, because it never ends. (*WM* 280)

この言葉に先立ち、ウォーカーが、「私は連帯を大いに信じる者です」(280) と述べていることを考え合わせると、彼女は、人々が「深い思いやり (tenderness)」を共有するとき、そこには正の波動が生まれ、それによってFGMの廃絶が実現する日が来ると、強く信じているように見える。

*SJ*では、タシの抵抗はオリンカの女性達だけではなく、彼女の周りの西洋の人々にも共有され、オリンカ内部からの運動が一層活発化していく。タシの抵抗を継承していくこのような多様な人々が連帯する姿にこそ、ウォーカーが真に願う、誰もが自由で平等な社会や、FGMの無いアフリカの未来が託されていたのは間違いない。

おわりに

*SJ*を、女性主人公タシの主観的な視点のみに焦点を当てて分析すると、父権的抑圧に屈し、FGMを受け入れたことで生涯に渡ってトラウマを背負うことになった、犠牲者の典型的な悲劇という一面的な解釈に陥り、周りの登場人物との深い関わりを通した彼女の精神的成長や、抵抗者としての姿を見落としてしまいかねない。しかしテクストそのものは、性別や人種、国の違いを問わず、様々な登場人物の一人称の語りを集めた対位法的な構成を取っており、それぞれに異なる視点が相互に組み合わさり、絡み合いながら、物語が重層的に展開する。したがって、それぞれの登場人物とタシとの相互関係に焦点を当てることは、ウォーカーがタシのみの葛藤や苦悩を描いてはいないことや、様々な人間関係の中でタシの内面が徐々に変化する様子を浮き彫りにし、テクストの理解を深めることにつながる。そして、またそうした視点から分析するからこそ、ウォーカーが各登場人物に、FGMを取り巻く様々な問題を反映させ、西洋社会も含めた地球を俯瞰する視野からFGM廃絶運動のあり方を考えていたことなども明白になる。

第3章　FGM廃絶へ向かって

　また、タシの抵抗を継承していくオリンカの女性達の行動には、アメリカの公民権運動と同様の、〈非暴力〉による行動が反映されていることから、ウォーカーが、民主主義に根差したその行動が「普遍的自己アイデンティティ」の実現に不可欠であると考えていたことは間違いない。そこにはまだ、アフリカの女性と男性との連帯が、オリンカのFGM廃絶運動が芽吹いたばかりの段階であるがゆえに描かれてはいなかったものの、実際には、ウォーカーはアフリカの男性との連帯にも目を向けている。それは、「多くの男性が変化しています、彼らの意識は変わってきています、だから将来は、それに対して闘う男性も現れるでしょうし、また現在、闘っている男性もいるのです」（*WM* 278）という言葉にも明確に読み取れる。ウォーカーが、アフリカの男性と女性が連帯する近い将来をすでに見据えていたことは明らかである。

　以上のことから、アメリカ黒人女性作家であるウォーカーが、FGMという困難な主題に、作家としての勇気と誠実さと信念を持って挑んだことは疑いえない。そのことはもっと正当に評価されるべきであり、従来の多くの不当な評価も根底から見直されるべきである。そして、現在におけるFGM廃絶運動の世界的な動向からも、ウォーカーの先見性が再評価されなければならないのは確実であろう。

第4章

敵対する〈他者〉のいない世界
―『わが愛しきものの神殿』と『今こそ心を開くとき』で
希求される帝国主義・植民地主義を超えた未来―

第1節　親とのつながりの認識

　『わが愛しきものの神殿』(*The Temple of My Familiar*, 1989、以下*MF*)には、肌の色の黒い三十代の二組の夫婦が登場する。そのうち、アルヴェイダ (Arveyda) の妻カーロッタ (Carlotta)、スウェロ (Suwelo)、そして彼の妻ファニー (Fanny) の三人は、共に社会的地位もあり、経済的にも安定した大学教員であるうえ、アルヴェイダもロック歌手として人気を博しており、彼ら四人の生活は、物質面では白人中産階級のものと全く変わらない。そのうえ彼らの生活基盤は、サンフランシスコ近郊の有色人種やヒスパニック系移民の多いリベラルな町であることからも、表面上は彼らと白人支配社会との軋轢や衝突はほとんど目立たない。しかし実際は、中流という外見とは裏腹に、彼らは職場や社会の中でも常に孤立感や疎外感を抱いている。特に大学で働く三人は、直接的な人種差別は経験しないものの、白人支配社会の体制に依存した、保守的で白人中心主義の大学の教育内容にストレスを募らせ、本来リベラルであるべき大学が、白人教授陣の支配する「彼らの大学」(129 傍点筆者) であることに憤りや無力感を感じて疲れ切っている。

　主流社会から締め出されてはいないものの、依然としてその周縁に押しやられている主人公達が抱くこうした孤立や孤独を、ウォーカーは1980年代の、中流に参入していく黒人達の顕著な特徴として捉えているように見える。実際にも、これら三人の主人公と同様に、白人と平等に大学教育を

第4章　敵対する〈他者〉のいない世界

受け、職業や居住地域の自由な選択権を得て、中流意識を持つ黒人が増えてきていたことから、「人種差別の無い社会」の達成は一面的には事実であったと言える。しかし、法の恩恵を受けるエリート黒人が以前よりは増えた反面、まだ大多数の黒人は無教養で貧しく、彼らの失業率はむしろ増加傾向にあり、黒人同士の格差や孤立が目立ち始めていたのも、また否定できない事実なのである。

　先行研究の多くは、1980年代に生きる主人公達が、彼らの親世代を含めた多くの同胞から孤立している点に注目している。例えばブレンドリンは、レーガン政権下において、再び黒人を排除し周縁化するような、反動的な「西洋白人男性の団結した神話の構築」(58) が盛んになっていく状況が生まれたことに言及しながら、「社会の主流の中に卓越した地位を得た」(53) 黒人達が、「彼らの歴史や、政治意識を持った地域社会の教訓」(53) を忘れていくことへウォーカーが懸念を表していると述べる。またディークも、主人公達が同胞や親世代と分断されている点に着目し、彼らは、「彼らの過去と再びつながりたいという、独特の情熱を無意識に表している」(509)と説明したうえで、MFには黒人の歴史的経験の継承こそが、彼らの「失われた自己」(509) を回復する鍵として提示されていると主張する。

　実際、四人の主人公は、1960年代の公民権運動時には高校生であったことから、80年代にはその運動の成果である、教育・雇用の機会均等などの恩恵を最も享受している世代である。しかし、社会的成功を収めたと言える彼らの誰にとっても、幼少期には両親、あるいは片方の親が常に不在であったことは、今でも彼らの心に深い影を落としている。というのも、彼らの親達は、ジム・クロウ法や帝国主義・植民地主義の抑圧の下で、教育を奪われ、社会の最下層に貶められ、人生の選択範囲を厳しく制限されていたからである。言い換えれば、彼らの親世代は人種差別や戦争に巻き込まれ、懸命に働いても全く報われなかったばかりか、そのせいで心を病み、子ども達に家庭の温もりや愛情を十分に与えることができなかったのである。親子の強い絆を築くことが非常に困難であったこうした状況からは、彼らが、親の世代によって体現される黒人の歴史や体験から、物理的・精

195

神的な両面において必然的に遠ざけられてきた様子がうかがえる。

　例えば、インディアナ州テレホートで育ったアルヴェイダは、アフリカ系メキシコ人、フィリピン人、中国人の血が混じる父親が、道路工夫の出稼ぎの仕事でほとんど家に戻れなかったため、現実の「彼の父親の身体」(10) を思い出すこともできないほど父親の記憶がない。また、その父親が事故で遺体も残さずに死んでしまうと、アフリカ人、スコットランド人、ブラックフット族の血を受け継ぐアルヴェイダの母親も、息子や彼女自身の人生にすっかり無関心になってしまったために、彼は彼女にも「強い絆」(13) を感じることはできなかった。一方、カーロッタは、南米の白人の植民地から母親ゼデ (Zedé) と共にサンフランシスコへ命からがら小舟で逃げてきたものの、スペイン人とアフリカ黒人奴隷の混血であるそのゼデが、白人の侵略者に強制的に奴隷にさせられたり、彼女が愛したインディオの男性を殺されたりしたことで心に負った「傷」(124) を娘には隠して生きているために、両親の過去を全く知らずに育った。

　同様にスウェロも、第二次世界大戦に参加し、「片腕の半分と心の全て」(403) を失くし、性格がすっかり変容してしまったアフリカ系アメリカ人の父親と、同じくアフリカ系アメリカ人の母親の「絶望の表情」(403) を恐れるあまり、父親が引き起こした自動車事故で二人が死んだ後は、彼らの記憶を心に固く封印し、決して思い出そうとはしない。そのうえ彼は、その暴力的な父親と別れようとしなかった彼の母親を憎んでさえいる。またファニーは、父親がアフリカの彼の祖国、オリンカの独立運動に身を投じたときに、キリスト教宣教師の養女であったアフリカ系アメリカ人の母親の胎内にいたが、彼女がそのままアメリカへ帰国したために、父親の存在を全く知らずに育った。そしてファニーは、彼のことを彼女に語ろうとしない母親に対しても、ずっと心理的な距離を感じている。

　こうした四人の親子関係の亀裂や希薄さは、それぞれの親の個人的な特異性に起因するというよりも、帝国主義による人種差別の歴史を反映した社会的な環境要因が大きいように見える。それゆえ四人の主人公は、激しい社会的暴力にさらされ、過酷な環境で生きてきた親世代とは、経験や社

第4章　敵対する〈他者〉のいない世界

会に対する意識の面で大きな隔たりがある。しかし、視点を逆転させてみると、被差別者の印と見なされてきた、様々な人種の血が入り混じる親達の黒い肌こそ、西洋の帝国主義・植民地主義の影響を直接受けた彼らやその前の世代が、必死に命を主人公達につないできた、サバイバルの象徴そのものである。もちろん主人公達にもその血が継承されているのであるが、彼らは両親の生き方に反発や敵意さえ感じており、そこに隠された親世代までの苦悩や葛藤、人生の意味や価値を、十分に自身と関連付けて理解したり共感できたりはしていない。その結果、彼らは両親と強い絆を築けなかっただけではない。両親や祖先の経験から学びつつ形成されるべき「成長過程が損なわれ」(Braendlin 54)、自身のアイデンティティを認識できぬまま成長したのである。

　そのうえ、主流社会への急速な同化が進む時代に教育を受けた彼らは、白人支配社会の規範とされる知識を一方的に詰め込まれ、黒人としての十分なアイデンティティを確立する機会を持てぬままその価値観に翻弄され、一層の自己喪失を来したと言える。その結果、彼らは黒人でありながら白人の価値観に迎合したり、知らず知らずのうちに人種主義に共謀したりするという混乱した自己意識の中で、結婚後はパートナーに対しても自己中心的に振る舞ってしまうがゆえに、自ら孤立を深めざるをえない。実際、四人の誰もが自分のパートナーに対して不満を抱いており、二組共、結婚生活は行き詰っている。

　彼らと親世代との断絶には、黒人に被支配者として生きることを強いてきた、西洋の帝国主義・植民地主義の影響が明らかであるが、実はこのことは、家庭内での男女関係の亀裂とも決して無縁ではない。この点は、大学でアメリカ史を教えている男性主人公スウェロに最も顕著に描き出されている。彼は「男の書いたもの」(175) だけを読み、「女の書いた本」(175) を決して読もうとはしない、典型的な男性中心主義者である。また、白人男性中心のアメリカ史に、「黒人の男達の顔を巧妙に入り込ませる」(178) という彼の講義スタイルも、表面的には白人の植民地支配に対するゲリラ的抵抗運動を思わせるものの、女性の視点を無視・軽視していることから、

白人社会の父権的イデオロギーをそっくり内面化している様子がうかがえる。批評家アダム・ソル（Adam Sol）が、もう一人の男性主人公アルヴェイダよりスウェロに注目するのも、スウェロの方を、より「支配的な文化に吸収されている」(396)人物と見なし、問題意識を抱いているからである。

　自身が支配的な父権的価値観に同化・吸収されていることに気付けないスウェロは、「赤い血がたぎる全ての男」(281)の目的は一つであると、女性差別的なセックスに男性を煽り立てるポルノ雑誌を読み、妻のファニーが「侮辱された気がする」(280)と泣いて嫌がるにもかかわらず、彼女に扇情的な下着を身に着けさせ、「自分と同じように」(280)ポルノ的セックスを楽しませようと強いたりもする。この力関係は、白人が排他的に黒人を奴隷にし、支配する元凶となった帝国主義を、男性が女性を支配する形で繰り返すものに他ならず、言わば家庭内における帝国主義であり、女性の身体を「植民地化」(386)する行為と言ってよい。彼は、「彼の世代の男達は女を失望させている。いや彼ら自身をも失望させている」(28-29)とファニーとの結婚に失敗したことは認識できても、女性との対等な関係の築き方がわからないがゆえに、同じ態度をカーロッタに対しても取ってしまう。

　実は、彼のこの性差別主義は、彼の父親が生前母親に対して暴力を振るっていたとき、彼女に対しても同情できず、彼女の痛みにも理解を示せなかった様子にも反映されており、その根がとても深いことをうかがわせている。そのようなスウェロはまだ、父親が暴力的になった背景に、アメリカ帝国主義の強い影響があることを認識できていないだけではない。母親に対する父親の残忍な専制もまた、形を変えた帝国主義であることに全然気付けないことが、彼自身にその過ちを世代を超えて繰り返させているのである。

　一方、夫から被支配者として扱われる女性主人公達もまた、家庭内暴力を引き起こす夫同様、形を変えた帝国主義に自身が囚われていることに気付けないでいる。例えばカーロッタは、アルヴェイダと母親ゼデが恋に落ちて彼女の下を去って以来、男性をひどく憎むようになるが、その一方で、

第 4 章　敵対する〈他者〉のいない世界

そうした感情とは裏腹に彼らに注目されることを強く望む。そしてファニーと別れたスウェロと出会うと、彼の求めに応じて「売春婦のような服装をし、重そうに乳房を揺らす」(385) 女を無理やり役者のように演じるが、実際その身体は、意に反することを続ける「痛み」(320) から「鉛」(320) のように重たくなり、自らを束縛している。それでも彼女が彼に従い続けるのは、彼女が生きるために闘っているつもりでも、その実は男性に依存し、自尊心を喪失しているからに他ならない。

　ファニーの場合は、カーロッタとは異なり、スウェロのような黒人男性の性差別主義の背後に、白人至上主義、すなわち帝国主義の影響があることに気付いてはいる。だが彼女はそれに対し、独りで挑戦しようとするために、自身の無力に絶望する。そしてその結果は、「荒れ狂った狂人」(301) を内面に抱え、人種差別主義者を自らの手で殺すことを空想し、そのあげく、その罪を犯す前に自分が先に死ぬ決意をするまでに至っている (300)。こうした姿勢は自己破壊的なものであるにもかかわらず、彼女はその重大さにまだ気付いていない。ゲリー・ベイツ (Gerri Bates) は、*MF* の主なテーマの一つが「暴力」(109) であることに着目し、人種差別から抜け出す道として、逆に「暴力」に囚われていくファニーについて、「暴力の参加者でもあり犠牲者でもある」(109) と、その両義性を指摘する。カーロッタとファニーのこれらの事例にうかがえるように、男性との関わりにおいて、女性が自分を欺いたり、自己を破滅に導いたりするような行為は、誰とも連帯できず、どこにも帰結しえない孤立した闘いでしかない。すなわち、彼女達を取り巻く家庭問題の背後に帝国主義的思考が居座っており、それゆえ、それに対して闘ってきた先祖の女性の長い抵抗の歴史があるということに気付けないうちに、彼女達に真の解放が訪れることはないのである。

　しかもファニーの孤立は、カーロッタがゼデの過去を知ったアルヴェイダと、ゼデの苦しみの理解を通して互いに和解できるのとは異なり、一層際立って見える。例えば、彼女が講義を担当する女性学のクラスと大学の事務局では、常に「黒人について」(321) 説明しなければならず、家庭では「女性について」(321) 説明しなければならないと、家庭の外でも内で

199

も常にストレスを感じている場面では、人種主義と性差別主義が密接に関連していることを明らかに示す。このことは、ウォーカーが人種差別と女性差別を、共に同じ父権的暴力に根差すものと見なし、どちらか一方のみが黒人女性の解放を妨げるというものではないと捉えていることを強く示唆している。それはまた、ウォーカーが歴史上重要な黒人解放運動の指導者に関して述べた、次の言葉にもうかがえる。

> As a daughter of these men I did not hear a double standard when they urged each person to struggle to be free, even if they intended to impart one. When Malcolm said, Freedom, by any means necessary, I thought I knew what he meant. When Martin said, Agitate nonviolently against unjust oppression, I assumed he also meant in the home, if that's where the oppression was. When Frederick Douglass talked about not expecting crops without first plowing up the ground, I felt he'd noticed the weeds in most of our backyards. ("In the Closet of the Soul" 79-80)

ウォーカーは黒人指導者の言葉に、黒人女性の解放は含まないというような、性差別主義による「二重基準」(79) は無かったと捉え、黒人の解放運動と女性解放運動を連動するものと見なしている。したがって、一見すると、人種差別と女性差別という二重の抑圧に抵抗しようとするファニーは、19世紀の奴隷制廃止論者であり、女性解放活動家でもあった、黒人女性ソジャーナー・トゥルースやハリエット・タブマン (Harriet Tubman)、または20世紀の女性公民権運動家ローザ・パークス (Rosa Parks) やファニー・ルー・ヘイマー (Fannie Lou Hamer) などの系譜に連なるように見える。

　しかし、白人への憎悪に囚われ、自己破滅に陥っていくファニーの姿勢は、女性の権利を人間の権利と見なし、性別や人種を超えた人々との強いつながりの中で普遍的な人間の権利を勝ち取ろうとした、上記の女性達の

第 4 章　敵対する〈他者〉のいない世界

闘い方とは対極にある。それゆえに、ファニーを救うものは、オリンカ独立後に、特権を握る一部の黒人男性らによって繰り返される不正を撤廃するために、女性と共に祖国を作り変えようとする、父親オーラ（Ola）の解放運動なのである。彼女は父親の生き方に、自分の人生の確かな足掛りを掴む。そして、ファニーはこのつながりにより、帝国主義に関連する自身の問題を、多くの人々の社会問題として広い視野から見つめ直せる。それにより、初めて彼女は自分の問題意識を「人々の意識と通わせること」（317）の重要性を認識するのである。このように、人々と連帯して「平和」（317）をまず自分の周りに築いていく決意をするファニーは、ウォーカーが目指す、帝国主義からの女性解放を体現した人物になりえている。

　ところで、四人の主人公が抱える様々な葛藤は、1980年代のアメリカ社会が人種問題を不可視化しているものの、実際はアメリカの黒人が、依然として彼らに特有の「自己の二重意識」を抱えていたことをうかがわせる。社会学者であり黒人解放運動の指導者でもあったデュボイスは、アメリカの黒人が白人世界を通して自己を常に規定せざるをえない、独特な自己の分裂意識を持っていることを、1900年代初頭に次のように説明していた。

> ...this sense of always looking at one's self through the eyes of others, of measuring one's soul by the tape of a world that looks on in amused contempt and pity. One ever feels his two-ness, – American, a Negro; two souls, two thoughts, two unreconciled strivings; two warring ideals in one dark body, whose dogged strength alone keeps it from being torn asunder. (11)

デュボイスはアメリカ黒人の歴史を、彼らが「白いアメリカニズムの洪水」（11）の中で、この「二重の自己を、より優れ、より真実の自己に統一」（11）するべく、すなわち「黒人であると同時に、アメリカ人でもある」（11）という自己アイデンティティをアメリカに確立するべく歩んできた、「闘争の歴史」（11）と捉えていた。

しかし、まだその闘争の歴史は終ってはいない。法律上では人種差別が撤廃され、黒人にそれまで固く閉ざされていた機会の扉が開かれ、もはや人種を意識しなくてもよい時代に見えた1980年代にあっても、MFの主人公達に見られるように、黒人達はこの分裂した自己意識から真に解放されてはいない。それにもかかわらず、彼らは先祖達の抵抗や団結に目を向けず、自ら支配・被支配の二項対立的関係に囚われ、過ちを繰り返している。ウォーカーはそこに、1980年代のアメリカ黒人社会が、かつての帝国主義的・植民地主義的暴力の影響を払拭できないまま、公民権運動の精神を風化させているという警告を込め、黒人の歴史にもう一度立ち帰る重要性を強調しようとしたのではないだろうか。

ファニーの精神的な成長と並行するように、スウェロも黒人の歴史に触れるとき、大きな精神的変化を見せる。スウェロは叔父の遺産の整理でボルティモアを訪れたとき、叔父の友人であり、恋人でもあった黒人老女のリッシー（Lissie）と出会うが、この邂逅こそが、彼の両親と彼自身との「精神と心の絆」(354) を彼に深く認識させるものとなる。N. R.チャルマティ（N. R. Charrumathi）がリッシーを、「スウェロの成長を気遣う精神的な母親」(126) と解釈しているように、彼女には、過去と切り離されて自己を喪失し、「眠っている」（MF 354）状態のスウェロを、再び両親や黒人の歴史に結び付ける重要な役割が託されている。

彼に自身の心の「ドアを開く」(354) よう勧めるリッシーは、その言葉の比喩を通し、彼自身のためにこそ彼の両親と向き合う必要を示唆する。

> And, more important, the doors into the ancient past, the ancient self, the preancient current of life itself, remain closed. When this happens, crucial natural abilities are likely to be inaccessible to one: the ability to smile easily, to joke, to have fun, to be serious, to be thoughtful, to be limber of limb. (355)

スウェロが頑なに閉ざしてきた「ドア」(355) とは、彼の両親を想起する

第4章　敵対する〈他者〉のいない世界

ことに伴う苦痛から自己を防御するための盾ではなく、自己アイデンティティの否定に他ならないものである。それに気付いた彼は、まずアメリカのイデオロギーによる戦争が彼の父親を「傷付き、気が狂った愛国者」(403)にさせてしまったことを知り、父の悲しみを理解する。そして、その父親が泥酔して猛スピードで走らせる車から、必死でドアを爪で引っ掻き脱出しようとした、哀れな母親の最期を想像するとき、彼は初めて、リッシーの示唆する「女性の痛み」(355) に共感できる。すなわち、彼にとっては、この両親の体験の追体験こそが、自己中心的で性差別主義者であった自身の過ちと自己責任を認め、精神的に成長する出発点となる。

　*MF*のこの結末は、ディークのような批評家が、「混乱した現在」(Dieke 513) に生きる若い世代の黒人が、彼らの歴史に向き合うことによって自分達の問題を明確に捉え、それを解決できる可能性を見出していると作品を解釈する根拠になっている。ウォーカーは、親世代との裂け目に生きる主人公達が、人種差別制度の下で生きた両親に再び向き合い、両親の人生を追体験し、そこから豊かな英知を汲み取っていく姿に、公民権運動を産み出した黒人の誇りの継承を重ねて見ていたに違いない。この明るい結末には、親と子の絆を回復できて初めて、1980年代に中産階級化していく世代が黒人としての真の自己を確立し、愛情と信頼に基づく人間関係を広げていけるという、ウォーカーの理想とする黒人解放の形を読み取ることができるのではないだろうか。

第2節　新しい自己アイデンティティの認識

　*MF*では、1980年代を生きる若い世代の黒人達の自己回復に、親世代や先祖達との強い絆が重要な役割を果たしている。そしてまた、複数の主人公に託されたそうした絆には、多種多様な歴史的・人種的背景が描かれていることが極めて目を引く。こうした複雑な背景の設定には、黒い肌の者であれば単純に〈黒人〉として分類する、白人支配社会の差別的な人種カテゴリーに対する、ウォーカーの問題提起がなされているように思える。

203

ではウォーカーは、主人公達が継承する黒人のアイデンティティをどのように捉え、それと黒人の自己解放をどのように結び付けているのであろうか。

　MFの批評家の多くは、登場人物達の完全な自己解放を象徴する、ウォーカーの「全てのものとの一体」という概念に、その回答を見出している。すなわち「全てのものとの一体」こそが、彼らが親子や男女相互の絆、友人同士の絆、人と動物の絆、そして自然との調和を築き、白人至上主義を超越する自己実現を成した姿と捉えるのである。実際ディークは、登場人物それぞれの成長を、「弁証法的な緊張状態や、排他性、分離に対立する、一体性、全体性、統一性への明確な価値」(508)の追究と解釈し、白人への対抗暴力のような暴力の弁証法を乗り越える総合的価値観として、「全てのものとの一体」のあり方を説明している。すなわちこの場合の自己解放とは、黒人が〈他者〉との対立を超えていくという、自己の内側から外側へ向かうベクトルである。それゆえ、そもそも白人を黒人の〈他者〉と見なす二分法から出発し、それを止揚するものとして「全てのものとの一体」という概念を解釈しているように見える。

　しかし、ウォーカーにはこのような人種の二分法を乗り越える、弁証法的解釈では捉えられない視点がある。実際、彼女は作品の中で、奴隷所有者であり、女奴隷の強姦者でもあった、自分の白人の先祖である曾々祖父について度々取り上げているが、その描写に注目することは彼女の人種意識について考察するうえで大変示唆的である。例えば1984年の詩には、彼女の曾々祖父は次のように登場する。

　　and my white (Anglo-Irish-Scotch?)
　　great-great-grandfather
　　on my father's side;
　　nameless
　　(Walker, perhaps?),
　　whose only remembered act

第 4 章　敵対する〈他者〉のいない世界

>   is that he raped
>   a child:
>   my great-great-grandmother,
>   Anne
>   who bore his son,
>   my great-grandfather,
>   Albert
>   when she was eleven.
>   ……………………
>   Rest. In peace
>   in me
>   the meaning
>   of our lives
>   is still
>   unfolding.
>   Rest. ("Dedication," lines 17-30, 48-54)

この詩の中で、ウォーカーは、自分の先祖に白人奴隷主が存在したことを、避けがたい事実として静かに受け止めようとしている。しかし、彼女は「私達の人生の意味」を深く探求するためにその境地を開拓したとはいえ、そこに至るまでには様々な葛藤があり、この曾々祖父を自分の先祖から排除したいとさえ思っていたことは、1987年のエッセイ「魂の小部屋の中で」("In the Closet of the Soul")において、彼を「白人、殺人者、地球の破壊者」(85)と強く非難する様子からもうかがい知ることができる。もっとも、そうした自身の怒りや憎悪と対峙し、それらを乗り越えたとき、彼女は黒人対白人という二項対立的な思考を超えた、もっと両者が一体化した状態に気付いたに違いない。事実、ウォーカーは同エッセイの中で、上述の1984年の詩は「ついに私の精神に訪れた、人種的に平和的な和解」(86)について書いたものだと述べている。そして時系列的にも、白人男性を「すでに私

の一部である」(85) 者として受け入れているこの姿勢こそが、1989年の*MF*に受け継がれている、黒人のアイデンティティであると考えられる。すなわち、ウォーカーにおける黒人の自己解放とは、自己の外側へ向かうベクトルではなく、自身の内面へと向かう自己探求のベクトルと言ってよい。

　さらに言えば、ディークは「ウォーカーの人生に対する関心は、深遠で形而上学的である」(512) とウォーカーの人生観を抽象的に解釈しているが、2006年のエッセイでは、*MF*の著作姿勢がもっと現実的で具体的なものであったことが明らかにされている。

> In my novel *The Temple of My Familiar*, a "romance" of the last five hundred thousand years, I follow the faint trail left by ancestral mothers to a time before they were human beings, when they were "fantastic creatures" such as lions. It was important to me that I create a record that felt something like the knowledge I carried *in my cells*, history books having failed to confirm much of what I guessed and little of what I "knew." ("I Call That Man Religious" 133 筆者強調)

このエッセイの脚注で、ウォーカーはロマンスとは「知識の物語（wisdom tale)」であると述べている。そこには、彼女が*MF*を、観念論的な空想物語としてではなく、彼女自身の「細胞」に残る記録、つまり「知識のような何か」を、創造力によって表現したいと願っていたことが読み取れる。しかもウォーカーは、同エッセイの中で、人類は「同じDNA」(133) を持ち、「アフリカ人女性の先祖のみ」(133) から受け継ぐ、母性遺伝の「同じミトコンドリア」(133) を共有しているとも主張している。そのことからも、彼女はむしろ人間の存在理由を、人類に共通する普遍的性質や人類の系統樹を遡った命そのものの起源と照らし合わせ、科学的、客観的事実とも結び付けながら認識しようとしていたように思える。

第4章　敵対する〈他者〉のいない世界

　先行研究ではそうしたウォーカーの視点にはほとんど注目されてはいないが、MFに描かれている登場人物達のアイデンティティには、〈白人の血〉が強く意識されているのも、その証左であろう。そして、そこには何よりも、実際に人類が脈々と営んできた人種混交という、人類史に基づいた客観的で具体的な視点があることに目が行く。例えば、スウェロの精神的指導者であるリッシーは、彼女が記憶しているこれまでの50万年間の何百という自分の過去を語る中で、スウェロがこれまで信じてきた歴史の常識を完全に覆していく。リッシーは、ある時代に神殿の祭司として暮らし、自由に飛び回る、トカゲのような姿の動物ファミリア（familiar）とも意思を通い合せていたとき、自分を訪ねてきたスウェロが「白人男性」(116)であったと告げる。そして彼女は、そのときの彼は「とても礼儀正しく、とても裕福で、私達の生活にとても興味を持っているようだった」(116)と続けるが、この言葉は、人種関係において支配・被支配という概念が無かった時代に、両人種が自由に相互に交流し、対等で良好なつながりを築いていた様子を生き生きと伝えている。

　しかも、そこには両人種が流動的に入れ替わり得るような、さらには人間と動物の違いをも超えるような、命そのものの大きな捉え方が提示されている。事実、ウォーカーは「トルコ石とサンゴ」（"Turquoise and Coral"）というエッセイの中で、人間と動物との親密な関係について詳しく触れており、MFでは「動物とつくる現実的な共同体像」(116)を描こうとしたことや、MFの執筆を終えたときに、彼女と動物が「平和に満ちた感情で一つになっていた」(116)と、一体感を感じた様子などを明かしている。

　さらにリッシーは、西洋文化における画一的なアメリカ史や黒人史の枠を超えて、黒人のアイデンティティにつながる先史の歴史を展開していく。リッシーのこうした姿からは、『ルーツ』（Roots）の著者であるアレックス・ヘイリー（Alex Haley）が、自分の祖先を西アフリカのガンビアにまで遡って探求したときに出会った、語り部グリオのような人物像が思い浮かぶであろう。ヘイリーが、「全ての生きている人間は、祖先を辿れば、

文書が存在しなかったある時代や場所に帰っていく。そのとき、人間の記憶や口や耳が、情報を蓄えたり伝えたりすることのできる唯一の手段なのだ」(675) と悟っているように、リッシーには遠い過去の人々の、集合的な声の記憶媒体としての重要な使命が与えられている。そしてグリオがヘイリーを、彼の六世代前の、奴隷としてアメリカへ売られたアフリカ人男性クンタ・キンテ (Kunta Kinte) に結び付け、それまで奪われ、抹消されていた先祖の歴史を彼に回復させたように、リッシーも、「あたしはかつて白人の男だった。しかも一度だけじゃないよ。彼らはまだあたしのどこかにいるんだ」(369) と打ち明けたり、自身が黒人のアルビノであったときのことを思い出したりしながら、スウェロを時空や民族、人種の障壁を超え、遥かなる人類史の根源へと導いていくのである。

　ところで、批評家ベイツは、リッシーの語りを通してスウェロに黒人の歴史を伝達するウォーカーの意図について、次のように主張する。

> The major character Lissie describes her lives through detailed oral history, indicating that her story is meant to be heard rather than read. Walker's narrative voice distrusts the recorded histories of Western paradigms (the embodiments of literary philosophical and theoretical frameworks) that repress oral history or the cultural memory of people of color. Walker gives legitimacy to Lissie's memories of past lives and the accuracy of her memories. (107-8)

ベイツが指摘するように、ウォーカーはリッシーの声を通し、白人の書き言葉によってこれまでに排除されてきた、抑圧された者達の「語られない物語」(Bates 107) に光を当てようとしている。だがウォーカーは、こうした口承によって伝えられる歴史に、正当な権利を要求しているだけではない。黒人が自己を探求するための、リッシーの口述を通したこのような過去への遡行が、帝国主義・植民地主義的システムの、他者を自己の外に際限なく産み出し、排除し続けていくようなベクトルとは全く逆の、人々

第 4 章　敵対する〈他者〉のいない世界

を結びつけるベクトルを持っていることを示唆しながら、人種が固定的かつ本質的なものではないことを強く訴えているように思える。

　事実、ウォーカーが、自身の〈混血〉という事実を受け止める重要性を次のように主張するとき、彼女においては、あらゆる歴史や事物が全て、自分の内部にあらかじめ存在していると見なされている。

> But crucial to our development, too, it seems to me, is an acceptance of our actual as opposed to our mythical selves. We are the mestizos of North America. We are black, yes, but we are "white," too, and we are red. To attempt to function as only one, when you are really two or three, leads, I believe, to psychic illness: "white" people have shown us the madness of that. ("In the Closet of the Soul" 82)

ウォーカーは、この地球に誰一人として〈純粋な人種〉、すなわち「遺伝的に『白人』」(82) である者はいないという事実を認めたとき、人は暴力的な「狂気」を産み出す、〈純粋な人種〉という架空のカテゴリーから自身を解放できると考えている。これにより、ウォーカーが人種にまつわる本質主義に反対しているのは明白であるが、彼女は単にそうした事実を主張するだけではない。彼女はそれをさらに、人種同士の和解につなげようとしているように見える。というのも、彼女は別のエッセイの中で、抑圧者も被抑圧者も「私達の祖先」("This Was Not an Area of Large Plantation" 109) であるから、「彼らは私達の中でのみ癒され得る」(109) と主張しているからである。

　その観点から、*MF* において特に注目すべきは、人々を単一の人種に分類することへのウォーカーの批判は、白人に対してだけでなく、黒人に対しても同様に投げかけられていることである。まず、白人の内面に、黒人と白人の両者が存在していることが受け入れられていないことは、ファニーの父オーラの、「白人自身の中にあるアメリカ先住民や黒人の部分」(188) は、白人が「生まれてからずっと否定するよう教えられてきた性質

209

だ」(188) という言葉に示されている。ウォーカーはオーラを通して、現在の、〈白人のアイデンティティ〉という特殊な〈神話〉を白人達に作り出させたものは、彼ら自身の不自然な世界観や誤った歴史観であり、それを見直すことこそが彼ら自身に解放をもたらすと示唆している。またその反面、黒人自身もそうした誤った考え方に囚われ、自身の中の〈白人の部分〉を否定してきたことへの批判が、リッシーの「あたし達が隠し、否定し、わざと壊そうとする自分の部分」(370) という言葉に明らかに読み取れる。これらのことから、ウォーカーが黒人のアイデンティティを、様々な人種が混交し、紡いできた命の営みという広い視座から新たに捉え直そうとしていたのは疑いえない。

したがって、白人を自分とは全く異なる〈他者〉として恐れ、避け続けてきたリッシーの夫ハル (Hal) が、人生の晩年にスウェロの助けを借りながら、リッシーの描いた「命の樹」(416) の絵の中に「小さな白い男」(415) がぶらさがっているのを、ほとんど盲目の目で懸命に見つけようとする場面には、比喩的な意味も込めて、黒人と白人が、両者の絆を目を見開いて受け入れるべきだとするウォーカーの強い姿勢が示されていると言っても過言ではないであろう。それはまた、ハルが人生の最後を送るボルティモアの老人ホームが、地理的に北部と南部の境界のメイソン＝ディクソン線を連想させる位置に設定されており、抑圧者も被抑圧者もいない「黒人と白人がついに一緒にいる」(410) 場として描かれていることにもうかがえる。

さらにウォーカーは、人種同士の絆に関わる「全てのものとの一体」という概念を、「シュグによる福音」(287-89) という形を借りて、重層的に強調している。その中の「自分自身の人種主義を敵とする者は救われる」(287) という一節や、動物や植物の色と同様に、「全ての人間の全ての色を愛する者には、彼らの子孫や祖先達の誰もが、また彼ら自身のどの部分もが明らかになるであろう」(289) という一節にも、帝国主義・植民地主義を超えてウォーカーが求める、集合的な〈黒人の新しいアイデンティティ〉が表明されている。

シュグは、ウォーカーが『カラーパープル』以来、黒人女性の解放を体現させてきた重要な登場人物である。ウォーカーは、シュグは*MF*でも同様に、自己を肯定し、全ての抑圧から「自由である」("I Call That Man Religious" 134) 存在として、人々をつなぐ「治療薬」("I Call" 133) の役割を担っていると説明する。したがって、シュグによるこの「新しい福音」("I Call" 133) こそが、この作品の根幹を成す思想であるのは間違いない。

このように、*MF*には多彩な登場人物を介し、幾重もの形で〈黒人の新しいアイデンティティ〉が主張されている。そして、その〈新しい〉自己アイデンティティは、白人至上主義に対抗する黒人の分離主義的、民族主義的なナショナリズムを拒否しているだけではない。1980年代に生きる黒人達が、自分自身の中に流れる様々な人種の血を、自己の一部として認識することにより、亀裂した人種関係を修復し、もう一度、人種を超えて普遍的人権のために共に闘った、公民権運動の精神へ回帰することを主張するようなものだと考えられる。

第3節　共通する歴史的体験を通したつながり

*MF*では、白人を自己の一部として認めることで、黒人が人種間の亀裂を創造的に解決できる糸口が示されていた。しかし、この〈新しいアイデンティティ〉の認識が、なぜ黒人にとって重要な意味を持つのかという問いに対しては、「知る者は救われる」(289) という「シュグの福音」の中の言葉に予型的に暗示されているだけで、具体的な答えは明かされていない。

一方、*MF*と同様に、黒人自身が現在の立脚点を知るために、彼らと黒人の歴史との関わりの重要性は再び描きながらも、*MF*よりもさらに発展的な人の成長が託されている『今こそ心を開くとき』(*Now Is the Time to Open Your Heart*, 2004、以下*YH*) には、そうした*MF*の限界を超えようとする姿勢がうかがえる。すなわちこの作品では、過去に遡ることが主要なテーマではなく、むしろ自己アイデンティティをすでに確立したように見

える50代の黒人男女が、自己を閉ざすことなく、より広い視野を持ち、より多様な人々と共に未来へ向けて自己を解放していく姿に、〈黒人の新しいアイデンティティ〉を獲得する必然性が説かれている。そうした視点は、ウォーカーが、2004年に*YH*についてのインタビューで、「人類の発展のために」、人々がもっと人類の「種としての生存」を考えるべきであると述べていることを強く反映しているように見える。このことからも、ウォーカーの視点が黒人の解放だけに止まらず、人類全体の未来へとシフトしているのは明らかである。

*YH*の主人公の一人、57歳の黒人女性作家ケイト・トーキングトゥリー(Kate Talkingtree、旧姓Kate Nelson)は、毎晩「乾いた」(14)川の夢を見るようになり、その夢に自身の身体の変調を重ねる。そして、急に老いを強く自覚し、全く何も書けなくなる場面では、彼女が身体的だけではなく精神的にも自信を失い、「中年の危機」(Bates 157)に直面していることをうかがわせる。しかし、ここで注目すべきなのは、彼女が次第に人生の「終わり」(14)を予感し始めるときに、心の支えを求める相手が、共に生活する黒人男性パートナーの画家ヨロ・デイ(Yolo Day、旧姓Henry)ではないことである。むしろケイトは、彼から一時的に離れ、コロラド川を訪れ、そこで人生における「全ての女性の選択」(39)を尊重し合う女性同士のグループに入り、心も体も抑圧されない「完全な」(47)自分自身となって、生きる決意を新たにする。男性中心社会の中で自身の置かれている立場を明確に認識している彼女にとって、女性同士のこの共感の絆が、再び彼女を前進させる力になるのである。このように、ケイトが危機に瀕したとき、まず女性同士の連帯を求めていく点は極めて特徴的である。

ケイトのこうした行動の理由を裏付けるように、ウォーカーは*YH*出版後、2006年に上梓した『私達こそ私達が待ち続けていた者』(*We Are the Ones We Have Been Waiting for*)についてのインタビューにおいて、女性の心の健康と精神の成長のために、女性が女性同士でつくる「信頼と安心感のあるサークル」の中で、「世界で起きていることや自分の人生について」、互いに語り合うことの重要性を訴えている。したがって*YH*において、

第4章　敵対する〈他者〉のいない世界

ケイトには、女性同士の「結束した女性の力」（Bates 170）を確認し、そうした連帯意識を基に、さらに精神的に成長することが期待されている。

　*YH*において、*CP*や*FS*で描かれていたような、父権制に対抗するための女性の連帯の重要性が再び示唆されていることは、ウォーカーが女性の連帯というものを、女性が真の自己変革に至る第一歩と考えていることを強調するものと見なせる。実際ウォーカーは、彼女の提唱するウーマニズムにおいて、「ウーマニスト」（*In Search* xi）の定義を、「女性達の文化」（xi）、「女性達の感情の柔軟性」（xi）、「女性達の強さ」（xi）を尊重する者であると明確にし、何よりもまず女性同士のつながりを重要視している。

　とはいえ、ウォーカーは上述の定義に続けて、ウーマニストとは決して男性を排除する「分離主義者ではない」（xi）と述べ、ウーマニストが「伝統的にユニヴァーサリストである」（xi）点を強調する。すなわちウォーカーにとっての女性の連帯とは、女性達がそれを普遍的な人間の連帯へと発展させるための、言わば土台であると考えられる。それゆえ、ケイトはコロラド川で女性の連帯を確認した後に、さらにアマゾン川を訪れたときには、女性同士だけではなく人種や性別、年齢の異なる多様な人々との出会いを通して、互いの違いを超えた、より大きな連帯意識に目覚めていく。

　ところで、ウォーカーは、ケイトにこうした自己変革を起こさせる場として、彼女の夢に現れる川に始まり、アメリカ合衆国、南アメリカ両方での川の旅など、〈水〉を意識的に用いながら、〈水〉にまつわる人類の歴史を連想させているように思える。というのも、この〈水〉の持つイメージからは、肌の色の異なる人種同士を結び付けた、航路を通じた西洋帝国主義の膨張、すなわち人類史における植民地支配の歴史が想起されるからである。ケイト自身も、人種的に「アフリカ系アメリンディアン」（66）であり、そうした歴史を背負う者である。植民地支配の爪痕が今なお残るアマゾンの熱帯雨林で、彼女は現地のシャーマンのアルマンド（Armando）や彼の弟子コズミ（Cosmi）、また多様な人種的背景を持つ、心に傷を抱えた「メディシンシーカーズ（Medicine Seekers）」（50）と呼ばれる、心の癒しを求める人々と共に生活する。そして、そのメディシンシーカーズの一人であ

213

るケイトがそこで体験することは、帝国主義・植民地主義が世界にもたらした影響を、彼女自身の視点から新たに捉え直すものとなる。

　ケイトは、先祖をスペインの征服者に殺戮されたり、奴隷にされたりした、被支配者としての歴史を持つアルマンドとコズミから、彼らの名前にだけではなく、彼らの内面にも「長いスペイン支配の痕跡」(90) が残っていることを感じ取る。ケイトにとって、彼らのスペイン系の名が意味するものは、多くのアフリカ人がアメリカの奴隷制の下で本来の名前を奴隷主に奪われ、奴隷主の姓を与えられたことを、彼らの子孫である現在の人々の姓が今も示しているのと同様のことである。また奴隷制がアフリカ系アメリカ人の肉体と精神に大きな損傷を与えたことも、インディオと共通するものである。しかもケイトは、自分との接点を彼らだけに感じるのではなく、仲間であるメディシンシーカーズ一人一人に対しても感じるようになる。例えば、それは、暴力的な夫を殺して収監されたミシシッピ州の刑務所で、看守や囚人達に繰り返しレイプを受けた、アフリカ系アメリカ人女性のラリカ (Lalika)、幼い時に身体の「とても小さい」[1] (154) 祖父から性暴力を受け続けていた白人女性のミスィ (Missy)、アメリカ先住民から「土地を奪うことによって」(124) 先祖代々資産を築いてきたことに負い目を感じている、ユタ州の白人男性ヒュー・ブレントフォース五世 (Hugh Brentforth V)、イタリア系移民であるが、アメリカ社会での成功のために英国風に姓を変えた父親から、出自を絶対に隠すよう強要され続けたリック・リチャーズ (Rick Richards) である。彼らは誰もが、支配者あるいは被支配者としての親や先祖の立場には関係なく、帝国主義による「苦しみのより深い層」(89) を心の底に抱え続けている。このことにケイトが気付くとき、彼女は彼らと精神的に深い絆で結ばれていることを深く実感するようになる。

　ところで、これらの登場人物達に託された様々な社会的背景は、サイードが『文化と帝国主義 1』の中で述べた、「帝国主義という歴史的体験」(19) を、誰もが「共通のものとして見なすべきなのである」(19) という主張を想起させる。サイードは、植民者と被植民者の遭遇をもたらした帝国主

第 4 章　敵対する〈他者〉のいない世界

義を、何億という人々の現実に入り込んだ「共有された記憶」(45) として捉え、それが時代と共に「完全に消滅したわけではなく」(45) 今もなお、人々に多大な影響力を行使し続けていると主張する (45)。YHでは、多くの登場人物の個々の声が交錯し、また互いの交流が過去に植民地であった場で展開されることから、ウォーカーは、帝国主義をサイードが述べるような人類の「共有された記憶」と見なし、その負の影響を受けた過去・現在・未来の様々な人々のつながりを、地球規模の視点から捉え直そうとしているように思える。

　事実、アルマンドがメディシンシーカーズの癒しのために用いる薬草は、彼らの心の奥にある、記憶の封印を解くためのものである。批評家ベイツが、グランドマザー・ヤエー[2]（Grandmother yagé）と呼ばれるその薬草について、彼らを「徹底的な客観性と自己啓発」(164) へと導くものだと指摘する通り、それは彼らに深い内省的思考を促す。そして、その効力により、彼らの内面にある「苦しみのより深い層」から明るみに出されるのは、彼らの帝国主義的経験、すなわち人類の「共有された記憶」の残響である。

　彼らは、グランドマザー・ヤエーが引き起こす激しい身体の浄化作用を終え、自己の意識下の領域へ入っていくとき、自身の幼少時代やこれまでの自分の生き方に向き合う体験をする。この行為自体、彼ら自身がこれまでに受けてきた父権的抑圧や暴力を再体験することなので、非常に苦しいものである。だがそれは、彼らの内に憎悪や復讐心を再燃させたり、失望や絶望を感じさせたりするためのものではない。その体験は、ベイツが「自己発見という内面への旅」(164) と捉えるものであるだけではなく、それぞれが帝国主義の残した禍根に向き合い、それに対して暴力とは異なる、別の解決法を産み出すための試練であると考えられる。というのも、もし彼らが彼ら自身と帝国主義とのつながりを客観的に認識できれば、これまで彼ら一人一人が内面に抱えてきた個人的なトラウマを、人類共有の「世界の苦しみ」(YH 160) として、互いに共感し合えるものに変換できるからである。

　それゆえ、彼らの精神的指導者であるアルマンドは、スペイン人が彼ら

の先祖に対して行った帝国主義・植民地主義の暴力を、自身と完全に切り離し、自分と異なる〈他者〉が行った行為として捉えようとはしない。彼は、憎悪や復讐心を乗り超えるために、メディシンシーカーズにも視点の転換を求めていく。

> We are left with the record and the consequences of this behavior in our own bodies and psyches, and we must work with it. Not because it is Spanish behavior, no. Because it is human behavior. And we too are humans. (94)

アルマンドはこの言葉により、彼の敵であった征服者、すなわち〈他者〉に対して一般的に考えられるような、妥協的和解や許しとは全く異なる、新しい視点を提示する。それは、征服者の暴力や搾取を「人間の行為」として、さらに言えば、自身の犯した行為とさえ受け止められるようになるまで、思考を深めることを促すものと見なせる。このように、〈他者〉と〈自己〉の融合とも言うべき境地を追求する彼の姿勢は、現在生きる人々一人一人が帝国主義という負の遺産に対して負うべき責任を、普遍的視点から考えるものであり、言わば未来への提言と言えるものである。したがって、ケイトがアルマンドやコズミから常に感じ取っている「深い思いやり (tenderness)」(89) は、支配者・被支配者という二項対立を超えたところに立つ者の、未来志向の精神から産み出されるものに違いない。

ところで、ケイトが受け取るこの「深い思いやり」には、人々の連帯に寄せるウォーカーの特別な思いがあるように見える。というのも、彼女はWMの中でも、この「深い思いやり」という同じ語を用い、それに対する強い信念を述べているからである。ウォーカーはそこで、「連帯は人々の深い思いやりであり、真の革命はこの深い思いやりの周りにある」(280) と主張している。アルマンドやコズミの、他者に対する「深い思いやり」にも、「誰かを排除すること」(148) を超えて、誰をも対等な仲間として、互いに学び合い、支え合える「神聖な」(148) サークルを作り出していく

第4章　敵対する〈他者〉のいない世界

力がある。ウォーカーは、こうした人間同士のサークルの意味を学んでいくケイトに、人間の持つ無限の成長能力を反映させたのではないだろうか。

　一方、男性主人公ヨロも、独特の方法によって精神的成長を遂げる。当初、彼はケイトに一方的に見捨てられたと思い、彼女に反発心を抱いているものの、彼女の女性としての危機感を真に受け止められなかった自分が、人生に「迷っている」（17）状態にあることを孤独の中で認識する。そして彼もまた、ケイトとは対照的に、まず男性同士の連帯から出発して、より大きな人間の連帯へと目覚めていく。ヨロの人物造形については、ベイツが、「彼の欠点は注目するほど重大なものではない」（165）と評価し、むしろケイトと「並列する主人公」（165）であると説明するように、彼はケイトと敵対するような、性差別的態度を取る男性主人公では決してない。またチャルマティが、彼の性格を*MF*のスウェロと比較して、「対照的な性格」（174）であると捉えているように、ヨロは女性の月刊誌『ミズ』を購読し、女性の意見を知ろうと努力も見せるし、ケイトを心から愛する人物でもある。

　しかしウォーカーは、彼のさらなる自己変革への第一歩として、ケイトの女性同士のサークルと対応させ、ヨロにもまた、様々な人種で構成された男性同士のサークルで意見を交換する場を設定している。それはまたベイツが、「身体的、精神的な人生の課題」（165）に向き合うことだと指摘する通りであるが、さらに言えば、彼が自覚するようになる問題は、今なお帝国主義が引き起こしている様々な有害な問題と複雑に絡んでいる。そして、彼はそうしたことに問題意識を持つ人々の中で、次第に自身の生き方を見つめ直していく。

　ヨロは一人でハワイを訪れたとき、偶然にもある青年が死ぬ場面に遭遇し、それがかつての恋人アルマ（Alma）の息子であり、死因が薬物依存によるものと知って衝撃を受ける。このことは、彼を単なる旅行者や傍観者ではいられない立場へと引き込む。そしてヨロは、彼の葬儀に参列したことがきっかけで、女性として生きることを貫くハワイ人の男性マフー（Mahu）や、男性同士のサークルの存在を知る。マフーはそこで、薬物、

217

アルコール、娯楽的セックス、カフェインやタバコがもたらす破壊的な影響を知らせる、中心的な役割を担っている。ヨロはそのサークルで、初めてアメリカによるネオコロニアリズムの残酷な実態を学び、それに対し、そこに集う人々がハワイの人々の「生き残るための戦略」(171) を考え、活動している様子を目の当たりにする。

ベイツはこのマフーの役割について、「アフリカのグリオのように」(171)、「古い世代の知識を新しい世代にはっきりと述べる」(171) ことだと説明する。ヨロにとっても、マフーやサークルの人々の責任感の強い生き方を学ぶことは、彼自身に大きな転機をもたらすものとなる。例えば、彼がタバコや酒を好む自分の習癖を振り返る場面では、それを単に自分の嗜好としてではなく、地球を俯瞰する視野から眺め直すような、注目すべき変化が現れる。そのうえ、彼は自分の身体が知らず知らずのうちに植民地支配を受けていたことを理解するだけではなく、そうした自分の行動と次世代の未来とをつなげて考えるようにもなる。

ところで、ヨロが精神的に成長する場も、ケイトと同様に、かつて西欧の植民地支配を受けた場であることには注意を払う必要がある。ハワイもかつて〈水〉が植民者と被植民者とを結び付けた場所である。サイードによると、アメリカ合衆国は「過去の帝国の後釜に居座り」(1, 117)、冷戦以後には「最後の超大国であり、世界のほぼ至る所で、莫大な影響力を行使し、しばしば内政干渉すらいとわない強国」(1, 117) になった。ヨロは、自分がその強国の中で、依然として被支配者の立場に置かれていることに、改めて思い至る。そして初めて、アメリカの覇権的な支配力にハワイの人々が依存している様子を、彼自身の問題と関連付けて捉えることができるのである。それはまた、アフリカ系とアングロ・インディアン系の血を引く彼が、その血の持つ意味を深く探求することにもつながっていく。

ヨロがその認識を深めていく様子は、オーストラリアから参加したアボリジニーの男達の話を聞く場面に示される。オーストラリアでは、先住民の子孫の若い世代が、白人支配社会の中で「彼らが未来を失ったこと」(137) を日常的に味わわされるため、ガソリンを吸い、現実逃避をしてい

ることが報告される。ヨロは、彼らが自民族のそうした危機的状況を変えようと、自分達の本来の文化を復興しようとしていることを知り、国が違っても、自分が彼らと同じ抑圧される立場であることを実感する。そのとき彼は、人々が円形になって座り、互いに自由に語り合うこのサークルこそが、「全ての境界やでたらめを拭い去る」（169）、世界の人々と共にある「確かなやり方」（169）だという新たな認識に至る。言い換えれば、彼は植民者側から常に被植民者の象徴と見なされてきた彼らの〈黒い肌〉に、互いに平等で対等という意味での、「兄弟（brotherness）」（136）という肯定的な意味を見出し、自身の〈黒い肌〉を男性同士の連帯と結び付けるような、新しい視点を獲得する。こうした彼の変化は、「ヨロは目覚めた（Yolo Woke）」（168）と名付けられた章のタイトルにも強く示唆されている。

ところで、ヨロがここで気付く「境界やでたらめ」とは、サイードと同様に、ポストコロニアル理論の批評家である、ホミ・K・バーバ（Homi K. Bhabha）が、植民地言説の中で産み出される、被植民者の〈劣等性〉を表象するステレオタイプについて述べたことを想起させる。バーバは、植民地社会では、肌の色が「ステレオタイプにおいて文化的人種的差異を示す重要なシニフィアン」（137）の役割を演じており、黒人種というシニフィアンは、「人種差別という固定された形式以外で」（132）表象されることが許されていないと指摘する。それゆえに、ヨロが、サークルに参加する様々な人々の〈黒い肌〉というシニフィアンを「兄弟」と読む姿には、押し付けられた差別的な人種のステレオタイプを打破し、人種のヒエラルキーを転覆させる戦略が託されていると見なせる。しかもそれは、男性同士に限定されるような狭い概念ではない。

というのも、マフーは、彼らの植民地解放運動が、女性への父権的抑圧を撤廃する女性解放運動とも連動していることを明らかにするからである。かつてアメリカ帝国主義は、ハワイ王国の女王リリウオカラニ（Liliuokalani）の王権を簒奪し、ハワイの原始の「**母**」（122 強調原著）を中心とした母権制を破壊した。それゆえマフーは、男性中心主義によって排除されてきた女性達が社会に「正当な場」（122）を取り戻すまで、女性と

して生きることを自分の使命にする。ヨロは彼のその決意から、女性の視点に立つことの重要性も学ぶ。そして、そうした植民地解放運動が、あらゆる人権侵害に目を配り、より寛容な社会を目指すものだと気付くとき、ヨロは性別を超え、世界の人々と連帯することの意味を一層強く自覚する。男女の連帯の真意を掴んだヨロが、ケイトに再会したとき、彼女をより深く理解し、より多く共感を示せるのは、彼自身が自己を変革できた証であろう。

　このように、次世代のために自分達の果たすべき役割を認識したケイトとヨロが、「年齢は力である」(201) という思いを互いに確認し合うとき、それぞれが別々に辿った旅は、「二人の結束」(Charrumathi 180)へと結晶し、人生を共に、積極的に生きる決意を新たにできる。この、ヨロの変容には、男性の成長もまた、様々な人種的・社会的背景を持つ男性同士の連帯に始まり、男女の連帯、そして人間同士の大きな連帯へと広がっていくとする、ウォーカーの思想が反映されていると言える。そして、こうした人種や性別を超えた世界の人々の連帯は、YHではさらなる展開を見せている。

　例えば、ケイトはアマゾン川の傍の小屋で生活を始めるとき、その場所にすでに先に住んでいる「人間ではない居住者」(140)のヤモリに目を向け、「彼らの住居」(141) に人間が侵入するという、人間中心ではない、脱中心的な視点でその存在を捉える。言い換えるなら、彼女は、帝国主義を超えた人間同士の連帯の認識を全ての命に対しても平等に広げていく。そうした姿勢は、ウォーカーの考える、地球そのものの解放を強く反映したものである。彼女は地球と人間のつながりを、次のように主張する。

> But, in truth, Earth itself has become the nigger of the world. It is perceived, ironically, as other, alien, evil, and threatening by those who are finding they cannot draw a healthful breath without its cooperation. While the earth is poisoned, everything it supports is poisoned. While the earth is enslaved, none of us is free. While the Earth is "a nigger," it has no choice but to think of us all as

Wasichus.³ While it is "treated like dirt," so are we. ("Everything Is a Human Being" 147)

　ここには、ウォーカーの、人と万物との優劣の無い共生の思想が明確に表明されている。黒人の解放を、自然そのものの解放と有機的に関連付けて捉えるウォーカーは、動物や植物を人間の「他者」と見なす視点を逆転させ、人間と自然との境界も取り払おうとしているように見える。それはまた、彼女が別のエッセイの中で、プランテーションで商品作物として単一栽培されるタバコを、「それを捕えて虐待している人々から」("My Daughter Smokes" 123) 私達は「解放」(123) できると述べていることにもうかがえる。アマゾンでシャーマンが用いるグランドマザー・ヤエーも、農薬を使った単一栽培や化学物質などで変性させられていない、すなわち人間に植民地化されていない、植物本来の力を宿した「神聖な薬」("My Daughter" 123) として、ケイトを導く存在と見なされている。

　したがってウォーカーは、YHにおいて、壮年期の黒人男女が帝国主義という、人類の負の「共有された記憶」を、地球を俯瞰する視野から捉え直すことにより、自己を閉ざすことなくより視野を広げ、人種や性別、支配者・被支配者、人間と自然の枠を超えて全ての存在と連帯できる可能性を示しただけではない。前述のアルマンドの言葉に読み取れたように、自己と他者の視点を融合させ、両者の境界を払拭することができるなら、すなわちそのような〈黒人の新しいアイデンティティ〉を獲得できるならば、壮年期の黒人が、体力や年齢によって自己を規定するのをやめ、未来の世代のために果たすべき役割を強く認識でき、より寛容な社会の実現に貢献できると訴えていたに違いない。

第4節　〈他者〉のいない世界の構築

　YHでは、帝国主義という人類共通の歴史的体験を基軸に、世界の多様な人々が縦にではなく横に広くつながり合う、より平等で普遍的な未来が

志向されており、そこにMFからの発展的なつながりが見出せた。さらに、YHのこの発展性には、まずMFで黒人と白人の人種間の亀裂を解決するために提示されていた〈黒人の新しいアイデンティティ〉が、今度はケイト自身が内面に抱える、帝国主義にまつわる「世界の苦しみ」を探求していくときに重要な役割を果たしている。実際、彼女は、奴隷制の犠牲となった先祖との出会いを通し、他者が行った行為を自己と切り離すことなく、「人間の行為として」受け止める必要を説いたアルマンドの言葉を、自身の中に深く浸透させ、その必然性を悟っていく。ケイトのこうした能動性を通し、ウォーカーは、黒人が〈新しいアイデンティティ〉を確立すべき理由をついに明らかにする。

　ケイトが自己を解放する姿勢は、MFと同様、自己の内面へと向かう自己探求のベクトルである。だがウォーカーは、MFでは、男性主人公の自己意識の変化を、黒人の文化である口承を通して促していったのに対し、YHでは、女性主人公の自己意識の変化を、彼女自らが自己の意識下に入り、そこから積極的に自己意識を変えていく、より深いレベルでの自己変革として示す。

　ケイトがグランドマザー・ヤエーの作用を受けて踏み込んでいく場所とは、彼女の心の「苦しみのより深い層」にある「心の中の、重く行き詰っている領域」(92) であり、帝国主義・植民地主義の暴力と直接関わる、彼女の先祖が苦しんだ奴隷制にまつわる場である。そこに繰り返し現れる黒人奴隷リーマス（Remus）のヴィジョンが、全ての歯を抜かれ、血だらけの口をしているために、ケイトは初め彼を直視できないでいる。しかし、彼女は恐怖と絶望に囚われながらも、誰もが人間の暴力という「狂気から逃れることはできない」(94) というアルマンドの言葉に励まされ、暴力との対峙こそが自身の課題であることを知る。

　この、先祖の苦痛を前にしたケイトに対するアルマンドの教示は、黒人の犠牲のみを奴隷制として受け止めるだけでは、奴隷制から真に解放されるにはまだ不十分であると捉える、ウォーカーの信念が反映されたものと見なせる。すなわちウォーカーは、子孫が先祖の体験に学ぶことを、先祖

第4章　敵対する〈他者〉のいない世界

から子孫へと一方的に記憶が伝承されるような受動的な活動としてではなく、子孫がその記憶を内面に取り込み、それを変容させ、新しい自己像を築き上げていくような、自己変革の作業でなければならないと考えているに違いない。現在を生きるケイトには、彼女自身の「恐れ」(93) や、辛い過去を忘れたいと思うことから来る「罪悪感」(93) を乗り越え、先祖の受けた暴力を能動的に捉え直していく必要がある。

　白人奴隷主の妻にも褒められた「大きくて強い、白い歯」(91) を、嫉妬から奴隷主に馬の歯用のペンチで引き抜かれ、また別の人生でも、彼を慰み者にしようとするKKK団に追われ、銃で心臓を撃たれて死ぬリーマスは、まさに白人至上主義の犠牲者に他ならない。しかし、リーマスは、凄惨な暴力を受けた彼自身を、犠牲者として記憶に留めるようケイトに要求はしない。彼は、彼を拷問にかけて「楽しい時」(96) を過ごそうと考えていた白人と、彼を撃ち、早く殺してしまったことでその「楽しい時」を奪った白人との間で争いが始まったことこそを、記憶すべきであるとケイトに告げる。言い換えれば、リーマスは奴隷制が白人の人間性を奪ってしまったという事実を、黒人の子孫が継承すべきものと考えている。そして、このリーマスの願いこそが、ケイトに、暴力に対する恐れよりも思考を促していく。

　それゆえ、ケイトは暴力的な白人を自分と同じ人間として受け止め、黒人への暴力を「娯楽」(95) と考えるような彼らの残虐行為を、絶対的な力としての〈他者〉の行為と見なすのではなく、同じ人間の為した行為と捉えることができる。この、ケイトに与えられた課題には、裏を返せば、黒人が白人の振るう不合理で絶大な暴力に心まで支配され、白人を絶対的な支配力を持つ、自分とは異なる〈他者〉と見なすようになっている、言わば思考停止状態に対するウォーカーの警告が読み取れる。すなわちウォーカーは、*YH*において、黒人自らも白人との人種間のつながりを断絶しているのではないかという、*MF*と同様の、黒人の実存に関わる問題をここで再び提起しているのである。

　しかもケイトは、彼女自身の解放のためだけに人種の枠を超えるアイデ

223

ンティティを持つ必然に目覚めるのではない。彼女は、白人を理解不能な〈他者〉と見なす考え方が、いつの間にか白人支配社会の中で生きる彼女の中に浸透していたため、自己判断力を失っていたと気付くとき、暴力は人間同士のつながりを断つ手段であるという、暴力そのものの本質に近付いていく。実際、「俺達は人間として生きてきた多くの人生で、そうなるのはいやだという多くの多くのやり方を学んできたんだ」(96)というリーマスの声は、先祖の黒人達の集合的な声として示されており、暴力に囚われる生き方に強い警告を与える。すなわち、ケイトは暴力そのものから心を解放し、それを徹底的に客観視することを求められている。

　さらに、リーマスがケイトに告げる言葉は、黒人の子孫の役割が復讐ではないことを、明確に示してもいる。

> Our job is to remind you of ways you do not want to be, he said. Sometimes I think this message is the hardest to get across because it flies in the face of our need to have revenge. There is also the question of loyalty to the dead. We feel we need to avenge, to make right. To heal by settling a score. Healing cannot be done by settling a score. (97)

リーマスのこの科白は、彼がまさに暴力の犠牲者であったからこそ、復讐によって癒しは決してもたらされないという、力強い非暴力のメッセージになり得ている。復讐という考えそのものを、「ばかばかしい」(97)と言って笑い飛ばす彼の姿は、死んだ彼がもはや物理的な支配・被支配という二項対立的価値観に縛られていないことを示すだけではない。彼は黒人の子孫に、白人の犯した轍を踏むことが決してないよう、また対抗暴力などの果てしない暴力の連鎖を彼ら自らが断ち切る必要を説き、もっと人間同士がつながり合うことを求めている。それゆえ、ケイトは暴力とは異なる「選択肢」(96)を創造する重要性を、先祖からのメッセージとして汲み取るのである。

第4章　敵対する〈他者〉のいない世界

　このような、暴力を超えた視点に立つならば、奴隷制をもはや〈黒人〉対〈白人〉、すなわち〈自己〉と〈他者〉という永久的な対立構図に回収することは不可能に思われる。すなわちここには、人種の枠を超え、奴隷制を人間の体験として捉えようとする、ウォーカー独自の歴史観を読み取ることができる。それはまた、彼女がエッセイの中で、奴隷制を次のように解釈していることにも明らかである。

> Slavery forced us to discontinue relating to each other as tribes: we were all in it together. Freedom should force us to stop relating as owner and owned. *If it doesn't, what has it all been for?* What the white racist thinks about us, about anything, is not as important as this question. ("In the Closet of the Soul" 82)

　ウォーカーは、奴隷制が強制的に、二つの人種を異なる種族と区分できないほどに、分かちがたく結び付けたと見なしている。彼女は同エッセイの中で、歴史的事実に鑑み、「私達の白人の曾祖父達がここで私達を虐待して売り、私達の黒人の曾祖父達があそこで私達を虐待して売った」(82) とも述べていることから、彼女がここで言う「自由」とは、奴隷の売買に携わった白人と黒人の両方を、自分の先祖として黒人自身が受け入れる、次元の一つ高い状態と見なせるであろう。言い換えるなら、ウォーカーは、黒人自身の中に白人の先祖も黒人の先祖も共に対等に存在するとき、初めて黒人は真に解放されると捉えている。それゆえウォーカーは、「私達はアフリカ人であり奴隷商人です。私達はインディアンであり入植者です。私達は奴隷所有者であり奴隷にされた者です。私達は抑圧者であり抑圧された者なのです」(89) と両者の分かちがたいつながりを主張し、支配者と被支配者という二項対立的価値観からの完全な脱却を図っているのである。

　しかしながら、ウォーカーのこうした主張について最大限に留意しなければならないことは、西洋帝国主義・植民地主義によって世界規模に展開

225

された奴隷制を、白人と黒人の共犯関係であるなどと拡大解釈し、その罪に加担したアフリカ人に軽率に道徳的判断を下したり、両者を同レベルで捉え、正義の有無を曖昧にしたりすることであろう。奴隷制へ加担したアフリカ人は、言うまでもなくその体制の道具であり、その犯罪に利用された者達である。ウォーカーが批判しているのは、無論、奴隷制という体制やその構造自体にあることは明白であり、正義を曖昧にしたり、欺瞞を認めたりすることとは対極にある。ウォーカーは、黒人が奴隷制という構造に強制的に巻き込まれ、現在もその影響を受け続けているという現実からいかに脱却すべきかを、対抗的な視点からは決して闘わないという強い覚悟によって提示しようとしたのであろう。

　そうであればこそ、ウォーカーがここで念頭に置きつつ超えようとする黒人意識とは、デュボイスが提起した、黒人は常に自己を〈他者〉の目を通して規定せねばならないという、「自己の二重意識」であろう。ウォーカーは、黒人が真に解放されるためには、この「自己の二重意識」によって、黒人も白人を〈他者〉と見なしている、まさにその視点を根本的に転換するしかないと考えたに違いない。そして、またそう考えるからこそ、ウォーカーはケイトが認識した〈黒人の新しいアイデンティティ〉を、敵対する〈他者〉のいない、人種の枠組みを超えた対等で平等な世界を、黒人自身が創造していく姿勢として示したのではないだろうか。この、黒人の役割の表明には、ウォーカーが黒人同胞に対して抱く、最大の期待と信頼が表明されていると言っても過言ではないであろう。

　この作品に込められた黒人の使命感は、ウォーカーがこの作品の序文において、この小説が父方の祖母、ケイト・ネルソン（Kate Nelson）への追悼であると記していることにもうかがえる。この女性は、ウォーカーの父親がまだ少年のときに、ある男性に銃で撃たれて殺されてしまったために、彼女が実際に出会う機会は無かった人物である。しかしウォーカーは、もしこの祖母が生きていれば「精神の開拓者」（Foreword ix）になっていたであろうと述べ、もしそれが実現していたなら素晴らしいものになったであろう、祖母の人生の可能性を感じ取っている。祖母を慕うウォーカーの

第4章　敵対する〈他者〉のいない世界

強い思いは、彼女のケイトという名を、女性主人公に授けていることにも明らかである。

　登場人物の名前は、ウォーカーにとって常に大切なものである。女性主人公ケイトが自ら選ぶ、「トーキングトゥリー」という姓にもまた、時に「植物のようにゆっくり」(3) と瞑想し、時には語るという、植物と人間両方の性質が託され、両者の深いつながりが暗示されている。ケイトが植物ヤエーの効力によって自身の内面を開拓していくとき、ヤエーの持つ神秘的な力は「グランドマザー・ヤエー」として擬人化され、その存在は次第に重要な性質を帯びる。こうしたケイトとグランドマザー・ヤエーの関係は、孫と祖母、すなわちウォーカーが望む、祖母ケイトとの関係を象徴するものであろう。したがって、女性主人公ケイトが自己と他者の融合、合一という〈黒人の新しいアイデンティティ〉を認識し、自己を解放していく姿は、ウォーカー自身が祖母の導きにより、彼女の内面を解放する姿とも見なせる。

　さらに、ケイトとの関係を深めていくグランドマザー・ヤエーは、「私が存在するために、何も死ぬ必要はない」(118) と語り、自分が地球の「平和」(118) そのものを体現する存在であることを彼女に明かす。ケイトがそのグランドマザー・ヤエーの寛容な心を知ることは、彼女がまた自身の中に流れる、「アフリカ人とヨーロッパ人とインディオ」(53) の血を、肯定的に受け止める態度へとつながっていく。

　彼女は自身が〈混血〉であることの意味を突き詰めていくとき、「アメリカ人」(53) としての自身を、自ら再定義する。

> I am an American, Kate thought. Indigenous to the Americas. Nowhere else could I, this so-called Black person—African, European, Indio—exist. Only here. In Africa there would have been no Europeans, no Native Americans. In Europe, no Africans and no Indians. Only here; *only here,* she said, as the waves of vomiting continued past the three hours and into the evening. (53)

ここにおいて、自身を「アメリカ人」として自覚したケイトの姿は、彼女が確立した〈黒人の新しいアイデンティティ〉が、アメリカへの帰属意識そのものであることを明確に示している。そしてまた、黒人詩人ラングストン・ヒューズ（Langston Hughes）が「僕もまた」（"I, Too"）において「僕もまたアメリカなのだ」（1258）とアメリカ黒人の誇りを歌った姿に、ウォーカーが「私もまた、アメリカを歌う」（"On *Seeing Red*" 128）と高らかに追随した姿勢が重ねられているに違いない。ここにはさらに、アメリカ国民詩人ウォルト・ホイットマン（Walt Whitman）が「僕自身の歌」（"Song of Myself"）で宣言した、個人の自由と独立心を聞き取ることも可能であろう。
　すなわち、ケイトがここで認識する「アメリカ人」とは、歴史があらゆる人種を結び付け、混交させてきた南北アメリカ、また特にアメリカ合衆国自体が辿った集合的経験を体現する者に他ならない。そしてケイトは、自身をこうした地球規模の視野から明確に認識し、「アメリカ人」としての確かな実感を得たとき、植物のようにアメリカに「自身を根付かせる」（180）決意ができ、「全てのものとの一体」を実現するべき自分の使命を、しっかりと引き受けられるのである。

おわりに

　*MF*から*YH*へのテクストの発展的性格を考察することで、ウォーカーの目指す〈黒人の新しいアイデンティティ〉の意味や、それを確立すべき理由がより明らかになる。まず*MF*において、ウォーカーは、黒人が両親や先祖とのつながりを回復する中で、彼らの現在の立脚点を歴史的観点から捉え直す必要を主張し、そのうえで、人種混交という人類史における歴史的事実から、白人を自己の一部として認める〈黒人の新しいアイデンティティ〉を提示した。そして、*YH*においては、*MF*で萌芽を見せたこの〈黒人の新しいアイデンティティ〉をさらに発展させ、〈黒い肌〉の持つ意味を、人類共有の帝国主義・植民地主義の体験という広い枠組みから捉え直すこ

第4章　敵対する〈他者〉のいない世界

とにより、人種の枠組みを超えた、世界の人々との大きな連帯の印として示しただけではない。そこには、世界の人々が帝国主義・植民地主義から真に解放されるために、黒人だからこそこうした新しいアイデンティティを持つべき理由が明かされ、それが人類の未来に対する黒人の使命感に他ならないことが明白になった。これらのことは、両作品を関連付けて分析することにより、初めて浮き彫りになることであり、このような理解によってこそ、ウォーカーの意図する「全てのものとの一体」の真の意味を捉えることができると思われる。

あとがき

　ウォーカーは、アフリカ系アメリカ人が世代を超えて歴史的に対峙してきた、社会的・政治的暴力を小説の題材として取り上げながらも、意図してそこに人種や性別の異なる多種・多彩な登場人物を配し、支配者・被支配者という二項対立的価値観を超えたより広い普遍的な視野を提示しようと、独自の文学的挑戦を行ってきた。それはウォーカーが、ペンで闘う伝統という、アメリカ黒人作家としての役割を継承しようとする強い決意の表れと言えるが、「まえがき」で述べたように、彼女の文学は、公民権運動で培った、〈非暴力〉による抵抗への信念と、黒人の母系の伝統に深く根差すウーマニズムの視点を抜きには、決して理解できないものである。実際、全ての長編作品に終始一貫して描かれていたものは、多様な黒人男女が、暴力に屈することなく互いに学び合い、対等な立場で共感し合うことにより、最終的に、性別や人種の枠組みを超越する「普遍的自己アイデンティティ」を獲得し、自己と他者の境界を越えて「全てのものとの一体」を具現する姿であった。

　ウォーカーの、こうした暴力を超える戦略を生み出す原点を辿っていくと、1983年に『母達の庭を探して』の冒頭で提唱した「ウーマニスト」の定義の一つ、「男性女性にかかわらず、全ての人々の生存と全体性に献身する」(xi) という言葉に行き着く。このことは、彼女が早期の段階から、地球上の全てのものの普遍的権利を擁護することを、作家としての自身の使命として明確に認識していたことをうかがわせる。ところが、公民権運動の核心であった〈非暴力〉による闘争が、しばしば、受動的で安易な、ともすれば無策で即効性のない弱い戦略と誤解されることがあるように、ウォーカーの描く登場人物も通常の時間軸で測られ、単純で平板な人物造形と解釈され、彼らの抵抗の意味も短絡的に論じられがちであることは本

論で述べた通りである。しかし、ウォーカーがこの〈非暴力〉という概念を、精神の弛まぬ修養と深い自己省察なくしては決して到達しえぬ、一個人の人生を超えた、命そのものを解釈する思想にまで昇華させていたことは、第一作目の『グレンジ・コープランドの第三の人生』と第二作目の『メリディアン』にすでに顕現していた。

　その一方で、ウォーカーは、人が愛する者のために暴力の無い世界を目指すがゆえに、暴力的手段を取らざるをえない場合もあることも徹底的に突き詰めており、決して暴力と非暴力の単純な線引きを描いてはいない。だが、そうした行動にも、必ず、次世代に託された希望が読み取れた。この、ウォーカー独自の、ウーマニストの視点からの〈非暴力〉の解釈が、その後に生み出される作品を通し、地球全体へ、そして時空を超えるものへと次第に発展を遂げていったのは、公民権運動が黒人の解放だけに止まらず女性解放運動やその他多様な解放運動を促していったように、元来広がりゆく性質を内包していることから、必然であったとも言える。そしてそれはまた、ウォーカーが、文化や宗教が互いにせめぎ合う複雑なグローバル社会をすでに見越していた証左のようにも思える。

　批評家デイヴィスが、ウォーカーの先見性や初期のポストモダン作家としての役割とその価値を再評価していることは「まえがき」で言及したが、それは、『喜びの秘密をもつこと』が1992年の出版以来20年以上の歳月を経て、現代の視点で新たに読み直され、以前とは異なった肯定的な評価を得るようになっている昨今の現状とも無関係ではないように見える。事実、この作品でウォーカーが描き出した、アフリカと西洋の連帯による反FGM運動の力強い芽吹きは、この20年で国連や世界の国々が密に連携し合い、着実にFGM廃絶へと向かう中、様々な国でFGM禁止法が相次いで成立し、またそれを人々に定着させるための財政支援や、人種や国境を超えた多様なプロジェクトが活発に展開している現在の状況とぴったり符号する。これらのことは第3章ではほとんど取り上げることができなかったので、もう少し具体例を挙げて紹介しておきたい。

　2016年7月31日にWAAF(「FGM廃絶を支援する女たちの会」)が発行し

あとがき

たニューズレターによると、彼女達が反FGM基金を交付しているアフリカの国の多くでは、20年前と比較すると、FGMについて話すことをタブー視したり、制限したりすることが減少し、人々が地域社会の変化を実感し始めているようである。例えばカメルーンのある地域では、それまではFGMについて話す人はほとんどおらず、行われていることすら知らない人もいる状態であったが、啓発活動によってFGMが知られるようになり、学校や社会でも公に話されるようになっただけでなく、政府の関心も増してきたという (11)。またナイジェリアのエド州では、FGMの施術者であった者に対する代替職業の支援と斡旋、FGMについて教える学校教育、FGMが引き起こす健康問題について多くのメディアが啓発を進めたことなどが、その実施率を60パーセントから40パーセントまで引き下げた (6-7)。さらに、アフリカの中でもFGM実施率が高く、保守的な家父長制社会であるシェラレオネでは、FGMと児童婚の危険を知らせたり、アドボカシー（権利擁護・主張）能力を養うためのワークショップを開いたりして若者の教育に力を入れ、それに参加したある女性が、「FGMと有害な伝統的慣習は私で終わり」というスローガンを作ったという (12-3)。これらの報告は、ウォーカーが『喜びの秘密をもつこと』で女性主人公に託したアフリカ女性自らの抵抗、すなわち未来の世代のために今の世代が立ち上がる民主主義的姿勢が、まさに現実のものになっていることを伝えている。

　ところで、『喜びの秘密をもつこと』だけではなく、『カラーパープル』と『父のほほえみに照らされて』の両作品にも、女性のセクシュアリティを支配する父権的暴力が赤裸々に描かれていることから、ウォーカーが女性のセクシュアリティの問題を極めて重要視しているのは間違いない。それゆえ、これらの作品を女性のセクシュアリティの解放という切り口から論じるのは可能であるし、実際そのような論文も多い。しかしながら、ウォーカーの意図をその観点だけで論じるのはまだ不十分である。というのも、彼女がなぜ男性による女性のセクシュアリティ支配を描くのかという問いを突き詰めていくとき、その答えは、先にウーマニストの定義で述べたように、全ての人々の「生存と全体性」を守るということに辿り着くからである。

ウォーカーの言う「全体性（wholeness）」とは、「その人そのもの」、または「あるがままの存在」とも解されるような概念である。それは、女性のセクシュアリティも含め、人間は精神的にも肉体的にも決して暴力によって抑圧されたり、どの部分も切除されたりしてはならないということを含意しており、ウォーカーが追究するものは、まさに人間の在り方そのものと言える。

　したがって、ウォーカー作品をウーマニストの視座から眺めることは、ウォーカーがさらに、『わが愛しきものの神殿』や『今こそ心を開くとき』において、次世代のために暴力の無い未来の地球を見据える姿勢を打ち出した理由や、彼女の人間解放への切実な思いを深く理解することにつながるが、それだけではない。ウーマニストの定義に立ち戻って全長編作品を通時的に思索することは、彼女の目指す「全てのものとの一体」が、人間が「その人そのもの」、あるいは「あるがままの存在」になれたときに初めて完成される、未来を生き抜くための戦略であることを教えてくれる。

　本書の第一の目的は、ウォーカーの長編小説全てを、四種類の暴力を切り口に、多角的かつ連続的に考察することにより、ウォーカーのウーマニズムの視点の深化や発展、また作品の持つ広く深い世界観を読み解き、新しい作品解釈を提示することであり、第二の目的は、そうした新たな理解から、ウォーカーの作家としての真摯な著作姿勢や、作品の現代的意義を明らかにすることであった。本論で行った分析により、ウォーカーが作品に込めた人間同士の強い連帯感や、未来への希望のメッセージが、連続性と発展性を持って明確に立ち現れてきたのではないかと思う。

　しかし、作家ウォーカーの真髄や、彼女の成熟した思想全てを捉え切れたとは到底考えていない。例えば、本論では登場人物全てを取り上げることはできなかったが、物語の中で脇役を演じている登場人物も、付与された環境の中で独自の価値観を築きながら懸命に生きている。彼らは主人公と対比させられ、表面的にはステレオタイプに描かれているようでも、内面には人間的な深い葛藤を宿している。そうした副次的人物にもっと光を当てることは、主要人物が体現するものを、より一層浮き彫りにするに違いない。また、ウォーカーが重要視するものは、世界がまさに現在抱えて

あとがき

いる問題に通底するものも多いので、歴史的背景を考慮しながらテクストの細部や行間に注目することは、まだ明らかになっていない作品の潜在価値を引き出すことにもなるであろう。

　さらには、ウォーカー作品と、彼女の後に現れた次世代の黒人女性作家の作品とを比較することも、ウォーカーが前世代の黒人作家を継承しつつ、常に未来を見つめてきたからこそ、価値ある研究になりうる。事実、E・シェリー・リード（E. Shelley Reid）は、ウォーカーやトニ・モリスン（Toni Morrison）が次世代の黒人女性作家に果たした、「新しい『庭師』の『母親』」（313）としての役割と意義に注目し、彼女達が遺した力強い伝統を、次世代作家の描く登場人物の声に聞き取り、自己の進む道をすでに知る登場人物が、アメリカ社会の中で新たに取り組む闘いや日々の葛藤を分析している。こうした観点からも、ウォーカー研究はますます展開していくと考えられる。筆者自身も今後、ウォーカーの前世代として現代アメリカ黒人女性文学の先鞭を着け、尚且つウォーカーがその再評価に貢献した[1]ゾラ・ニール・ハーストン（Zora Neale Hurston）などの作品にも注目し、ウォーカーが大切に継承しながら発展させているものを、さらに究明してみたい。

　なお、本書は2017年3月に広島大学大学院文学研究科に提出した博士論文に加筆修正を施したものである。当博士論文作成にあたっては、同研究科教授の新田玲子先生に言葉では言い尽せないほどの懇切丁寧なご指導を頂いたことと、研究者としての真摯な姿勢を日々教示しながら私を導いて下さったことに、心から感謝を申し上げたい。また、元広島女学院大学文学部英米言語文化学科教授のロナルド・D・クライン（Ronald D. Klein）先生には、たびたび有意義なご助言を頂いたり、論文が思うように進まないときには激励を頂いたりした。そして、明治学院大学国際学部国際学科教授の森あおい先生は、博士論文の外部審査員として細部に至るまで拙論に丁寧に目を通して下さり、多岐に渡る修正点や変更点をご指摘下さった。その他、内部審査員の大地真介先生や他の広島大学大学院文学研究科の先生方からも多くのご指摘を頂いたり、友人や家族からも数えきれないほどの応援をもらったりした。さらに、出版に際しては渓水社の方々に様々

なご助言を頂いた。ここに、厚くお礼を申し上げたい。

2018年11月

光森　幸子

注

まえがき
1. この伝統的慣習には、考え方や立場の違いによって様々な名称が用いられてきた。1980年代半ばまでは一般的に「女子割礼」(Female Circumcision) と称されてきたが、女性器の切除の範囲や損傷が男子割礼とは比較にならない度合いであることや、切除の実態を名称に正確に反映させる重要性などが考慮され、「国連女性の十年間」(the United Nations International Decade for Women (1976-85)) や、1990年に開催されたインター・アフリカン・コミッティー (IAC) の総会などを経て、FGM (Female Genital Mutilation) という名称が国際的に正式に用いられるようになった。FGMは1970年代にアメリカのジャーナリスト、フラン・ホスケン (Fran Hosken) が使った造語で、「女子割礼」や「カッティング」などの用語よりも、女性の健康な身体を意図的に損なう点を強調している。しかしこの名称をアフリカ人に対する西洋の人種差別的な描写と捉える考え方もあり、批評家によっては、より中立的なFGE (Female Genital Excision) やFGC (Female Genital Cutting) を好む場合もある。
2. 『わが愛しきものの神殿』に対しても、肯定的評価と否定的評価は同数くらい存在する。否定的な批評家の代表として、アメリカの進歩的知識人の意見を代表すると言われる *The New Republic* に同小説への批判を載せた、James Walcott (ジェイムズ・ウォルコット) を挙げておく。ウォルコットは、この小説が、最初から最後まで「たくさんの講習会」(28) であり、ウォーカーの宇宙論は自己を超越するものではなく、「言語に絶するエゴティズム」(30) であると痛烈に批判している。
3. 『コロンビア大学現代文学・文化批評用語辞典』によると、ポストモダニズムは、「モダニズム期に陳腐になった多くの慣例 (CONVENTION) からの決別」と見なされている。またポストモダニズム作品の特徴は、次のように言及されている。「大部分のポストモダニズムの作品は、『ハイ (高級)』文化と『ロウ (低級)』文化間の区別を転倒しようとしている。その結果、さまざまなテクニック、ジャンル、さらには表現媒体の混合、つまりパスティーシュ (PASTICHE) が、しばしば見うけられる。」(323) 本論では、ポストモダンという言葉をこうした文学作品の特徴を踏まえて用いている。
4. エリザベス・ベカーズ (Elisabeth Bekers) は、ケニヤッタ以前にもFGEについての民俗学的研究はあったが、この慣習を行っている民族の一人が記した報告としてはケニヤッタが最初であり、そのことがFGEへの関心を引き、議論の活性化につながったと注で述べている (183)。

5. ベカーズ自身は、この慣習に関する多種多様なテクストを分析する立場上、より中立的なFGEという名称を用いている。
6. ウォーカーが英語圏においてFGMを批判した最初の作家と見なされる場合が多いが、実は*SJ*出版と同年の1992年に、アメリカ黒人女性作家のグロリア・ネイラー（Gloria Naylor）も、『ベイリーズ・カフェ』（*Bailey's Cafe*）の中で、*SJ*の女性主人公と同様に陰部封鎖を受けた女性のトラウマを描いている。しかし批評家レヴィンは、ネイラーがFGMに反対なのは確かであると述べるものの、ウォーカーが架空の国を設定しているのに対し、ネイラーが実在するエチオピアを取り上げ、ベタ・イスラエル（エチオピアのユダヤ人）社会で陰部封鎖が行われているという、事実とは異なる描写をしていることを問題視し、それが反ユダヤ主義を掻き立てる危険性があると指摘してもいる。("What's Wrong with Mariam? Gloria Naylor's Infibulated Jew" 119)
7. 例えば、セネガル出身の映画監督ウスマン・センベーヌ（Ousmane Sembène）による2004年の*Moolaadé*。邦題は『母たちの村』。
8. 本論で使用する「帝国主義」、「植民地主義」の定義については、ポストコロニアル理論を確立した文学研究者・文学批評家であるエドワード・W・サイードが『文化と帝国主義 1』の中で述べているところに従うものとする。彼は、「帝国主義」を「遠隔の領土を支配するところの宗主国中枢における実践と理論」（40）、また「植民地主義」を、「ほとんどいつも帝国主義の帰結であり、遠隔の地に居住区を定着させること」（40）と定義している。
9. 岡真理は、こうした女性達の連帯に分断をもたらしている南北の格差について、次のように述べている。「『第三世界』の女性たちから見れば、性器切除廃絶に対する彼女たちの主体的な取り組みの可能性を阻んできたのは、むしろ、『先進国』の、覇権主義的、植民地主義的な欲望であったと言えるだろう－北側先進工業世界は、経済的搾取によってアフリカ社会を構造的貧困状態におき、性器切除廃絶に不可欠な社会の経済的自律や教育の普及を阻害している。」(16)
10. コイタはヨーロッパにおけるFGM廃絶運動の団体の一つ、GAMS（Groupe pour l'Abolition des Mutilations Sexuelles）に所属しているが、*Blood Stains*の中で次のように述べている。「団体の資金不足よりも重大な問題は、女性と男性の欺瞞的なグループによる反対であり、彼らはGAMSの活動家はフランスのフェミニストの手先（puppet）であると主張した。」(193)
11. ヘルツベルガー＝フォファーナは、1980年にコペンハーゲンで開催された「国連女性の十年」の中間年世界会議／第二回世界女性会議において、西洋フェミニストの態度がもたらした結果について次のように言及している。「発展途上国の女性達は、悪く言えば傲慢で、よく言っても母親的な彼女達の態度に困惑して会議を立ち去った。こうして両者の対話は閉ざされた。いやもっと悪いことに、アフリカからの参加者の中でも最もはっきりと意見を主張する人々が団結し、一丸となって不満を表

明したのである。彼女達は切除を擁護するとまではいかないにしても、ヨーロッパと北アメリカのアクティヴィストに対する鋭い非難は、発生期の国際的な協力を相当困難なものにするという、おそらく予期もしていなかった結果をもたらしたのだった。」(145-46)
12. ウォーカーの再評価については、2014年出版の*Waging Empathy:Alice Walker, Possessing the Secret of Joy and the Global Movement to Ban FGM*を参照されたい。
13. 1989年1月18日の『ニューヨークタイムズ』の記事によると、国会の場でレーガン大統領（任期1981-89）は、彼の政権下において黒人は新しい職業を得て、黒人世帯は平均所得の増加を享受していると主張し、差別撤廃のための割当制度（quotas）や少数派の雇用を義務付けることへの反対を表明した。これに対し、民主党議員からは、レーガン政権になってからの黒人の失業率や貧困の増加、白人家庭と黒人家庭の平均収入の約2倍の格差などが指摘された。("Reagan Quotes King Speech in Opposing Minority Quotas")

第1章

1．白人の元新聞記者、ジョエル・チャンドラー・ハリス（Joel Chandler Harris）が編集した黒人民話の語り手。『アンクル・リーマス話』は、黒人奴隷のアンクル・リーマスが主人の息子に黒人民話を語り聞かせるという形式を取っているが、白人の視点から黒人を見ている点が指摘されている。(『アフリカ系アメリカ人ハンディ事典』より）
2．ウォーカーは高校卒業後、アトランタの黒人女子大学、スペルマン大学へ入学したが、公民権運動を支援しない大学の方針を批判していたと言われる。
3．キング牧師は、「バーミンガム刑務所からの手紙」の中で、非暴力直接行動を行う際の4つの基礎的な段階について以下のように記している。
(1) collection of the facts to determine whether injustices are alive, (2) negotiation, (3) self-purification, and (4) direct action (85)
　彼はまた上記の（3）については、その準備を次のように解説している。
We started having workshops on nonviolence and repeatedly asked ourselves the questions, 'Are you able to accept blows without retaliating?' 'Are you able to endure the ordeals of jail?'" (86)
　さらに彼は、「非暴力は、私達が用いる方法も私達が目指す目標と同様に、純粋なものであることを要求している」(99) と述べ、白人への対抗暴力を完全に否定した。
4．こうした、白人との分離主義的傾向が強まり、「ブラックパワー」が叫ばれるようになる。ブラックナショナリズムは、アメリカにおいて白人に対する黒人の優越性、白人支配からの解放、黒人の自立を説く思想。(『アフリカ系アメリカ人ハンディ事典』より）一方、キング牧師は1967年の「ブラックパワーの定義」の中で、真のブ

ラックパワーとは、黒人の商業、労働組合、消費者による集団ボイコット、牧師の指導力、選挙人投票を支援することなどの「社会的な力」(165)であると明確に定義している。(154-65)
5．ブラック・パンサー党は武装したゲリラ戦士という過激なイメージが強いが、彼らは当初、強いコミュニティ志向を持ち合わせていた。「もともと、パンサー党は、警察の虐待から黒人コミュニティを防御する『逆パトロール』の活動からはじまりました。そしてその支持の源泉は、一〇項目綱領のなかにみてとれる『生存プログラム』と呼ばれる地域の無料朝食サーヴィス、医療、教育サーヴィス、などが支えていたのです。」(酒井 75-6)「パンサーは選挙政治も否定しなかった。むしろ黒人コミュニティのエンパワーメントのために有権者登録の推進に力を入れ、パンサーのメンバー自らが地方レベルの選挙に立候補することもあった。」(竹本 120) しかし、FBIによるパンサー党員への弾圧が激化する中で、彼らが「民衆的基盤を離れ、空疎なヒロイズムが支える攻撃的な武力行使」(酒井 76)に陥っていくとき、彼らの活動は、「住民のニーズに応えるもの」(竹本 120)という当初の理念から乖離していったのである。
6．『アフリカ系アメリカ人ハンディ事典』の「ブラック・パンサー」に次の記述がある。「パンサー党の指導者の一人、エルリッジ・クリーヴァーの『氷の上の魂』(1968)にはブラック・パンサーに結集した黒人たちの政治とはまた違うレベルでの内面生活が垣間見られる。無意識の白人への劣等感（白人女性への欲望）と、その裏返しとしての黒人としての怒りや誇りをエートスとし、マッチョ主義的男性優位主義や同性愛への敵対意識が見られる。前者は白人の妻への家庭内暴力として現れ、後者は黒人作家ジェイムズ・ボールドウィンへの批判となってあらわれた。80年代に入りブラック・フェミニズムと対立することになる。」(267)

第3章
1．ユング研究所からユング派の分析家の資格を得た河合隼雄は、「ユングは、人間の心のなかに意識と無意識の層を分けるのみでなく、後者をさらに個人的無意識と普遍的無意識とに分けて考えた」と述べる。彼はユングの言葉に従い、「普遍的無意識」とは、「表象可能性の遺産として、個人的ではなく、人類に、むしろ動物にさえ普遍的なもので、個人の心の真の基礎である」と説明する。(93-4)
2．フォルデスは、当初、損傷を受けた女性性器の再建手術を行うことのみに専念し、FGMの廃絶運動については自身の管轄外であると見なしてきたが、その行為が、「私が目撃したことの重要性を退けてしまった」(225)と認め、「彼女達の苦痛について知ったこと」(226)を「証言」(225)することの重要性を主張している。
3．本章では、ヤンソン柳沢由実子訳のウォーカーの映画のタイトルが、その映画のジャーナルの中で用いられている同じ英語表現の内容にもふさわしいと思われるので、そのまま使用することにする。

注

第4章

1. 『カラーパープル』のミスター（Mr._）がそうであるように、ウォーカーは、身体の小さな男性の性的暴力を、社会における父権的価値観の強さを象徴する比喩として度々用いている。ウォーカーの作品では、身体が小さいことへの劣等感から、女性を一層抑圧し、暴力を振るう男性が描かれる。
2. アイアワースカ（Ayahuasca）としても知られる南米産のキントラノオ科のつる植物。中枢神経系の治療に役立つ、強い幻覚作用を持つアルカロイドが採れる。ウォーカーは2004年のインタビューで、YHでは、本来の薬草の伝統的な使用法やそれによる精神的な体験を描くことによって、現在、薬物の濫用から自身を見失い、コミュニティを荒廃させているアフリカ系アメリカ人の若い世代を救いたかったと述べている。
3. ウォーカーが度々比喩的に使用するオグララ・スー部族の語。先住民の人々が白人男性を指して使うが、本来は「肉の最も良い部分を取る者」の意味。ウォーカーは、Wasichuになるには肌の色は関係ないと述べている（"Everything Is a Human Being" 144）ことから、支配的な思考様式を持つ者の表象としてこの語を用いていると考えられる。

あとがき

1. ウォーカーは「ゾラを探して」（"Looking for Zora"）の中で、ハーストンの故郷フロリダ州イートンヴィルを訪れて彼女の墓石を探したところ、叢に深く埋もれてしまっていたため、新たに「ゾラ・ニール・ハーストン『南部の天才』小説家 民族学者 文化人類学者 1901-1960」（107）という碑文を刻んだ墓石を立てたと述べている。この出来事は、ウォーカーがハーストンのアメリカ文学への功績を発見するという意味でも、象徴的なものである。

引用・参考文献

Abbandonato, Linda. "Rewriting the Heroine's Story in *The Color Purple*." Gates and Appiah 296-308.
Abend-David, Dror. "The Occupational Hazard: The Loss of Historical Context in Twentieth-Century Feminist Readings, and a New Reading of the Heroin's Story in Alice Walker's *The Color Purple*." Dieke 13-20.
Althaus, Frances A. "Rite of Passage or Violation of Rights?" *International Family Planning Perspectives* 23.3 (Sep., 1997): 130-33.
Baldwin, James. *The Fire Next Time*. Harmondsworth: Penguin, 1973.
Balfour, Lawrie. "Representative Women: Slavery, Citizenship, and Feminist Theory in Du Bois's "Damnation of Women." *Hypatia* 20.3 (2005): 127-50.
Barker, Deborah. "Visual Makers: Art and Mass Media in Alice Walker's *Meridian*." *African American Review* 31.3 (1997): 463-66.
Barnett, Pamela E. "Miscegenation," Rape, and "Race" in Alice Walker's *Meridian*." *Southern Quarterly* 39.3 (2001): 65-81.
Bates, Gerri. *Alice Walker: A Critical Companion*. Westport: Greenwood, 2005.
Bekers, Elisabeth. "From Women's Rite to Human Right Issue: Literary Explorations of Female Genital Excision Since '*Facing Mount Kenya*' (1938)." Levin and Asaah 15-37, 182-91.
Bennet, Lerone Jr. *Before the Mayflower: A History of Black America*. New York: Penguin, 1993.
Bhabha, Homi K. *The Location of Culture*. 1994. Trans. Tetsuya Motohashi, et al. 『文化の場所－ポストコロニアリズムの位相』本橋哲也訳、法政大学出版局、2004年。
Blackmon, Douglas A. *Slavery by Another Name*. New York: Anchor, 2009.
Bloom, Harold, ed. *Bloom's Modern Critical Views: Alice Walker*. Philadelphia: Chelsea, 1989.
Braendlin, Bonnie. "Alice Walker's *The Temple of My Familiar* as Pastiche." *American Literature* 68.1 (1996): 47-67.
Brinkley, Alan. *American History: A Survey*. Boston: McGraw-Hill, 1999.

Brownworth, Victoria A. Rev. of *Warrior Marks: Female Genital Mutilation and the Sexual Blinding of Women*, by Alice Walker and Pratibha Parmar. *Lamdra Book Report* 4.6 (Sept.-Oct., 1994): 37.

Buckman, Alyson R. "The Body as a Site of Colonization: Alice Walker's *Possessing the Secret of Joy*." *Journal of American Culture* 18 (1995): 89-94.

Butler-Evans, Elliot. "History and Genealogy in Walker's *The Third life of Grange Copeland* and *Meridian*." Gates and Appiah 105-25.

Butler, Robert James. "Alice Walker's Vision of the South in *The Third Life of Grange Copeland*." *African American Review* 27.2 (1993): 195-204.

Byerman, Keith. "Desire and Alice Walker: The Quest for a Womanist Narrative." *Callaloo* 39 (1989): 321-31.

---. *Remembering the Past in Contemporary African American fiction*. Chapel Hill: Univ. of North Carolina Press, 2005.

Byrd, Rudolph P. Rev. of *By the Light of My Father's Smile*, by Alice Walker. *African American Review* 33.4 (1999): 719-22.

---. ed. *The World Has Changed: Conversations with Alice Walker*. New York: New, 2010.

Cage, Tameka L. "Going Home Again: Diaspora, Female Genital Mutilation (FGM) and Kingship in *Warrior Marks*." Levin and Asaah 52-63.

Cape, Jonathan. "Looking like an American." Rev. of *Possessing the Secret of Joy*, by Alice Walker. *New Statesman and Society* 9 Oct. 1992: 36-37.

Charrumathi, N.R. *Survival through Redemption of Self in the Select Novels of Alice Walker*. Diss. Bharathiar U, 2013. Coimbatore: Language in India, 2014. ISSN 1930-2940.

Cheung, King-Kok. "'Don't Tell': Imposed Silence in *The Color Purple* and *The Woman Warrior*." *PMLA* 103.2 (1998): 162-74.

Childers, Joseph, and Gary Hentzi eds. ジョゼフ・チルダース、ゲーリーヘンツィ編『コロンビア大学現代文学・文化批評用語辞典』杉野健太郎、中村裕英、丸山修監訳、松柏社、1998年。

Christian, Barbara. "An Angel of Seeing: Motherhood in Buchi Emecheta's *The Joy of Motherhood* and Alice Walker's *Meridian*." Christian, *Black Feminist* 211-52.

---. *Black Feminist Criticism: Perspective on Black Woman Writers*. 1985. New York: Teachers College P, 1997.

---. "Novels for Everyday Use." Gates and Appiah 50-104.
Christophe, Marc-A. "*The Color Purple*: An Existential Novel. Dieke 101-07.
Cochran, Kate. "'When the Lessons Hurt': *The Third Life of Grange Copeland* as Joban Allegory." *Southern Literary Journal* 34.1 (2001): 79-100.
Coetzee, J. M. "*The Temple of My Familiar.*" Gates and Appiah 24-26.
Coles, Robert. "The Third Life of Grange Copeland (1970)" Gates and Appiah 6-8.
Cooke, Michael G. "Intimacy: The Interpenetration of One and the All in Robert Hayden and Alice Walker." *Afro-American Literature in the Twentieth Century: The Achievement of Intimacy*. New Haven: Yale UP, 1984. 133-76.
Davis, Amanda J. "To Build a Nation: Black Women Writers, Black Nationalism, and the Violent Reduction of Wholeness." *Frontiers* 26.3 (2005): 24-53.
Davis, Thadious M. *South Scapes*. Chapel Hill: U of North Carolina P, 2011.
Dawney, Anne M. "A Broken and Bloody Hoop: The Intertextuality of *Black Elk Speaks* and Alice Walker's *Meridian*." *MELUS*, 1994.
Dieke, Ikenna, ed. *Critical essays on Alice Walker*. Westport: Greenwood, 1999.
---. "Toward a Monistic Idealism: The Thematics of Alice Walker's *The Temple of My Familiar*." *African American Review* 26.3 (1992): 507-14.
Du Bois, W. E. B. *The Souls of Black Folk*. 1903. Ed. Henry Louis Gate Jr. and Terri Hume Oliver. New York: Norton, 1999.
---.『黒人の魂』木島始、鮫島重俊、黄寅秀訳、未来社、1965年。
Eddy, Charmaine. "Marking the Body: The Material Dislocation of Gender in Alice Walker's *The Color Purple*." *Ariel* 34.2-3 (2003): 37-70.
Elkins, Stanley, and Eric Mckitrick. "Institutions and the Law of Slavery: The Dynamics of Unopposed Capitalism." *American Quarterly* 9.1 (1957): 3-21.
Elsley, Judy. "'Nothing Can Be Sole or Whole That Has Not Been Rent': Fragmentation in the Quilt and *The Color Purple*." Dieke 163-70.
Erickson, Peter. "'Cast Out Alone/to Heal/and Re-create/ Ourselves': Family-based Identity in the Work of Alice Walker." Bloom 5-23.
Flexman, Ellen. Rev. of *Now Is the Time to Open Your Heart* by Alice Walker. *Library Journal* 19 (2003): 100.
Gates, Henry Louis, Jr. "Color Me Zora." Gates and Appiah 239-60.

---. *Figures in Black: Words, Signs, and the "Racial" Self.* New York: Oxford UP, 1987.
---. *The Signifying Monkey.* New York: Oxford UP, 1988.
---, and K.A.Appiah, eds. *Alice Walker: Critical Perspectives Past and Present.* New York: Amistad, 1993.
George, Olakunle. "Alice Walker's Africa: Globalization and the Province of Fiction." *Comparative Literature* 53.4 (2001): 354-72.
Gilbert, Olive. *Narrative of Sojourner Truth.*1850. New York: Dover, 1997.
Gourdin, Angeletta KM. "Postmodern Ethnography and the Womanist Mission: Postcolonial Sensibilities in *Possessing the Secret of Joy.*" *African American Review.* 30.2 (1996): 237-45.
Gray, Paul. "A Myth to Be Taken on Faith." *Time.* 18 (1989): 69.
Greenwood, Amanda. "'The Animals Can Remember': Representations of the Non-Human Other in Alice Walker's *The Temple of My Familiar.*" *Worldviews* 4 (2000): 164-78.
Gregory, Norma J. "Deity, Distortion, and Destruction: A Model of God in Alice Walker's *The Color Purple.*" *Black Theology* 11.3 (2013): 363-72.
Gruesser, John. "Breaking the Silence about Female Genital Mutilation in *Possessing the Secret of Joy.*" Levin 115-31.
Gussow, Mel. "Once Again, Alice Walker Is Ready to Embrace Her Freedom to Change." *New York Times* 26 Dec 2000, late ed.: E.1.
Haley, Alex. *Roots.* New York: Doubleday, 1976.
Hall, James C. "Towards a Map of Mis (sed) Reading: The Presence of Absence in *The Color Purple.*" *African American Review* 26.1 (1992): 89-97.
Hamilton, Cynthia. "Alice Walker's Politics or the Politics of *The Color Purple.*" *Journal of Black Studies* 18.3 (1988): 379-91.
Hankinson, Stacie Lynn. "From Monotheism to Pantheism: Liberation from Patriarchy in Alice Walker's *The Color Purple.*" *The Midwest Quarterly* 38.3 (1997): 320-28.
Harris, Trudier. "Folklore in the Fiction of Alice Walker: A Perpetuation of Historical and Literary Traditions." *Black American Literature Forum* 11.1 (1977): 3-8.
---. "On *The Color Purple*, Stereotypes, and Silence." *Black American Literature Forum* 18.4 (1984): 155-61.
Hellenbrand, Harold. "Speech, After Silence: Alice Walker's *The Third Life of*

Grange Copeland." *Black American Literature Forum* 20.1/2 (1986): 113-28.
Hendin, Josephine. "The Third Life of Grange Copeland (1970)." Gates and Appiah 3-5.
Hendrickson, Roberta M. "Alice Walker, Meridian and the Civil Rights Movement." *MELUS*, 24.3 (1999): 111-28.
Herzberger-Fofana, Pierrette. "Excision and African Literature: An Activist Annotated Bibliographical Excursion." Levin and Asaah 142-55.
Hogue, W. Lawrence. "Discourse of the Other: *The Third Life of Grange Copeland*." Bloom 97-114.
Holloway, Richard, ed. *Who Needs Feminism?: Men Respond to Sexism in the Church*. 『教会の性差別と男性の責任-フェミニズムを必要としているのは誰か』小野功生、中田元子訳、新教出版、1995。
hooks, bell. "Reading and Resistance: *The Color Purple*." Gates and Appiah 284-95.
Howard, Lillie P, ed. *Alice Walker and Zora Neale Hurston: The Common Bond*. Westport: Greenwood, 1993.
Hughes, Langston. "I, Too." 1925. Ed. Henry Louis Gate Jr. and Nellie Y. McKay. New York: Norton, 1997. 1258.
Islam, M. Mazharul, and M. Mosleh Uddin. "Female Circumcision in Sudan: Future Prospects and Strategies for Eradication." *International Family Planning Perspectives* 27.2 (June, 2001): 71-76.
James, Stanlie. Rev. of *Warrior Marks*, dir. Pratibha Parmar. *The American Historical Review* Apr. 1997: 595-96.
James, Stanlie M. "Shades of Othering: Reflections on Female Circumcision/Genital Mutilation." *Signs* 23.4 (1998): 1031-48.
Jenkins, Candice M. "Queering Black Patriarchy: The Salvific wish and Masculine Possibility in Alice Walker's *The Color Purple*." *Modern Fiction Studies* 48.4 (2002): 969-1000.
Jones, Edward P. *The Known World*. New York: Amistad, 2003.
June, Pamela B. "Subverting Heteronormativity: Another Look at Alice Walker's *By the Light of My Father's Smile*." *Women's Studies* 40 (2011): 600-19.
Karanja, Ayana. "Zora Neale Hurston and Alice Walker: A Transcendent Relationship—*Jonah's Gourd Vine* and *The Color Purple*." Howard

121-37.

Kelly, Erna. "A Matter of Focus: Men in the Margins of Alice Walker's Fiction." Dieke 171-83.

Kenyatta, Jomo. *Facing Mount Kenya: The Tribal Life of the Gikuyu*. 1938. 6th ed. 1959.

―. 『ケニア山のふもと』野間寛二郎訳、理論社、1962年。

King, Lovalerie. Rev. of *Warrior Marks: Female Genital Mutilation and the Sexual Blinding of Women*, by Alice Walker and Pratibha Parmar. African American Review 31.3 Autumn 1997: 542-45.

King, Martin Luther, Jr. "Black Power Defined." 1967. Washington 153-65.

―. "Letter from a Birmingham Jail." 1963. Washington 83-100.

―. "Pilgrimage to Nonviolence." 1960. Washington 54-62.

Koita, Khady. *Blood Stains: A Child of Africa Reclaims Her Human Rights*. Frankfurt am Main: UnCut/Voices, 2010.

―. 『切除されて』松本百合子訳、ヴィレッジブックス、2008年。

Korn, Fadumo. *Born in the Big Rains*. Trans. Tobe Levin. New Yorks: Feminist, 2006.

Krolik, Donna. "Teaching Alice Walker's Meridian: From Self-Defense to Mutual Discovery." *MELUS*, 17.4 (1991): 81-89.

Lauret, Maria. "Healing the Body Politic: Alice Walker's *Meridian*." *Liberating Literature*. London: Routledge, 1994. 124-43.

―. "The Third Life of Grange Copeland." *Alice Walker*. New York: St.Martin's, 2000. 30-59.

Le Guin, Ursula K. "*The Temple of My Familiar.*" Gates and Appiah 22-24.

Lester, Neal A. "'Not My Mother, Not My Sister, But It's Me, O Lord, Standing...': Alice Walker's 'The Child Who Favored Daughter' as Neo-slave Narrative." *Studies in Short Fiction* 34.3 (1997): 289-305.

Levin, Tobe. "Alice Walker, Activist: Matron of Forward." *Black Imagination and the Middle Passage*. Ed. Maria Diedrich. New York: Oxford UP, 1999. 240-54.

―. "Assaults on Female Genitalia: Activists, Authors and the Arts." Levin and Asaah 1-14.

―. "Feminist (and "Womanist") as Public Intellectuals?" *The New York Public Intellectuals and Beyond: Exprloring Liberal Humanism, Jewish Identity, and the American Protest Tradition*. Ed. Ethan and Daniel

Morris. West Lafayette: Purdue UP, 2009. 243-74.
---. Preface. Levin and Asaah xiv-xvii.
---. Rev. of *Warrior Marks: Female Genital Mutilation and the Sexual Blinding of Women*, by Alice Walker and Pratibha Parmar. *NWSA Journal* 6.3 Fall 1994: 511-14.
---, ed. *Waging Empathy:Alice Walker, Possessing the Secret of Joy and the Global Movement to Ban FGM*. Frankfurt am Main: UnCut/Voices, 2014.
--- and Augustine H. Asaah, eds. *Empathy and Rage: Female Genital Mutilation in African Literature*. Banbury: Ayebia, 2009.
---. "What's Wrong with Mariam? Gloria Naylor's Infibulated Jew." Levin and Asaah 112-25.
Loeb, Monica. "Walker's 'The Flowers.'" *Explicator* 55.1 (1996): 60-62.
Lotz, Amanda D. "Communicating Third-Wave Feminism and New Social Movements: Challenge for the Next Century of Feminist Endeavor." *Women and Language* 26.1 (2003): 2-9.
Mann, Susan A. "Slavery, Sharecropping, and Sexual Inequality." *Signs* 14.4 (1989): 774-98.
Mainimo, Wirba Ibrahim. "Black Female Writers' Perspective on Religion: Alice Walker and Calixthe Beyala." *Journal of Third World Studies* 19.1 (2002): 117-36.
Mason, Theodore O. Jr. "The Dynamics of Enclosure." Gates and Appiah 126-39.
McDowell, Deborah E. "The Self in Bloom: Alice Walker's *Meridian*." Gates and Appiah 168-79.
Menya, Diana C. Rev. of *Possessing the Secret of Joy*, by Alice Walker. *The Lancet* 13 Feb. 1993: 423.
Mitgang, Herbert. "Alice Walker Recalls the Civil Rights Battle." *New York Times* 16 Apr.1983, late ed.:1.13.
Moore, Geneva Cobb. "Archetypal Symbolism in Alice Walker's *Possessing the Secret of Joy*." *Southern Literary Journal* 33.1 (2000): 111-21.
---. "Zora Neale Hurston as Local Colorist." *Southern Literary Journal* 26 (1993): 25-34.
Olenick, I. "Female Circumcision is Nearly Universal in Egypt, Eritrea, Mali and Sudan." *International Family Planning Perspectives* 24.1 (Mar.,

1998): 47-49.

Osaki, Lillian Temu. "Madness in Black Women's Writing. Reflections from Four Texts: *A Question of Power, The Joys of Motherhood, Anowa* and *Possessing the Secret of Joy.*" *Ahfad Journal* 19.1 (2002): 4-20.

Petrillo, Marion Boyle. "A Sudden Trip Home in the Spring." *Masterplots II : Short Story Series, Revised Edition*. 2004.

Petry, Alice Hall. "Alice Walker: The Achievement of the Short Fiction." *Modern Language Studies* 19.1 (1989): 12-27.

Pifer, Lynn. "Coming to Voice in Alice Walker's *Meridian*: Speaking Out for the Revolution." *African American Review* 26.1 (1992) 77-88.

---, and Tricia Slusser. "'Looking at the Back of Your Head': Mirroring Scenes in Alice Walker's *The Color Purple* and *Possessing the Secret of Joy.*" *MELUS* 23.4 (1998): 47-57.

Prolongeau, Hubert. *Undoing FGM: Pierre Foldes, the Surgeon Who Restores the Clitoris*. Frankfurt am Main: UnCut/Voices, 2011.

Quarles, Benjamin. *The Negro in the Making of America*. 1964. New York: Touchstone, 1996.

"Reagan Quotes King Speech in Opposing Minority Quotas." *New York Times* 18 Jan. 1986. 28-30.

Reid, E. Shelley "Beyond Morrison and Walker: Looking Good and Looking Forward in Contemporary Black Women's Stories." *African American Review* 34.2 (2000): 313-28.

Royster, Philip M. "In Search of Our Father's Arms: Alice Walker's Persona of the Alienated Darling." *Black American Literature Forum* 20.4 (1986): 347-70.

Said, Edward W. *Culture and Imperialism*. New York: Vintage, 1993.

---.『文化と帝国主義 1, 2』大橋洋一訳、みすず書房、1998年。

Sample, Maxine. "Walker's *Possessing the Secret of Joy.*" *Explicator* 58.3 (2000): 169-72.

Scholl, Diane Gabrielsen. "With Ears to Hear and Eyes to See: Alice Walker's Parable *The Color Purple.*" *Bloom's Modern Critical Interpretations: The Color Purple*. Ed. Harold Bloom. New York: Chelsea House, 2000. 107-17.

Schultz, Elizabeth. "Out of the Woods and into the World: A Study of Interracial Friendships between Women in American Novels."

Conjuring: Black Women, Fiction, and Literary Tradition. Ed. Marjorie Pryse and Hortnese J. Spillers. Bloomington: Indiana UP, 1985. 67-85.

Smith, Felipe. "Alice Walker's Redemptive Art." *African American Review* 26.3 (1992): 437-51.

Sol, Adam. "Questions of Mastery in Alice Walker's *The Temple of My Familiar.*" *Critique* 43.4 (2002): 393-404.

Sterling, Dorothy. *The Story of Harriet Tubman: Freedom Train.* New York: Scholatic Inc, 1954.

Tate, Claudia. *Black Women Writers at Work.* Harpenden: Oldcastle, 1985.

Thielmann, Pia. "Alice Walker and the 'Man Question.'" *Critical Essays on Alice Walker.* Ed. Ikenna Dieke. Westport: Greenwood, 1999. 67-82.

Tucker, Lindsey. "Alice Walker's *The Color Purple*: Emergent Woman, Emergent Text." *Black American Literature Forum* 22.1 (1988): 81-95.

---. "Walking the Red Road: Mobility, Maternity, and Native American Myth in Alice Walker's Meridian." *Women's Studies* 19 (1991): 1-17.

Tuhus-Dubrow, Rebecca. Rev. of *Now Is the Time to Open Your Heart* by Alice Walker. *New York Times Book Review* (2004): 24.

Vega, Susana. "Surviving the Weight of Tradition: Alice Walker's *Possessing the Secret of Joy.*" *Journal of American Studies of Turkey* 5 (1997): 19-26.

Walcott, James. "Party of Animals." *The New Public* 22 (1989): 28-30.

Walker, Alice. "Alice Walker: On Finding Your Bliss." *Ms. Magazine.* Sep/Oct. 1998.

---. *Anything We Love Can Be Saved.* London: Women's, 1999.

---. "Beyond the Peacock: The Reconstruction of Flannery O'Connor." Walker, *In Search* 42-59.

---. "Breaking Chains and Encouraging Life." Walker, *In Search* 278-89.

---. "Brothers and Sisters." Walker, *In Search* 326-31.

---. "But Yet and Still the Cotton Gin Kept on Working... ." 1970. Walker, *In Search* 22-32.

---. *By the Light of My Father's Smile.* New York: Ballantine, 1998.

---. *The Chiken Chronicles.* New York: New, 2011.

---. "Choice: A Tribute to Dr. Martin Luther King, Jr." 1973. Walker, *In Search* 142-45.

---. "The Civil Rights Movement: What Good Was It?" Walker, *In Search* 119-29.
---. *The Color Purple*. New York: Harcourt, 1982.
---. "Coming In from the Cold." 1984. Walker, *Living* 54-68.
---. "Confluence and Flow." Walker, *The Same River* 137-64.
---. "Coretta King: Revisited." Walker, *In Search* 146-57.
---. "Dedication." 1984. *Her Blue Body Everything We Know*. Orlando: 1991. 312-14.
---. "Elethia." *You Can't Keep a Good Woman Down*. 1981. (2001) London: Women's, 27-30.
---. "Everything Is a Human Being." 1983. Walker, *Living* 139-52.
---. "Father." 1984. Walker, *Living* 9-17.
---. "The Flowers." *In Love and Trouble*. 1967. New York: Harcourt, 2001. 119-20.
---. "From an Interview." 1973. Walker, *In Search* 244-72.
---. "Heaven Belongs to You: *Warrior Marks* as a Liberation Film." Walker, *Anything* 141-45.
---. "I Call That Man Religious." Walker, *We Are the Ones* 111-42.
---. "If the Present Looks the Past, What Does the Future Look Like?" 1982. Walker, *In Search* 290-312.
---. *In Search of Our Mothers' Gardens*. 1983. London: Phoenix, 2005.
   ---. "In Search of Our Mothers' Gardens." Walker, *In Search* 231-43.
---. "In the Closet of the Soul." Walker, *Living* 78-92.
---. Interview with Jean Shinoda Bolen and Isabel Allende. "Giving Birth, Finding Form: Alice Walker, Jean Shinoda Bolen, and Isabel Allende in Conversation from Creative Conversations Series (1993)." Byrd 93-123.
---. Interview with Marianne Schnall. "Conversation with Alice Walker." 12 Dec. 2006. <http://www.feminist.com/resources/artspeech/interviews/alicewalker.html>
---. Interview with Mrianne Schnall from feminist.com. (2006) Byrd 285-302.
---. Interview with Patricia Gras. "Pulitzer Prize-winning Author of *The Color Purple*." 2004 Houston PBS.
   <https://www.youtube.com/watch?v=BonZot21H10>
---. Interview with Paula Giddings. "Alice Walker's Appeal (1992)." Byrd 86-92.
---. Interview with Rudolph P. Byrd. "On Raising Chickens (2009)." Byrd 311-22.

---. Introduction. *Possessing the Secret of Joy*. By Walker. New York: New, 2008. v-xii.
---. *Living by the Word*. New York: Harcourt Brace, 1989.
---. "Looking for Jung: Writing *Possessing the Secret of Joy*." Walker, *Anything* 118-21.
---. "Looking for Zora." Walker, *In Search* 93-116.
---. *Meridian*. 1976. London: Phoenix, 2004.
---. "My Daughter Smokes." Walker, *Living* 120-24.
---. *Now Is the Time to Open Your Heart*. New York: Ballantine, 2004.
---. "The Old Artist: Notes on Mr. Sweet." 1987. Walker, *Living* 37-40.
---. "One Child of One's Own: A Meaningful Digression within the Work(s)." Walker, *In Search* 361-83.
---. "On *Seeing Red*." Walker, *Living* 125-29.
---. *Possessing the Secret of Joy*. New York: Pocket, 1992.
---. "The River: Honoring the Difficult." Walker, *The Same River* 21-46.
---. *The Same River Twice*. New York: Washington Square, 1996.
---. "A Sudden Trip Home in the Spring." 1971. *You Can't Keep a Good Woman Down*. London: Women's, 1981. 124-37.
---. *The Temple of My Familiar*. New York: Pocket, 1989.
---. *The Third Life of Grange Copeland*. 1970. San Diego: Harcourt, 1988.
---. "This Was Not an Area of Large Plantation." Walker, *We Are the Ones* 88-110.
---. "To Hell with Dying." *In Love and Trouble*. 1967. New York: Harcourt, 2001. 129-38.
---. "Turquoise and Coral." Walker, *Anything* 111-17.
---. *The Way Forward Is with a Broken Heart*. 2000. London: Phoenix, 2005.
---. *We Are the Ones We Have Been Waiting for*. New York: New, 2006.
---. "Writing *The Color Purple*." Walker, *In Search* 355-60.
---. "You Have All Seen." Walker, *Anything* 29-41.
---. "Zora Neale Hurston: A Cautionary Tale and a Partisan View." Walker, *In Search* 83-92.
---, and Pratibha Parmar. *Warrior Marks: Female Genital Mutilation and the Sexual Blinding of Women*. New York: Harcourt Brace, 1993.
Walker, Charlotte Zoe. "A Saintly Reading of Nature's Text: Alice Walker's *Meridian*." *Bucknell Review* 44.1 (2000): 43-55.

Wall, Wendy. "Lettered Bodies and Corporeal Texts." Gates and Appiah 261-74.
Warren, Nagueyalti, and Sally Wolff. "'Like the Pupil of an Eye': Sexual Blinding of Women in Alice Walker's Works." *Southern Literary Journal* 31.1 (1998): 1-16.
Washington, James Melvin, ed. *I Have a Dream: Writings and Speeches that Changed the World. Martin Luther King, Jr.* Foreword by Corretta Scott King. New York: Harper Collins, 1992.
Welsh, Stephanie. "Like Mother, Like Daughter." *On the Issues* Fall 1996: 28-31.
Weston, Ruth D. "Who Touches This Touches a Woman: The Naked Self in Alice Walker." Dieke 153-61.
White, Evelyn C. *Alice Walker: A Life.* New York: Norton, 2004.
Wolcott, James. "Party of Animals: *The Temple of My Familiar.*" *The New Republic* (1989): 28-30.
Women's Action Against Japan.「この20年でFGMを取り巻く状況はどう変わりましたか？－WAAF20周年記念アンケート（１）」、「反FGM資金交付先IACシェラレオネからの報告」、74号（2016）、6-13頁。
Woodard, Loretta G. Rev. of *Alice Walker,* by Maria Lauret. *African American Review* 37.1 (2003): 170.
梅本　響子「フランス共和国とFGC裁判」『コンタクト・ゾーン』3号、2010年、187-203頁。
岡　真理「『女子割礼』という陥弄、あるいはフライデイの口－アリス・ウォーカー『喜びの秘密』と物語の欲望」『現代思想』24号、1996年、8-35頁。
亀井　俊介、川本　皓嗣（編）『アメリカ名詩選』岩波書店、2005。
河合　隼雄『ユング心理学入門』培風館、2007年。
河地　和子『わたしたちのアリス・ウォーカー－地球上のすべての女たちのために』御茶の水書房、1990年。
酒井　隆史『暴力の哲学』河出書房、2004年。
竹本　友子「ブラック・ナショナリズム再考」『早稲田大学大学院文学研究科紀要』45号、1999年、113-22頁。
橋爪　大三郎『現代思想はいま何を考えればよいのか』勁草書房、1991年。
―『世界がわかる宗教社会学入門』筑摩書房、2001年。
―『世界は宗教で動いている』光文社、2013年。
―『はじめての構造主義』講談社、1993年。
松本　昇ほか『アフリカ系アメリカ人ハンディ事典』南雲堂フェニックス、2006年。

山下　昇「『カラーパープル』と『喜びの秘密』におけるアフリカ」、『ハイブリッド・フィクション－人種と性のアメリカ文学－』開文社、2013年、293-325頁。

渡辺　和子『フェミニズム小説論－女性作家の自分探し』柘植書房、1993年。

索　引

アジェンデ（Allende, Isabel）133
新しい奴隷制度　8, 9, 25, 31, 35, 39, 88
アバンドナート（Abbandonato, Linda）93, 97
アベンド＝デヴィッド（Abend-David, Dror）117
アリス・ウォーカー（Walker, Alice）
「あなたの至福を見出すことについて」"Alice Walker: On Finding Your Bliss"　98,
　　114, 122
「あなたはすっかり見たことがある」"You Have All Seen"　23
「あるインタビューから」"From an Interview"　34, 52, 117
「産み出すこと，形式を見出すこと」"Giving Birth, Finding Form"　169
「革命的なペチュニア」"Revolutionary Petunia"　34
「共産党の歴史映画について」"On Seeing Red"　228
「献呈」"Dedication"　205
「公民権運動——それは何の役に立ったのか——」"The Civil Rights Movement: What
　　Good Was It?"　58, 88
「ここは広いプランテーション地帯ではなかった」"This Was Not an Area of Large
　　Plantation"　209
「魂の小部屋の中で」"In the Closet of the Soul"　200, 205, 209, 225
「父」"Father"　114
「トルコ石とサンゴ」"Turquoise and Coral"　207
「母達の庭を探して」"In Search of Our Mothers' Gardens"　33, 41, 104
「もしも今が過去のように見えるなら」"If the Present Looks Like the Past"　26
「私の娘はタバコを吸っている」"My Daughter Smokes"　221
「私はその男性を敬虔だと考える」"I Call That Man Religious"　206, 211
『今こそ心を開くとき』Now Is the Time to Open Your Heart　5, 21, 23-24, 194,
　　211-13, 215, 220-23, 228, 234
『カラーパープル』The Color Purple　3, 5, 11-12, 17-18, 91, 93, 95-97, 99-01,
　　103, 107-09, 111, 113-17, 119-20, 123, 148, 210, 213, 233
『グレンジ・コープランドの第三の人生』The Third Life of Grange Copeland　3,
　　9-10, 25-29, 30, 35, 40, 44, 50, 54-55, 65, 78, 81-82, 88-89, 232

257

『戦士の刻印』*Warrior Marks* 17, 19, 157, 182
『戦士の刻印－女性性器切除と女性への性的欺瞞－』*Warrior Marks: Female Genital Mutilation and the Sexual Blinding of Women* 19, 128, 135-36, 140-41, 148, 151, 157, 163, 166, 170, 175, 176, 181-82, 192-93, 216
『父のほほえみに照らされて』*By the Light of My Father's Smile* 11-12, 92-95, 97-99, 101-02, 104, 107-08, 110, 113-17, 120, 122-23, 213, 233
『二度目の同じ川』*The Same River Twice* 112
『母達の庭を探して』*In Search of Our Mothers' Gardens* 39, 73, 213, 231
『メリディアン』*Meridian* 9-10, 25, 55-56, 69, 74, 76, 82, 85, 88-89, 232
『喜びの秘密をもつこと』*Possessing the Secret of Joy* 4, 12-13, 15-20, 98, 125, 127, 130, 133-34, 136, 141-42, 144, 148-49, 152, 158, 161-65, 169, 181, 192, 232-233
『わが愛しきものの神殿』*The Temple of My Familiar* 21-24, 194-95, 199, 202-04, 206-07, 209, 211, 217, 221-23, 228, 234
『私達が愛するものは何でも救われる』*Anything We Love Can Be Saved* 144-45, 162
『私達こそ私達が待ち続けていた者』*We Are the Ones We Have Been Waiting for* 212
アルトハウス（Althaus, Frances A.） 134, 152
アンクル・リーマス 43
イスラム（Islam, M. Mazharul） 126
痛みの共感 99, 103-04, 106-09, 113, 116, 120, 123
一神教 11-12, 117, 119-20, 124
インセスト・タブー 93
陰部封鎖 132-34
ウーマニスト 39, 73, 89, 149, 213, 231-234
ウーマニズム 7-10, 39, 55, 73, 82, 89, 117, 130, 213, 231, 234
ヴェガ（Vega, Susana） 126, 130, 181, 184
ウェストン（Weston, Ruth D.） 102
ヴェトナム戦争 115
ウェルシュ（Welsh, Stephanie） 4
ウォール（Wall, Wendy） 92, 109, 119-20
ウォルフ（Wolff, Sally） 38
ウォレン（Warren, Nagueyalti） 38
ウディン（Uddin, M. Mosleh） 126
エフジーエム（FGM）廃絶を支援する女たちの会（WAAF） 5, 232
エルスリー（Elsley, Judy） 91, 102

索　引

岡真理　17-18
オブライエン（O'Brien, John）　52
温情主義　143
階級主義　59, 79, 81
学生非暴力調整委員会（SNCC）　58-59, 81-82
カシンジャ（Kassindja, Fauziya）　4
家庭内暴力　91, 198
カランジャ（Karanja, Ayana）　100, 108
ギディングス（Giddings, Paula）　141, 186, 188
キャディ・コイタ（Koita, Khady）　17
共生　121, 221
キリスト教　13, 28, 41, 63, 86, 92-94, 119-22, 130, 139, 143-45, 150-51, 154, 156, 196
キルティング　91, 100
ギルバート（Gilbert, Olive）　86
キング牧師（King, Martin Luther, Jr.）　7, 75-77
クッツェー（Coetzee, J. M.）　23
グランドマザー・ヤエー（Grandmother yagé）　215, 221-22, 227
グリオ　207-08, 218
クリスチャン（Christian, Barbara）　29-31, 36, 56, 58, 61-63, 71, 75-77, 79, 103
グリューサー（Gruesser, John）　131, 163-64, 170
グレゴリー（Gregory, Norma J.）　119
軍国主義　115-16
ケイケイケイ団（KKK）　223
ゲイツ（Gates, Henry Louis, Jr.）　108
ケニヤッタ（Kenyatta, Jomo）　13, 15, 128-29
ケリー（Kelly, Erna）　111
憲法修正第13条　25
憲法修正第14条　25
憲法修正第15条　25
構造主義　93
公民権運動　7, 9-10-11, 21, 24, 26, 49, 54-55, 57-58, 64-65, 68-70, 73-76, 78, 80-90, 193, 195, 200, 202-03, 211, 231-32
公民権法（Civil Rights Act）　21
黒人の新しいアイデンティティ　24, 210-12, 221-22, 226-29

259

黒人の使命感　5, 226, 229
国連女性の十年間　15
サークル　212, 216-19
サイード（Said, Edward W.）　214-15, 218-19
サバイバル　197
サンプル（Sample, Maxine）　131, 168
シアム（Thiam, Awa）　176
ジェンダーロール　108-09, 117
自己決定権　4, 131, 134, 168
自己肯定　63, 72, 100, 109, 167
自己責任　40, 47, 55, 74, 87-88, 106, 116, 185, 203
自己喪失　12, 24, 65, 72, 74, 97, 99, 108, 137, 139, 148, 168, 186, 197
自己探求　206, 222
自己の二重意識　23, 78, 201, 226
自己判断力　32, 47, 66, 185, 224
自然崇拝　92, 94
シットイン　58, 76
シニフィアン　147, 219
資本主義　25, 85, 109
自民族中心主義　82, 99, 126, 137
ジム・クロウ法　8, 9, 25, 55, 195
自由間接話法　35
ジューン（Pamela B. June）　94, 98, 101, 108, 114-15
止揚　204
証言者　168-69
植民地主義　8, 14, 16-17, 19, 21, 23-24, 99, 125-26, 128, 131, 134, 138-39, 154-55, 158-60, 170-71, 194-95, 197, 202, 208, 210, 213, 215, 222, 225, 228-29
女性解放運動　151, 200, 219, 232
女性性器切除（FGM）　4, 8, 13-21, 99, 125-39, 141-43, 145, 147-55, 157-58, 160, 162-63, 165-76, 178-86, 188-89, 192-93, 232-33
女性同士の連帯（女性の連帯）　11, 12, 100-01, 105, 108-10, 191, 212-13
所有概念　85
人種隔離　65, 69, 76
人種混交　207, 228

索　引

人種主義　3, 6-7, 20, 27, 41, 48, 59, 62, 76, 79-81, 84-85, 89, 92, 119, 129, 146, 150, 155, 158, 161, 164, 171, 197, 200, 210
人種統合　49, 65, 80
新植民地主義　19, 130
ステレオタイプ　18, 34, 50, 62, 97, 120, 219, 234
スピルバーグ（Spielberg, Steven）　3, 111
全てのものとの一体（oneness）　24, 178, 204, 210, 228-29, 231, 234
スラッサー（Slusser, Tricia）　168, 174-175
性差別主義　3, 20, 42-43, 59, 79, 84-85, 105, 110, 122, 129, 139, 143, 145, 150-51, 164, 198-200, 203
聖人　40-43
西洋フェミニスト　16, 17, 19, 133, 153, 155, 161
セクシュアリティ　11, 18, 91, 94-100, 104, 121-23, 134, 233-34
全体性（wholeness）　73, 162, 204, 231, 233
ソル（Sol, Adam）　198
第二次世界大戦　196
タッカー（Tucker, Lindsey）　68, 100, 108-09
タフス＝ダブロー（Tuhus-Dubrow, Rebecca）　6
タブマン（Tubman, Harriet）　200
男性同士の連帯　12, 78, 110, 217, 219-20
チャップマン（Chapman, Tracy）　140
チャルマティ（Charrumathi, N.R.）　202, 217
チャン（Cheung, King-Kok）　100, 109, 117
中間航路　45, 141
中産階級　21, 66, 75, 77-80, 85, 94, 151, 194, 203
ディーク（Dieke, Ikenna）　22, 195, 203-04, 206
デイヴィス（Davis, Amanda J.）　36
デイヴィス（Davis, Thadious M.）　6, 12, 232
抵抗の精神　9, 68, 103, 159, 160, 182
抵抗文学　89
帝国主義　8, 16-17, 19, 21, 23, 24, 139, 194, 195, 196, 197, 198, 199, 201, 202, 208, 210, 213-17, 219-22, 225, 228, 229
テイト（Tate, Claudia）　7, 52, 69, 87
デュボイス（DuBois, W.E.B.）　23, 26, 27, 50, 78, 201, 226
投票権法（Voting Rights Act）　21

261

トゥルース（Truth, Sojourner）　67，85，86，200
トークニズム　77
ドルケノー（Dorkenoo, Efua）　128，129，151
奴隷制度（奴隷制）　8，9，24，25，28，31，35，39，44，60-63，67，73，85，88，94，97，139-41，200，214，222-26
奴隷船　8，140
奴隷貿易　140-41
泥棒男爵　74
南部農業資本主義　25
南北戦争　25，28
二項対立的　6-7，11，24，32，37，51，85，108，110，112，117-18，127，156，177，202，205，224-25，231
ニューエイジ　11，23
人間の連帯　213，217
ネオコロニアリズム　218
バーカー（Barker, Deborah E.）　61
パークス（Parks, Rosa）　200
ハーストン（Hurston, Zora Neale）　235
バード（Byrd, Rudolph P.）　93-94，98，115，164
バーバ（Homi K. Bhabha）　219
パーマー（Parmar, Pratibha）　157，176，182
パイファー（Pifer, Lynn）　59，168，174-75
白人至上主義　7，36，52，55，57，59，65，71，83-86，89，149，159，199，204，211，223
パスティーシュ　22
バックマン（Buckman, Alyson R.）　139，143，145，154，189，191
バトラー（Butler, Robert James）　32，49
バトラー＝エヴァンズ（Butler-Evans, Elliott）　31
バミンガム　76
ハリス（Harris, Trudier）　44，97
汎宇宙論的概念　12，119，123
ハンキンソン（Hankinson, Stacie Lynn）　119
汎神論　119
一つの命（One Life）　10-11，25，86-87，89
非暴力　7，8，10-11，33-34，54-55，58，68-69，76，81，190，193，224，231，232

索　引

非暴力直接行動（nonviolent direct action）　7, 76
ヒューズ（Hughes, Langston）　228
フォルデス（Foldes, Pierre）　172-74
深い思いやり（tenderness）　191-92, 216
父権的な過ち　113
父権的暴力　9, 12, 16, 92, 94-05, 107, 115-16, 135, 143, 171, 190, 200, 233
フックス（hooks, bell）　109
普遍的自己アイデンティティ　20-21, 125, 161, 169-71, 178, 180, 183, 188, 193, 231
普遍的無意識　170
ブラックナショナリズム　81-84
ブラック・パンサー党　81
ブラックモン（Blackmon, Douglas A.）　28
プランテーション　59, 67, 138, 149, 221
フリーダムライド　58
ブリンクリー（Brinkley, Alan）　25
フレックスマン（Flexman, Ellen）　5
プレッシィ判決　65
ブレンドリン（Braendlin, Bonnie）　22, 195, 197
プロロンジョ（Prolongeau, Hubert）　172
分益小作制度　8-9, 25, 28
文化相対主義　142, 162
分離主義　37, 49-50, 65, 82, 85, 211, 213
分離すれども平等　65
ベイツ（Bates, Gerri）　199, 208, 212, 215, 217-18
ヘイマー（Hamer, Fannie Lou）　200
ヘイリー（Haley, Alex）　207-08
ベカーズ（Bekers, Elisabeth）　13-15, 18
ヘルツベルガー＝フォファーナ（Herzberger-Fofana, Pierrette）　13, 15-16
弁証法　204
ホイットマン（Whitman, Walt）　228
ホーグ（Hogue, W. Lawrence）　27, 31, 49
ホール（Hall, James C.）　100, 119
ボールドウィン（Baldwin, James）　65, 182
ポストコロニアリズム　89

263

ポストモダン　6-7, 22, 24
ボレン（Bolen, Jean Shinoda）　132-33
ホロコースト　147
ホワイト（White, Evelyn C.）　4
本質主義　209
マクダウェル（McDowell, Deborah E.）　59, 63, 70, 74, 84
マミー　120
マン（Mann, Susan A.）　27
民主主義　21, 139, 171, 177-78, 182, 183, 193, 233
民族的アイデンティティ　125-27, 155, 180, 190
民族的ナショナリズム　20, 127, 131-32, 135, 137-38, 143, 153, 158
ムーア（Moore, Geneva Cobb）　159
メイソン（Mason, Theodore O. Jr.）　37, 48
メイソン＝ディクソン線　210
メソディスト派　144
メディシンシーカーズ（Medicine Seekers）　213-16
モリスン（Morrison, Toni）　235
薬物依存　217
柳沢由美子　5, 17
山下昇　18, 187
有権者登録運動　57-58, 74, 79, 83
ユダヤ・キリスト教体系　93, 121
ユニヴァーサリスト　213
ユング（Jung, Carl Gustav）　161-64, 170-71
リード（Reid, E. Shelley）　235
リリウオカラニ（Liliuokalani）　219
レヴィ＝ストロース（Lévi-Strauss, Claude）　93
レヴィン（Levin, Tobe）　133, 134, 137, 147, 158
レーガン（Reagan, Ronald）　21, 195
ローレット（Lauret, Maria）　38, 49, 53, 79, 81, 82

著者略歴

光森　幸子（みつもり　さちこ）
2013年、広島大学大学院文学研究科欧米文学語学講座博士課程後期に入学し、2017年3月、文学博士号を取得。現在、広島市内の大学で非常勤講師をしている。

「弱きもの」から抵抗者への変容
―アリス・ウォーカーの長編小説を読み解く―

平成31年3月20日　発行

著　者　光　森　幸　子
発行所　株式会社　渓水社
　　　　広島市中区小町1-4（〒730-0041）
　　　　電　話(082)246-7909／FAX(082)246-7876
　　　　e-mail:info@keisui.co.jp
装　丁　サトウ克デザイン事務所

ISBN978-4-86327-473-0　C3098